余光中作品集 02
從徐霞客到梵谷
余光中

目錄

新版序

《從徐霞客到梵谷》是我倒數的第二本評論文集，其中的文章都寫於上一世紀的八○年代與九○年代之初，前後縱跨十二年。有好幾篇，後來我就用來做自己多場演講的主題，或稍加調整充當了講稿。例如〈藝術創作與間接經驗〉，就是我七年前在嶽麓書院演講的所本。至於講中文西化的兩篇，也多次融入我同類演講的內容，講題有時叫〈中文與英文〉，有時叫〈當中文遇見英文〉。最常用的一篇則是〈詩與音樂〉，我多次用來做朗誦自己詩作的學術藉口，暖身前奏。

近幾年來，評論繪畫與中文的文章，我仍未停筆。頗有幾位朋友，去羅浮宮賞藝的時候，竟隨身帶了這本文集，爲了將〈巴黎觀畫記〉中所述的種種，現場與名畫印證。另一方面，因爲我屢次就中文的母語發表恐其日衰的杞憂，不少活動就有共憂的同道來邀我參與，結果竟捲入了搶救國文教育的壯舉，還跟教育部長隔空舌戰。先是文白之間爭議未完，繼而繁簡之際是非又起。看來中文的論題仍待細究，不是「政教合一」的陋規所能擺平。

此書所收各文，雖然勉可稱爲未盡合規的評論，但若究其文采，亦可視爲散文，也不妨稱爲「知性散文」，以別於純粹的抒情散文。我曾自剖三分之二是作家，三分之一是學者。而如今可惱的是，把兩者的身份加起來，我投入的時間僅得三分之一，而餘下的三分之二，竟然都被演講、訪問之類的活動侵占了去。以前朋友見面，常說最近在報上拜讀了大作，現在卻改了口，說前天在電視上見到你。

但願這世界能讓我回到書桌前來。

余光中

二〇〇六年六月

於西子灣

自序

《從徐霞客到梵谷》是我繼《掌上雨》和《分水嶺上》之後的第三本純評論文集。其中的十四篇文章，一半寫於香港，一半寫於高雄；最早的一篇寫於一九八一年，最晚的則寫於一九九三年。

十二年來，除了這些之外，我寫的評論文字還應該包括五萬字的長文〈龔自珍與雪萊〉（見皇冠版的《四海集》）、前後六屆梁實秋翻譯獎譯詩組得獎作的評析（亦五萬字），以及爲各種專書、各種選集所寫的序言（約十五萬字），合計至少尚有二十五萬字未輯印成書。

書名《從徐霞客到梵谷》，因爲其中有四篇文章析論中國的遊記，另有四篇探討梵谷的藝術，占的分量最重。遊記既爲散文的一體，往往兼有敘事、寫景、抒情、議論之功，因此論遊記即所以論散文。近年來我寫的散文漸以遊記爲主；或許正因如此，乃有興趣來深究中國傳統的山水遊記。至於寫梵谷的四篇，則均爲一九九〇年所作，因爲那年正逢梵谷逝世百載，全世界都被他的向日葵照亮。〈破畫欲出的淋漓元氣〉一文，先後刊於《追尋梵谷足跡》之攝影展特輯與中國時報的《人間》副刊，也是我在台北市立美術館演講的原稿。我存爲了那場演講，特地從梵谷的畫冊裡拍了六十多張幻燈片，現場放映，爲演講生色不少。七月中旬，我們果眞千里迢迢，飛去荷蘭觀賞梵谷的百年大展，事後更乘興去巴黎北郊，憑弔梵谷兄弟的雙墓。所思所感，發而爲文，知性的一篇成爲〈壯麗的祭典〉，感性的一篇就是〈莫驚醒金黃的鼾聲〉。非但如此，那年四月我還一連三天寫了〈星光夜〉、〈荷蘭吊橋〉、〈向日葵〉三首詩，均以梵谷的畫爲主題。一九九〇年，眞是我的梵谷年。

不幸梵谷年結束了還不到四天，三毛便自殺了。陪著她一同火葬的，是她最鍾愛的三本書：《紅樓夢》、《小王子》、《梵谷傳》。梵谷也是自己結束生命的，不知道這件事對她有沒有「示範」的誘因，但是藝術家的傳記感人之深，卻是顯然的。要是問我還有什麼未竟之業，答覆是，再譯幾部畫家的傳記，其中必不可缺艾爾．格瑞科的一部。可惜高陽遽已作古，否則他也許能爲我們寫一部徐霞客傳。我說「也許」，只因他的小說之勝多在人情世故，事情總在户內發生，而要寫徐霞客傳，筆鋒就得馳騁於户外，敘事抒情，就得將人置於天地之間了。我總覺得，迄今尚未用詩爲徐霞客造像，好像欠了他一首長詩。

至於指陳中文如何惡性西化，危言中文如何變態扭曲，一向也是我寫評論文章的重點。

這本文集裡也有這麼兩篇。讀者若想進一步了解我在這方面的堅持，可以參閱我收入《分水嶺上》論白話文的三篇長文。其實我每次論析翻譯或散文的問題，也必定會把筆鋒轉回中文的時弊，惹得一些炫奇鶩新的作家怨言啧啧，認爲我是在規範文體，妨礙了創作的自由。其實我曾一再聲明，中文的美德有其常態，在日常表情達意的文章裡應該遵守，要是不知愛惜，不知好歹而任意作踐，必將招來混亂的惡果，淪於西化、僵化、冗化之境。至於直覺而感性的文學創作，當然可以多般試驗，享受文法的豁免權。不過創新的效果仍須反襯在常態的背景上，始得彰顯。譬如鶴立雞群，若是不見了雞群，或是雞鶴難分，甚至鶴多於雞，也就談不上什麼鶴立不鶴立了。

其實，每一位作家的文體、風格，就是他不落言詮然而身體力行的文體觀、風格論。我說「每一位作家」，連評論家也不例外。天經地義，作家就是文字的藝術家，對待文字正如畫家之於色彩，音樂家之於節拍，要有熱愛，更需功力。我必須強調，評論家也是一種作家，所以也是一種藝術家，而非科學家。對於藝術，他沒有豁免權。他既有評斷別人文字藝術的權利，也應該有維護本身文字藝術的義務。說得更清楚些，評論家筆下的文章如果不夠出色，甚至有欠清通，那他進入文壇的身分就可疑了。遺憾的是：時下頗有一些批評家與理論家，在西方泛科學的幻覺之下，以求眞（？）自命，而無意也無力求美，致其文章支離破碎，木然無趣，雖然撐了術語和原文的拐杖，仍然不良於行。

我認爲一位令人滿意的評論家，最好能具備這樣幾個美德：首先是言之有物，但不能是他人之物，尤其不可將西方的當令理論硬套在本土的現實上來。其次是條理井然，只要把道理說清楚就可以了，不必過分旁徵博引，穿鑿附會，甚至不厭其煩，有如解答習題一般，一路演算下來。再次是文采斐然，不是寫得花花綠綠，濫情多感，而是文筆在暢達之中時見警策，知性之中流露感性，遣詞用字，生動自然，若更佐以比喻，就更覺靈活可喜了。最後是情趣盎然，這當然也與文采有關。一篇上乘的評論文章，也是心境清明，情懷飽滿的產物，雖然旨在說理，畢竟不是科學報告，因爲它探討的本是人性而非物理，犯不著臉色緊繃，口吻冷峻。

我這一生，寫詩雖逾七百首，但是我的詩不盡在詩裡，因爲有一部分已經化在散文裡了。同樣地，所寫散文雖逾百篇，但是我的散文也不盡在散文裡，因爲有一部分已經化在評論裡了。說得更武斷些，我竟然有點以詩爲文，而且以文爲論。在寫評論的時候，我總是不甘寂寞，喜歡在說理之外馳騁一點想像，解放一點情懷，多給讀者一點東西。當然，這樣的做法並非刻意爲之，而是性情如此。

我不信評論文章只許維持學究氣，不許流露眞性情。

余光中

一九九三年底
於西子灣

杖底煙霞

山水遊記的藝術

1

自古中國的哲學把天、地、人稱爲三才。人本來生於天地之間，卻因文明日繁而心縈於世務，身陷於塵網，不得親近自然。隱士逸民之類是例外，但是離群索居並非易事，不僅長沮、桀溺實際上難與鳥獸爲群，就連謝枋得、張岱之流在日常生活上也必然有許多困境，〈招隱士〉一文早已危乎其言了。一般士人的折衷辦法，是在春秋佳節登山臨水，訪寺尋僧，短則一日跋涉，長則旬月流連。至於遊者，當然勇怯有別，勞逸各殊：有的像袁枚，既怕走路，又怕曬太陽；有的像徐宏祖，不辭長征，更無畏艱險；有的像謝靈運，僮僕數百人，伐木開徑，驚動官府；有的卻像戴名世，從江寧到北京，一路淋雨，困於水鄉，到達時不但行李溼透，而且滿身泥漿。經歷雖然不同，卻都是人與自然相對，而所見所感，發而爲文，便成遊記。

「莊老告退，而山水方滋」：在劉勰心目中本來是指山水詩，近人卻認為〈遊名山志〉的作者謝靈運不但是山水詩的大師，也是山水遊記的遠祖。可是〈遊名山志〉的零星片段，比起柳宗元的〈永州八記〉來，顯得太過單調，比起謝靈運自己的山水詩句來，也覺遜色，根本達不到王羲之所謂的「游目騁懷，極視聽之娛」。中國遊記的眞正奠基人當然是柳宗元：到了〈永州八記〉，遊記散文才兼有感性和知性，把散文藝術中寫景、敘事、抒情、議論之功冶於一爐。這種描述生動感慨深沉的文體，對後來的遊記作者影響久長，眾所皆知，不再多贅。我感到好笑的是：後人學柳，不但在大處脫胎，甚至在小處效顰，到面目相似的地步。以下且舉數例：

其一，中國遊記作者發現了美景，不願私有，而欲公之同好，廣霑後人。柳宗元在遊記中一再申述此意：「永之人未嘗遊焉。余得之，不敢專也，出而傳於世。」（見〈袁家渴記〉）「惜其未始有傳焉者，故累記其所屬，遺之其人。」（見〈石渠記〉）「古之人其有樂乎此耶？後之來者有能追予之踐履耶？」（見〈石澗記〉）司馬遷乃千古寂寞人，要把文章藏諸名山，傳之其人；柳宗元「來往不逢人，長歌楚天碧」，也是千古的寂寞人，卻反過來，要把奇山異水藏在文章裡，以傳後人。這傳統，從朱熹到惲敬的遊記裡，屢加強調（註一）。其二，中國文人耽愛山水，不但登臨欣賞，也講究臥遊坐觀，以小喻大，以近喻遠，把山水人文化。柳宗元在八記中說：「攀援而登，箕踞而遨，則凡數州之土壤，皆在衽席之下。其高下之勢，岈然洼然，若垤若穴。尺寸千里，攢蹙累積，莫得遁隱。縈青繚白，外與天際，四望如一。然後知是山之特立，不與培塿為類。」在〈永州韋使君新堂記〉裡，他又說山石林泉之勝「效伎於堂廡之下，咸會於譙門之內」。後來蘇轍、范成大、麻革、周敘、徐宏祖、袁枚等人都這麼說，錢邦芑簡直就照抄了（註二）。我甚至懷疑蘇軾等人愛玩奇石假山，跟這種坐玩造化的諧趣也有關係。其三，柳宗元狀溪石曰「若牛馬之飲於溪」，姚鼐狀溪石則曰「若馬浴起，振鬣宛首而顧其侶」。姚之學柳，顯而易見。

雖然〈永州八記〉前承元結的〈右溪記〉，後啓宋明以降的遊記，但唐人記遊的文學並不限於散文。杜甫的名詩如〈渼陂行〉、〈彭衙行〉、〈自京赴奉先縣詠懷五百字〉、〈北征〉等其實都通於遊記；只是記遊詩畢竟是詩，比起散文的遊記來，在寫實的骨架上總不免多發揮想像與感慨，不像散文遊記在中國的傳統上照例是走寫實路線，連日期、地點，甚至遊伴都詳細交代。例如蘇軾的小小品〈記承天寺夜遊〉，短短八十四字，交代時間、空間與同遊者的字句，竟用了近乎四分之一的篇幅。他的許多記遊詩，像〈臘日遊孤山訪惠勤惠思二僧〉等等，除了詩題標明時、地、人之外，本文就不再照顧這些細節。唐人詩中最接近遊記的，韓愈的〈山石〉是一個好例子：除了末四句稍發感慨之外，全詩悉依時間順序描述，寫實功夫可比電影。

散文遊記要到宋代才有恢弘的規模，不但議論縱橫，而且在寫景、狀物、敘事各方面感性十足，表現出更爲持續而且精細的觀察力和想像力。例如范成大在〈吳船錄〉中記述峨眉山之遊的文字，娓娓道來，詳盡而又生動；其中形容「佛現」的一段，前後近五百字，交代光影之輪替，色彩之更迭，有條不紊，那種繁富的視覺經驗，在宋以前的遊記裡實在罕見。他如王質的〈遊東林山水記〉，感性也極濃，不但寫景如詩，而且敘事如小說，眞是傑作。至於陸游的六卷〈入蜀記〉，逐日記敘他從山陰到夔州的旅途見聞，夾敘夾議，兼具感性與知性，其分量與規模，遙遙啓迪了徐宏祖一類的日記體遊記。

遊記到了明末，大放異彩，不僅提高了遊記本身的成就，更增加了一般散文的光輝。從大手筆的鉅製〈徐霞客遊記〉到眞性情的山水小品，遊記的天地愈益廣闊，作者的陣容，除了徐宏祖（徐霞客本名）和公安的三袁、竟陵的鍾惺、譚元春之外，還包括王思任、李流芳、張岱、錢謙益等。袁宏道的〈虎丘記〉、〈滿井遊記〉，王思任的〈小洋〉、〈剡溪〉，張岱的〈西湖七月半〉、〈湖心亭看雪〉等篇，早已成爲遊記小品的經典之作。王思任和張岱的文體，尤其一反擬古的陋習和道學的酸氣，在遣詞和語法上的獨創簡直暗合現代的散文。且看王思任的〈剡溪〉：

> 將至三界址，江色狎人，漁火村燈，與白月相上下，沙明山淨，犬吠聲若豹……山高岸束，斐綠疊丹，搖舟聽鳥，杳小清絕，每奏一音，則千巒喈答……山城崖立，晚市人稀，水口有壯台作砥柱，力脫幘往登，涼風大飽。城南百丈橋翼然虹飲，溪逗其下，電流雷語。移舟橋尾，向月磧枕漱取甜，而舟子以爲何不傍彼岸，方喃喃怪事我也。

這樣鮮活大膽的文體，眞是「獨抒性靈，不拘格套」，作者顯示敏於感應自然，敢於驅策文字的爽朗個性，也只有這樣的個性，才寫得出〈讓馬瑤草〉那麼淋漓恣肆的書信（註三）。這種文字，除了開頭一句寫月色和犬聲學王維而太露痕跡之外（註四），其他各句都別出心裁，一反陳規。「向月磧枕漱取甜」一句，既濃縮了「枕石漱流」的成語，又以「甜」字代替了水的美質。「怪事」原是名詞，此地卻活用為動詞；「文必秦漢」的仿古擬古之輩怎敢如此？至於張岱〈湖心亭看雪〉之句：

湖上影子，惟長堤一痕，湖心亭一點，與余舟一芥，舟中人兩三粒而已。

就更以善使計量詞聞名，尤其是以「粒」計人。

晚明小品擺脫古文的道貌和陳言，固然清新娛人，但如過重性靈，刻意求眞，久之也會流於輕倩俏皮，就像畫中的冊頁扇面，無論怎麼靈巧，總不能取代氣吞山河的立軸橫披。中國遊記的集大成者，要推華山夏水的第一知己徐宏祖，也就是煙霞半生的徐霞客。從二十二歲起到五十六歲去世爲止，除了喪妣守孝三年和其他原因滯家之外，三十年間他近遊遠征，多在探勝尋幽途中，遊蹤遍及華北、華東、東南沿海及雲貴高原等十六省，逐日所記，不但描摹風景，而且考察地理水文，洋洋四十萬字，無論在篇幅、文采、見識各方面，都不愧錢謙益所讚的「世間眞文字，大文字，奇文字」。潘耒爲〈徐霞客遊記〉作序，更說：「意造物者不欲使山川靈異久祕不宣，故生斯人以揭露之耶？要之宇宙間不可無此畸人，竹素中不可無此異書。惜吾衰老，不復能褰裳奮袂，躡其清塵，遂令斯人獨擅奇千古矣！」

潘耒在序中又舉出旅遊的三個條件：「無出塵之胸襟，不能賞會山水；無濟勝之支體，不能搜剔幽祕；無閑曠之歲月，不能稱性逍遙。」潘耒忘了另一個必要條件：有錢。徐霞客家道富有，在明末亂世又不求功名，加以胸襟高超，精力無窮，自然是理想的壯遊客。更幸運的是，高堂寡母支持他的遠遊大志，還爲他製了一頂遠遊冠以壯行色。縱然如此，徐霞客之成爲古今第一旅行家，還有三點過人之處。第一是他的文采高妙，美景奇觀一到筆下，不但鮮活靈動，而且洋溢作者的逸興豪情，加以日間之遊當晚即記，景猶在目，情猶在胸，不假雕琢，已天然有趣。第二是他的學識廣博，自謂「髫年蓄五岳志」，早就「博覽古今史籍，方輿地志，山海圖經，以及一切沖舉高蹈之蹟，每私覆經書下潛玩，神栩栩動。」所以到他眞正登山涉水，尤其是晚年入滇之遊，乃能就胸中之所知所疑實地探討，窮山脈而究水源，不但條理分明，觀察精細，更旁及途中所歷的關梁阨塞，風土人情，和罕見的植物。所著〈盤江考〉及〈江源考〉等專文，按之現代知識，亦十九翔實無誤。足見徐霞客的遊記兼有文學的感性和地理的知性，一般遊記在相比之下就顯得分量單薄，正如潘耒序中所笑的「近遊不廣，淺遊不奇，便遊不暢，群遊不久」。第三是他的無畏精神，使他的文才地學得以充分發揮。世上作家和地理學家不少，卻很少人像他那樣煙霞成癖，嗜遊如狂，爲了一窺究竟，往往不避艱險，不畏風雨，不計程期，露宿之餘，還要吃生果充飢，途中屢次遭竊，進退不得。最長的四年西遊，一同出發的有僧人靜聞和王、顧二僕，靜聞病死途中，二僕不堪勞苦，也先後逃逸，顧僕逃走時更把箱中所有一齊偷走。徐霞客遠遊時，常須步行，有時遇困，還要和僕人分負行李。通常他清早五時起身，六時出發，午飯往往下午才吃，有時忙於攀涉，甚至不吃。累了一天，晚飯之後還要寫日記，少則數句，多則三、四千字。這種以全生命來求美求知的偉大精神，使徐霞客成爲中國遊記文學的巨擘，更成爲中國文化傾慕自然的象徵。

清代遊記雖多，進展卻少，尤其自乾嘉以後，講求義理、考據、詞章三者合一，標榜「味淡聲稀，整潔從容」的桐城派古文籠罩了散文的寫作，也限制了遊記的自然生機。桐城派的文章平易穩健則有之，但不夠痛快淋漓，加以思想上總背著「翼道衛教」的包袱，又要花不少篇幅來考證地理沿革，人文變遷，眞正寫景的時候反而輕描淡寫，少見性情，也缺乏感性。徐霞客面對山水，便渾然忘我，不是說「雨廉纖不止，然余已神飛雁湖山頂」，便是說「是峰居黃山之中，獨出諸峰上，四面岩壁環聳，遇朝陽霽色，鮮映層發，令人狂叫欲舞」；這種浪漫的激情在方苞、姚鼐的遊記裡卻找不到。

有意和桐城派分道的作家也不少，遙應公安派而主抒寫性情的袁枚便是代表。他在〈峽江寺飛泉亭記〉裡曾說：「僧告余曰：『峽江寺俗名飛來寺。』余笑曰：『寺何能飛！惟他日余之魂夢或飛來耳。』」這種率性語氣就頗近徐霞客了。不過袁枚論文主張「不剿襲陳言」，他在眞正創作時卻仍然常學前人，未盡自由（註五）。和徐霞客相比，他只能算是文士踏青，徐才是勇士探險。袁枚論觀瀑之難說：

凡人之情，其目悅，其體之不適，勢不能久留。天台之瀑離寺百步；雁宕瀑旁無寺；他若匡廬，若羅浮，若青田之石門，瀑未嘗不奇，而遊者皆暴日中，踞危崖，不得從容以觀。〈峽江寺飛泉亭記〉

在另一文中，袁枚又描寫土人號海馬者背他遊黃山之狀：

余不能冠，被風掀落；不能襪，被水沃透；不敢杖，動陷軟沙；不敢仰，慮石崩壓；左顧右睨，前探後矚，恨不能化千億身逐峰皆到。當海馬負時，捷若猱猿，衝突急走，千萬山亦學人奔，狀如潮湧。俯探深坑怪峰在腳底相待，倘一失足，不堪置想。然事已至此，惴栗無益，若禁緩之，自覺無勇。不得已，托孤寄命，憑渠所往，覺此身便已羽化。〈遊黃山記〉

徐霞客尋融縣之龍洞，涉水卻幾乎淹死：

有小溪西來注之，上有堰可涉。循溪而東，從左越坳下。坳皆憑石，層嵌籐刺，冒之不覺陷身沒頂，手足失勢，傾蕩洪濤中，汩汩終無出理。久之竟出坳背，俯攀棘滾

崖，出洞左蔬畦，得達洞……若更生焉。〈粵西遊日記二〉

再看他遊黃山時如何冒險攀躋：

仰見群峰盤結，天都獨巍然上挺。數里，級愈峻，雪愈深，其陰處凍雪成冰，堅滑不容著趾。余獨前，持杖鑿冰，得一孔置前趾，再鑿一孔，以移後趾。從行者俱循此法得度。〈遊黃山日記〉

2

在古典文學裡，所謂遊記通常是指一篇遊賞山水的散文，題目也明白標示所遊何地，例如〈遊岳麓記〉。旅遊當然不限於山水，像元好問的〈濟南行記〉，龔自珍的〈己亥六月重過揚州記〉，便以城市爲主；其動機也不必在於遊賞，像程敏政的〈夜渡兩關記〉，戴名世的〈乙亥北行日記〉，目的只在趕路，沿途的景色和事件只是偶然相値，並非刻意求來。這些都是遊記的支流，主流的遊記仍是志在山水，所以如此，除了大自然能滿足人的美感並消除世務的煩憂之外，還有悠久的文化因素。

在教育上，中國人素信大自然對性情的陶冶移化之功：孔子就說「知者樂水，仁者樂山。知者動，仁者靜。」司馬遷少時遊蹤遍天下，對他日後的治學著述極有益處。蘇轍〈上樞密韓太尉書〉便說：「太史公行天下，周覽四海名山大川，與燕趙間豪俊交遊，故其文疏蕩，頗有奇氣。」在同一封信中蘇轍又自恨寡陋，願多遊歷以開拓胸襟：「所見不過數百里之間，無高山大野可登覽以自廣（註六）……恐遂汩沒，故決然捨去，求天下奇聞壯觀，以知天地之廣大。」語云：「讀萬卷書，行萬里路」。足見名山大川之遊，正是讀書人修養的要道。

在政治上，讀書人雖從儒家先憂後樂，以天下爲己任，但在情操上卻最推崇「功成而不居」的退隱人物，如范蠡、張良之輩。李商隱詩「永憶江湖歸白髮，欲迴天地入扁舟」所詠，正是此意。就算一時不能掛冠歸田，也要「百重堆案掣身閒」，乘機多近自然。身逢亂世，爲了逃避暴政或異族統治，有爲的儒者也被迫變成逸民，隱跡江湖。有心仕進的人，更是一生在宦遊、赴任、遷調、貶謫的途中。蘇軾便是典型的例子，曾經自歎「此生定向江湖老，默數淮中十往來。」但是貶官之禍往往成了遊客之福，所以蘇軾在飽啖荔枝之餘，又不禁自喜「南來萬里眞良圖」。柳宗元如果不遠謫，我們也讀不到〈永州八記〉了。

在宗教上，釋道二教深入人心，寺塔道觀之類遍佈風景區域，天下名山幾被佔盡，不但氣氛幽靜而神祕，僧侶之中更多異人，可以談寂滅，說空有，也難怪文人的遊跡不絕。何況山深路遠之處，有了寺廟，方便歇腳，甚至可以投宿，僧人熟悉山中路徑，又可以爲客導遊，所以遊記之中處處都是衲影鐘聲。

至於在哲學上，登臨之際，面對廣闊的空間，游目騁懷，最能超越小我的大患，冥冥中神往於綿亙的時間，或感千古興亡，或歎宇宙不朽，總之都到了忘我之境。大致遊者如果憑弔古跡，多易惆悵，如果賞玩煙霞，則多心曠神怡，因爲一涉人事，總有得失，難以忘言忘機。柳宗元在〈始得西山宴遊記〉中，俯視數州，「心凝形釋，與萬化冥合」，這才是山水之遊的最高哲學境界，此時個體的生命剎那間泯化無跡，已匯入整體的大生命了。「採菊東籬下，悠然見南山」，正是這種「出神」的狀態。這種至境，聖人和先知大概常有，山水遊記的作家恐怕就只能偶得之於翠微與淼漫之間。柳宗元讚西山「不與培塿爲類，悠悠乎與顥氣俱，而莫得其涯；洋洋乎與造物者遊，而不知其所窮。」其實遊者的心靈面對壯麗的大自然時，也是悠悠洋洋，投入無限的時空，歸於造物，正是陶潛所謂「復得返自然」。

3

散文以功用來區分，素有寫景、敘事、抒情、議論之說。遊記是散文的一種，當然也有這種種功用。一般說來，寫景多爲靜態，屬於空間；敘事多爲動態，屬於時間；抒情則爲物我交感的作用，主觀的感受可受外物影響，是爲情因景生，也可以反過來影響外物，是爲境由心造；至於議論，則是跳出主觀的抒情，對經驗分析並反省，把個別的經驗歸納入常理常態，於是經驗有了意義，有了條理，乃成思考。這四種功用在一般的散文裡往往只有輕重主客之分，絕少相互排斥。景中無事，事中無景，都不夠生動。一流的抒情文往往見解過人，一流的議論文也往往筆帶情感。下面且錄袁宏道〈遊桃源記〉的兩段文字，略加分析：

> 眾山束水，如不欲去，山容殊閒雅，無刻露態。水至此亦斂怒，波澄黛蓄，遞相親媚，似與遊人娛。

這一段本來是寫景，用的卻是動態的敘事手法，兩個主角是山和水，但其動作，也就是所敘之事，卻有人的意義。山原來無所謂「閒雅」，水原來也不解「親媚」，賦山水以人性，便是抒情了。前面我說過：由外而內的「因景生情」和由內而外的「境由心造」，都是抒情。所以蘇軾在〈後赤壁賦〉中所說的「劃然長嘯，草木震動，山鳴谷應，風起水湧，予亦悄然而悲，肅然而恐，凜乎其不可留也。」是抒情；袁宏道的「水至此亦斂怒」也是抒情。

> 曉起揭蓬窗，山色扑人面，不可忍，遽促船行。逾水溪十餘里，至沙蘿村，四面峰巒如花蕊，纖苞濃朵，橫見側出，二十里內，秀茜閣眉，殆不可狀。夫山遠而緩則乏神，逼而削則乏態，余始望不及此，遂使官奴息譽於山陰，夢德悼言於九子也。

這一段一共三句話，第一句主要是敘事。「山色扑人面」原是寫景，卻用敘事的方式，化靜爲動。這五個字本意是「山色突現，又濃又近」，但一個「扑」字把山色「鞭人面而來」的強烈動感攫住了，不讓王安石的「兩山排闥送青來」專美於前。其實許多寫景的好句都以敘事出之，因爲敘事動作鮮明，有戲劇感。蘇軾最擅此道，他常把事物間靜的關係化成動的演出，〈越州張中舍壽樂堂〉的前八句是最生動的例子：

> 青山偃蹇如高人，常時不肯入官府。
> 高人自與山有素，不待招邀滿庭户。
> 臥龍蟠屈半東州，萬室鱗鱗枕其股。
> 背之不見與無同，狐裘反衣無乃魯。

回到袁宏道的遊記來，當可發現第二句主要在寫景，卻用一個延伸的明喻來交代。大意是說：從江上望群峰，有如花心，有的是細苞，有的是濃朵，有的見正面，有的見側面，一路看了二十里，那秀麗鮮豔的山色近在眉際，幾乎形容不出。這一句其實也有一點動感，因爲峰勢纖濃不一，橫側交錯，正是舟行二十里的所見，不過這種動感緩而不覺，難和「山色扑人面」相比。倒是峰巒如花蕊的比喻，頗具抒情性（註七）。我認爲廣義的抒情不應限於觸景生情的情緒反應，還應該包括景由心造的自由想像。「落花猶似墜樓人」將花和人的形象疊在一起，是自由想像所造的心境。同樣，把峰巒和花蕊疊成一個複象後，讀者心目中的「纖苞濃朵，橫見側出，秀茜閣眉」當然已經換了花的形象；虛的花在讀者眼前浮現，但沒有完全遮沒了後面的實的峰巒，如此虛實交射，觀者便從現實世界投入了想像世界。文學的比喻正是一種造境，讀者明知其假，卻願信假

爲眞，將虛作實；正如英國詩人柯立基所說：「詩的信念來自讀者在剎那之間欣然排除了難以置信的心理。」（註八）

至於袁宏道前文的第三句，卻由寫景、敘事、抒情轉到了議論，不是大發議論，但仍不失爲小小的結論。「夫山遠而緩則乏神，逼而削則乏態」，已經由個例歸納爲原理，由感性進入知性。在感性散文裡適時引進知性的概念，是能放能收的表現，也使文勢有起伏，有對比，有澄清經驗之功。

遊記雖如上述，在四種功用之中有所偏重或兼容並包，但散文家未必擅寫遊記。我認爲散文家仍有專才與全才之分，專才或善於議論而拙於抒情，或適相反，全才則無論知性的議論或感性的抒情，都游刃有餘。大致說來，散文家中專才多而全才少，現代尤其如此。遊記在散文之中，原則上應該是感性重於知性；因爲登山臨水、訪寺尋僧、過州歷郡的過程，必須敘事，事中有景，又必須寫景，這兩種基本功夫到了家，才能情融於景，情寄於事，三者交流，達到抒情之境。遊記作家在寫景敘事上必須敏於觀察，巧於組織，而且充溢之以感情，振盪之以想像，文章才會踏實，清晰，而有活力。觀察力不足，寫景便不鮮明。組織力不足，敘事便無條理。感情不眞，想像不活，則整篇文章死氣沉沉，像一篇不關痛癢的報告。

許多散文作者不懂情之爲物飄忽而無形，與其坦陳直說，不如附之景與事較爲具體踏實，同時又更爲婉轉含蓄。不善寫景敘事的作者，其實也就不善抒情。古代的散文家多半會寫詩，有的更是當行本色的詩人甚至大詩人，當然不至於不會寫景。唐宋八大家之中詩人佔了五位半。至於宋以後的散文家，除了唐順之、歸有光、方苞、姚鼐等少數特例之外，從吳澄、虞集一直到龔自珍，那一位不多少是所謂「詩文雙絕」，至少是能寫詩？而敘事的藝術呢，古代的讀書人莫不熟讀史傳，用意原在探究治亂興衰之道，但對於寫文章，除了引證史實穿插典故之便，還可以提供敘事的條理和筆法。現代的散文家大半不會寫詩，也少讀史，所以遇到要交代景色的時候，往往一筆帶過，或用成語來補觀察與想像之不足，而敘事的時候，不是缺乏條理，就是沒有波瀾。這樣的散文家寫起遊記來時，總難得心應手，於是寫景如抄成語典，敘事如記流水賬。在這樣的窘境下，抒情也只有任其淺露了。

4

遊必有地，亦必以時。地有景色，時分先後，所以遊記不可能不寫景敘事。至於情，則因景與事而起，景在眼前，事經身歷，俯仰流連之際，自然而然已抒情過半，只須在緊要關頭，畫龍點睛，吐露胸中的感想，抒情便達到了高潮。一般的遊興如果是在山水，則所抒的情大概也是對大自然的讚歎，亦即王羲之所謂的「仰觀宇宙之大，俯察品類之盛」。至其極致，便到了柳宗元「心凝形釋，與萬化冥合」之境。所以遊記的抒情通常不是慷慨激昂撫膺歌哭的一類：抒情的對象是自然而非人事，其形態應該比家國師友之情要單純而恬靜。至於議論，則可發可不發，發也不宜太長或太抽象。

遊記有時有地，當然更有人。有了人，當然要敘事、抒情、議論。沒有人，也可以專寫景色，論形勢，便成了山水記或地方志，屬於輿地學了。《水經注》不但考述地理人文，而且善於寫景，饒有詩意，常爲後人詩文寫景的依據。例如記「三峽」的一段，綜述四季景色，乃是當地的常態而非某人某次的經歷：「每至晴初霜旦，林寒澗肅，常有高猿長嘯，屬引淒異，空谷傳響，哀囀久絕」之類的名句，千古美之，但是山水之中沒有人物的活動，所以仍是山水記而非遊記。再如龔自珍考察輿地的文章，夾敘夾議，又饒文采，可謂古代最精采的報告文學，其見識與豪情不是今日的報告文學所能追摹。例如〈說居庸關〉一文，本來是研究地勢與邊防的知性文章，卻因議論縱橫而見氣勢，更因加入了人的活動，尤其是第一人稱的親身經歷，而與遊記相通。下面的一段敘事，不下於任何遊記：

> 自入南口，流水齧吾馬蹄，涉之瑽然鳴，弄之則忽湧忽洑而盡態，跡之則至乎八達嶺而窮……蒙古自北來，鞭橐駝，與余摩臂行，時時橐駝沖余騎顛，余亦撾蒙古帽，墮于橐駝前，蒙古大笑。

——一九八二年十二月

附註：

一、朱熹〈百丈山記〉末句：「因各別爲小詩以識其處，呈同遊諸君，又以告夫欲往而未能者。」周敘〈遊崇陽記〉末句：「因累書其事於簡以識予是遊之勤。并各書一通，一以遺鞏邑廣文吳公，俾想見茲遊之勝；一以留登封學宮，以備他日好遊者之故實云。」錢謙益〈遊黃山記〉第八篇末論長松雷殛仆地：「茲松也，其亦造物之折枝也歟！千年而後，必有徵吾言而一笑者。」朱彝尊〈遊晉祠記〉末云：「蓋山川清淑之境，匪直遊人過而樂之，雖神靈窟宅，亦憑依焉而不去。豈非理有固然者歟！爲之記，不獨志來遊之歲月，且以爲後之遊者告也。」惲敬〈遊廬山記〉末句：「敬故於是遊所歷，皆類記之，而於雲獨記其詭變足以娛性逸情如是，以詒後之好事者焉。」惲敬觀廬山之雲，一遊不足，再遊未饜，致有三遊之念，其〈遊廬山後記〉末句云：「天池之雲，又含鄱嶺、神林浦之所未見。他日當贏數月糧居之，觀其春秋朝夕之異，至山中所未至，亦得次第觀覽，以言紀焉，或有發前人所未言者，未可知也。」僅此數例，足以說明古人認爲山水之勝，遊者有義務公之時人並傳之來者：山水不朽，傳山水之不朽者也隱然有不朽之感。

二、蘇轍〈黃州快哉亭記〉：「蓋亭之所見，南北百里，東西一舍……變化倏忽，動心駭目，不可久視，今乃得玩之几席之上，舉目而足。」范成大〈遊峨眉山記〉：「山綿延入天竺諸蕃，相去不知幾千里，望之但如在几案間。」麻革〈遊龍山記〉：「林巒樹石，櫛比楯立，皆在几席之下。」周敘〈遊崇陽記〉：「山勢岈然環抱，視寺之台殿，山之林壑，若在席下，是爲達磨面壁庵。」徐宏祖〈遊雁宕山日記〉：「海中玉環（島名）一抹，若可俯而拾也……望四面峰巒，累累下伏如丘垤。」袁枚〈峽江寺飛泉亭記〉：「以人之逸，待水之勞，取九天銀河置几席間作玩，當時建此亭者其仙乎！」錢邦芑〈遊南岳記〉：「下視溪山與田疇村坊，間雜映帶，青碧縈繞，攢蹙累聚，濃淡不一……回視其下，向所窮力攀陟若不可升者，皆培塿匍伏，若蟻垤蚓穴，與溪流岩樹，凸凹相間，岈然洼然，繞白圍青，近溷煙霞，遠際天碧……」

中國作家群襲前人寫景之句，尚有一例。杜甫七律〈望岳〉前二句云：「西岳崚嶒竦處尊，諸峰羅立如兒孫。」從此後人登高一望，四周的低峰就愈看愈像兒孫了。錢邦芑〈遊南岳記〉：「初在半山，上睇五峰，若井尊。登祝融，則煙霞、碧蘿諸峰，又若兒孫羅立。」羅文俊〈遊岳麓記〉：「縱目一視，諸峰羅列，眞如兒孫遠邇之間。延野綠而混天碧，柳子之言，洵非欺我。」柳宗元〈永州韋使君新堂記〉中之句：「邇延野綠，遠混天碧」其實又上承陳之張正見〈山賦〉所云：「青天共色」。袁枚〈遊黃山記〉：「晚，雲氣更清，諸峰如兒孫俯伏。」郁達夫〈釣台的春晝〉：「向西越過桐廬縣城，更遙遙對著一排高低不定的青巒，這就是富春山的山子山孫了。」

三、馬瑤草就是明末的奸臣馬士英。王思任這封信是古今最痛快的書信之一，不可不讀。由此也可印證：感性十足的美文和大義凜然的作品，可以同出一人之手。不少批評家一看到美文，就迫不及待地斥爲脫離現實，似乎每個作家只會寫一類文章。

四、王維〈山中與裴迪秀才書〉：「夜登華子岡，輞水淪漣，與月上下。寒山遠火，明滅林外。深巷寒犬，吠聲如豹。」

五、見註二之二例：一襲柳宗元，一襲杜甫。不過袁枚畢竟才高，遊記每有奇想，〈遊桂林諸山記〉便有如下的句子：「又次日，遊木龍洞。洞甚狹，無火不能入，垂石乳，如蓮房半爛，又似鬱肉漏脯，**离离**可摘，疑人有心腹腎腸，山亦如之。」

六、蘇轍此說頗有問題。他的家鄉眉山離有名的峨眉山不過八十公里。

七、張曉風的散文〈常常，我想起那座山〉，把重山複嶺比成花瓣，把水上的遊人比成花蕊，奇思不下於袁宏道。

八、In this idea originated the plan of the *Lyrical Ballads*; in which it was agreed that my endeavors should be directed to persons and characters supernatural, or at least romantic; yet so as to transfer from our inward nature a human interest and a semblance of truth sufficient to procure for these shadows of imagination that willing suspension of disbelief for the moment, which constitutes poetic faith.（S.T. Coleridge: Biogratia Literaria, Chapter 14.）

中國山水遊記的感性

散文形形色色，如以心理活動來勉強區分，則有的側重感性，有的側重知性。遊記少不了寫景敘事，先天上是一種感性的散文，所以遊記作者應該富有感性。所謂「感性」，就是敏銳的感官經驗。說一篇文章「感性十足」，是指它在寫景敘事上強調感官經驗，務求讀者如見其景，如臨其境，如歷其事。其實「如見」還是不夠的，因為視覺經驗之外還要表現聽覺、嗅覺、觸覺、味覺等等。感官經驗人人所同，但是要用文字表達時，一般人，甚至一般作家，卻只能用熟知習見的成語，因簡就陋地複述一些空泛而含混的印象。唯有散文的高手，才能使文字突破抽象符號的局限，直探物象的本體。美國詩人麥克里希在〈詩藝〉中所說的「一首詩不要意指，要等於」，移以論文，同具灼見（註一）。請看宋朝的王質如何寫月：

> 岡重嶺複，喬木蒼蒼。月一眉掛修岩巔，遲速若與客俱。〈遊東林山水記〉

通常我們說「新月如眉」或「眉月」，但「月一眉」用眉做量詞，乃覺其新穎。「遲速若與客俱」令人想起李白的「暮從碧山下，山月隨人歸」，但王質的說法更有感性，更有動感，更像電影，因爲人走得慢月就慢隨，人走得快月就快追，十分傳神。再看他如何寫水上之遊：

> 一色荷花，風自兩岸來，紅披綠偃，搖蕩葳蕤，香氣勃郁，沖懷罥袖，掩苒不脫。小駐古柳根，得酒兩罌，菱芡數種。復引舟入荷花中，歌豪笑劇，響震溪谷。風起水面，細生鱗甲，流螢班班，若駭若驚，奄忽去來。夜既深，山益高且近，森森欲下搏人。天無一點雲，星斗張明，錯落水中，如珠走鏡，不可收拾。〈遊東林山水記〉

這眞是了不起的寫景，視覺、嗅覺、聽覺，不但交織，而且生動。香氣能「沖懷罥袖，掩苒不脫」，嗅覺經驗就視覺化，觸覺化了。至於視覺經驗，也都表現得很有動感：寫荷花迎風則「紅披綠偃，搖蕩葳蕤」，寫微風拂水則「細生鱗甲」，寫流螢則幽火「班班，若駭若驚，奄忽去來」，寫山則「森森欲下搏人」（註二）。但最生動的是星映水面的比喻「如珠走鏡，不可收拾」；以珠喻星，以鏡喻水，本是靜態，原也尋常，可是珠走鏡上，便加上了動的關係，把水面起伏不定的感覺一併帶出，眞富感性。可見寫景的上策是敘事，再靜的景也要把它寫動，山水才有生命。也就是說，一般平庸的寫景好用形容詞，但是警策的寫景多用動詞，和電影一樣。再看元末的麻革〈遊龍山記〉的一段：

復坐文殊岩下，置酒小酌。日既入，輕煙浮雲，與暝色會。少焉，月出寒陰，微明散布石上，松聲脩然自萬壑來，客皆悚視寂聽，覺境愈清，思愈遠。已而相與言曰：「世其有樂乎此者歟？」

此地的感性，眞是視聽並茂，不但把月色和松濤寫活了，而且把遊客對兩者的反應，用「客皆悚視寂聽」六字綜合地表現了出來。寫景敘事的文字，有的時候與其描寫感性的來源，不如描寫感性的後果。例如直接描寫美人，有時不如間接描寫觀者驚羨之色，而直接描寫鬼魅，有時不如間接描寫觀者駭怪之情。「悚視寂聽」的表情，反襯出聲色之異，效果極佳，正是電影導演樂用的懸宕手法。寫景有感性，敘事也可以感性十足，且看徐霞客〈遊太華山日記〉的一句：

下至莎蘿坪，暮色逼人，急出谷，黑行三里，宿十方庵。

平地上暮色緩來；「暮色逼人」當是山行現象，尤其作者是在下山，暮色來時更快。「逼」字帶出「急」字；但再急也沒用，人總不如天快，出谷天已「黑」下來，也就是說暮色已經追上人了。「逼」、「急」、「黑」三字把暮色和人之間動的關係，扣得又緊又有戲劇感；「黑行」二字，濃縮得感性已達飽和點。徐霞客敘事每用奇筆，所謂奇筆，有時是觀點與眾不同，例如〈遊黃山日記〉一句：

松石交映間，冉冉僧一群從天而下，俱合掌言，阻雪山中已三月，今以覓糧勉到此，公等何由得上也。

「公等」是指徐霞客一行冒雪攀山的遊客，仰見下山的群僧，乃有「冉冉僧一群從天而下」的奇句，雖胡金銓的武俠片也不過如此了。再換一個角度，從上面來俯瞰徐霞客〈滇遊日記〉的一景：

復上躡崖端，盤崖而南，見南崖上下，如蜂房燕窩，累累欲墮者，皆羅漢寺南北庵也。

徐氏〈遊黃山日記後〉也有從上看下的妙句：

扶杖望硃砂庵而登，十里上黃泥岡，向時雲裡諸峰，漸漸透出，亦漸漸落吾杖底。

雲峰落到杖底，暗示攀登之高，既有動感，也饒諧趣。不到名山，難稱名士。反過來說，不經名士登詠，奇山也難成名。所以中國的名山，無一不經古人品題，不但畫家比繪，作家更是爭詠競歎。黃山之美聞於海內，爲文記遊者不可勝數，最有名的古有徐霞客、錢謙益、袁枚，今人則有季羨林。四人的遊記長短不一，短者亦近千字，不便全錄。爲便於比較，只各引其狀松之一段：

絕嶽危崖，盡皆怪松懸結，高者不盈丈，低僅數寸，平頂短鬣，盤根虬幹，愈短愈老，愈小愈奇，不意奇山中又有此奇品也……由接引崖踐雪下，塢半一峰突起，上有一松裂石而出，巨幹高不及二尺，而斜拖曲結，蟠翠三丈餘，其根穿石上下，幾與峰等，所謂擾龍松是也。（徐霞客〈遊黃山日記〉）

陟老人峰，懸崖多異松，負石絕出。過此以往，無樹非松，無松不奇：有幹大如脛而根蟠曲以畝計者；有根只尋丈而枝扶疏蔽道旁者，有循崖度壑因依于懸度者；有穿罅冗縫崩迸如側生者；有幢幢如羽葆者；有矯矯如蛟龍者；有臥而起起而復臥者；有橫而斷斷而復橫者……始信峰之北崖，一松被南崖，援其枝以度，俗所謂接引松也。其西巨石屏立，一松高三尺許，廣一畝，曲幹撐石崖而出，自上穿下，石爲中裂，糾結攫拿，所謂擾龍松也。石筍矼、煉丹台峰石特出離立，無支隴，無贅阜，一石一松，如首之有笄，如車之有蓋，參差入雲，遙望如薺，奇矣，詭矣，不可以名言矣！松無土，以石爲土，其身與皮幹皆石也。滋雲雨，殺霜雪，冓喬元氣，甲拆太古，殆亦金膏水、碧上藥、靈草之屬，非凡草木也。顧欲斫而取之，作盆盎近玩，不亦陋乎！度雪梯而東，有長松夭矯，雷劈之仆地，橫亙數十丈，鱗鬣偃蹇怒張，過者惜之。余笑曰：「此造物者

爲此戲劇，逆而折之，使之更百千年，不知如何槎枒輪囷，蔚爲奇觀也。」（錢謙益〈遊黃山記〉）

步至立雪台，有古松，根生于東，身仆于西，頭向于南，穿入石中，裂出石外。石似活，似中空，故能伏匿其中，而與之相化；又似畏天不敢上長，大十圍，高無二尺也。他松類是者多，不可勝記。（袁枚〈遊黃山記〉）

黃山上的松樹比其他地方更奇，是奇中之奇。你只要看一看黃山上有名字的名松，你就可以知道：蒲團松、連理松、扇子松、黑虎松……接引松，此外還不知道有多少松。連那些不知名的大松、小松、古松、新松，長在懸崖上的松，長在峭壁上的松，長在任何人都不能想像的地方的松，千姿百態，石破天驚，更是違反了一切樹木生長的規律。別的地方的松樹長上一千多年，恐怕早已老態龍鍾了，在這裡卻偏偏俊秀如少女，枝幹也並不很粗。在別的地方，松樹只能生長在土中，在這裡卻偏偏生長在光溜溜的石頭上；在別的地方，松樹的根總是要埋在土裡的，在這裡卻偏偏就把大根、小根、粗根、細根，一古腦地、毫不隱瞞地、赤裸裸地擺在石頭上，讓你看了以後，心裡不禁替它擔起憂來。（季羨林〈登黃山記〉）

黃山四奇，松爲第一，記山不可能不記松。就記松而言，前引四文之中應推錢文爲冠，徐文次之，袁文更次之，季文居末，似乎中國人寫黃山遊記，越來越退步了。黃山乃山中之奇，黃山之松乃松中之奇，宜有奇文以傳。那株怪異而美的擾龍松，前後經過明清三大家記賞，亦可稱松中奇士了。袁枚遊黃山，距徐霞客之遊爲一百六十七年（註三），擾龍松猶健在，恐已數百歲了，但是季羨林文中列舉山上名松十二株，卻未提擾龍松，難道是破石飛天而去了嗎？錢謙益寫黃山之松，有遠景的綜覽，也有近景的特寫。特寫的兩株奇松固然感性突出，形象濃縮之中有張力；綜覽的各種怪松也都賦以生動的姿勢，不像季羨林只用「千姿百態」那樣欠缺想像的抽象成語敷衍過去。一位作家的才氣，可以從他所用的比喻是否妥貼、生動、獨特來鑑定。錢氏狀獨岩孤松，用頭上插簪、車上張篷爲喻，十分動人，尤其是插簪之喻巧妙非常。寫長松仆地之狀，則前有「夭矯」，後有「鱗鬣偃蹇怒張」，龍的暗示呼應貼切。徐霞客和袁枚在文中不曾刻意狀松，但寫松的形態也令人難忘。季羨林的遊記卻很令人失望：他雖然列舉了奇松之名，卻未抽樣特寫，所以只給讀者籠統而模糊的概念。他一再對比地說「大松、小松、古松、新松」或者「大根、小根、粗根、細根」來表現松樹的「千姿百態」；這種並列的點名方式，缺少立體感的左右交錯，前後呼應，感性很低。一篇作品的感性如何，看作者如何用動詞，也可知其大概。在季文中，松的動詞只是「長」、「生長」、「埋」、「擺」；但錢文中松的動詞都是暗喻蛟龍的「蟠屈」、「攫拿」、「夭矯」、「橫亙」、「偃蹇怒張」。那一組動詞更有表情，有感性，一目了然。

泰山之名無人不知，甚至進入許多成語，古今遊記自多。其中最有名的，是姚鼐的〈登泰山記〉，文中最為人稱道的，是日出之景。錢邦芑的〈遊南岳記〉裡最出色的一景，也是日出，可以拿來和姚文一比：

極天雲一線異色，須臾成五采。日上，正赤如丹，下有紅光，動搖承之。或曰：「此東海也。」回視日觀以西峰，或得日，或否，絳縞駁色，而皆若僂。（姚鼐〈登泰山記〉）

重陰漸豁，霜氣在眉。東方白霧中一線霞裂作金黃色，由南亙北，直視萬里。少時漸巨，炫為五色，正東赤豔尤鮮。更待之，一輪血紫從層雲底奮湧而起，光華萬道，圍繞炫耀，大地豁朗，心目俱爽。（錢邦芑〈遊南岳記〉）

姚文末句寫日出後諸峰或迎光或背光，迎光則反紅，背光則保持原來的積雪白色，但都低於泰山，像彎著腰。相比之下，錢文最後十六字裡日既出的景色，就平淡簡單，遜色許多。可是寫日出本身，錢文的色彩更富麗，動感更鮮活，卻比姚文稍勝。姚文的「下有紅光，動搖承之」十分高明，把動感表現得靈活之至。不過錢文的色調領域更寬，從「重陰」到「霜氣」，從「白霧」到「一線霞」，從「金黃」到「赤豔」到「血紫」，層次繁富。動詞則有「豁」、「裂」、「亙」、

「炫」、「奮湧」等，表情也強得多。桐城派的文體以「味淡聲希，整潔從容」自矜，也難怪表情較平，節拍較緩。前引姚文多爲短句，尤多四言的基本句法，不像錢文「一輪血紫從層雲底奮湧而起」的長句那樣，能造成激盪的高潮。總結一句，錢文感性較強。

由惡溪登括蒼，舟行一尺，水皆汗也。天爲山欺，水求石放，至小洋而眼門一辟。吳閟仲送我，挈睿孺出船口席坐引白，黃頭郎以棹歌贈之，低頭呼盧，俄而驚視各大叫，始知顏色不在人間也。又不知天上某某名何色，姑以人間所有者仿佛圖之。

落日含半規，如胭脂初從火出。溪西一帶山，俱似鸚綠鴉背青，上有腥紅雲五千尺，開一大洞，逗出縹天，映水如繡鋪赤瑪瑙。日益智，沙灘色如柔藍懈白，對岸沙則蘆花月影，忽忽不可辨識。山俱老瓜皮色。又有七八片碎翦鵝毛霞，俱黃金錦荔，堆出兩朵雲，居然晶透葡萄紫也。又有夜嵐數層斗起，如魚肚白，穿入出爐銀紅中，金光煜煜不定。蓋是際天地山川，雲霞日采，烘蒸郁襯，不知開此大染局作何制？意者，妒海蜃，凌阿閃，一漏卿麗之華耶？（王思任〈小洋〉）

這一段描寫日落的散文，比前引描寫日出的兩段文字，感性又強烈得多。日出與日落都是極爲壯麗的視覺經驗，中國文學裡雖也常有描寫，但捕捉絢爛繽紛的色彩，原是畫家的所長，使用文字的作家只有望霞興歎。眞要勉用文字來著色，也不過像謝靈運的一些名句「雲日相暉映，空水共澄鮮」或是「出谷日尙早，入舟陽已微。林壑斂暝色，雲霞收夕霏」一樣，感性不濃。再進一步，能像蘇軾的「斷霞半空魚尾赤」那樣，就已十分明豔。但是像明末的王思任這樣大規模、大手筆、全神投入地去追攝霞光夕景，在中國文學裡恐怕是空前的了。其實在中國的詩文裡，像這麼感性可掬地形容五光十色，也是極罕見的。曹雪芹筆下的婦女衣飾，對顏色的分別大有講究，層次井然，絕對不像大紅大綠那麼簡陋。《紅樓夢》第四十九回裡就有這樣一段：「黛玉換上掐金挖雲紅香羊皮小靴，罩了一件大紅羽縐面白狐狸皮的鶴氅，繫一條青金閃綠雙環四合如意絛，上罩了雪帽。」不過曹雪芹筆下富麗而精細的色感，大半賦予衣飾和器皿，很少用來張羅雲影天光。

中國的繪畫素分南北二宗：北宗始於李思訓金筆朱粉的青綠山水，南宗則始於王維渲染多而鉤勒少的畫風。後來南宗筆淡意遠的水墨畫在傳統的畫評裡佔了正宗的地位，色彩在中國畫裡多少退居次要，至於光影對比更非中國畫所關心，也難怪十九世紀英國大畫家康斯泰堡要苛責中國人「畫了兩千年，還沒有發現明暗烘托這樣東西。」（註四）文徵明論山水畫說：「余聞上古之畫全尙設色，墨法次之，故多用青綠。中古始變爲淺絳，水墨雜出。」元人黃公望所畫的「淺絳」山水，便是在水墨的底架上略著赭石與花青。元以後文人畫愈趨淡遠，畫上總是色少墨多。

老子說：「五色令人目盲」，這句話，習於彩色電影和電視的八十年代，大概已難領略，可是崇尚道家的古代山水畫家卻聽得入耳。中國人大概是最能欣賞黑色與灰色之美的民族了吧？錢鍾書在〈中國畫與中國詩〉一文裡指出：中國畫尚南宗的沖淡清遠，但是中國詩評的正宗並不接受神韻詩派相似的主張。此論自有見地，不過中國詩畫在「刻劃體物」和「色相」上的分歧，在外國人看來，正如錢氏自己也說過的，仍是量異大於質異。一首典型的中國古典詩在色彩上給人的印象，仍然是水墨畫，至多也只是黃公望的「淺絳」山水。也許大詩人詠畫的詩中，可以探到一點消息。杜甫在大詩人裡是很能賞畫的一位，詠畫的作品很多，奇怪的是，這一類詩儘管生動，色感卻很淡：詠畫馬之作如此，即連詠山水畫之作如〈奉先劉少府新畫山水障歌〉、〈戲題王宰畫山水圖歌〉等，也是這種印象。蘇軾也愛詠畫，但色感也不很鮮明。〈書王定國所藏煙江疊嶂圖：王晉卿畫〉和〈李思訓畫長江絕島圖〉都是如此。前面的一首還有色感較富的句子，如「丹楓翻鴉伴水宿，長松落雪驚晝眠」；後面的一首幾乎毫無色感。這一點很值得注意，因爲李思訓正是北宗金碧山水之祖，而王晉卿也是北宗的名畫家；詠北宗畫尚且如此，詠南宗畫豈不更淡？

南宗水墨的清淡，元明以後更得文人畫推波助瀾，也難怪文人寫山水遊記時，自然而然會受影響。前文我曾引中國古代遊記中感性特強的段落，但那種文字並不常見，一般遊記描寫山水，往往在清淡中見韻味，不是在瑰麗奇偉中見生命。袁宏道、鍾惺、譚元春、李流芳、張岱等的山水小品，大都筆簡墨淡，予人遠觀之感。清代桐城派的散文，感性原就淡薄，在遊記裡更難遮掩。桐城文運，三傳至姚鼐還有幾篇可讀的遊記，四傳至管同就氣竭力衰了。

獨夜臥人靜，風濤洶洶，直逼枕簟，魚龍舞嘯，其形聲時入夢寐間，意洒然快也。夏四月，荊溪周保緒自吳中來。保緒故好奇，與予善。是月既望，遂相攜觀月于海塘。海濤山崩，月影銀碎，寥闊清寒，相對疑非人世境，予大樂之。（管同〈寶山記遊〉）

這樣的遊記不但感性單薄，文字也平凡，多襲前人之句。同一文中也有日出之景，再錄於左：

不數日，又相攜觀日出。至則昏暗，咫尺不辨，第聞濤聲，若風雷之驟至。須臾天明，日乃出。然不遽出也，一線之光，低昂隱見，久之而後升。

寫日出而這麼平淡溫吞，毫無文采，比起他老師筆底的泰山日出，是大大退步了。所以像王思任寫晚霞那樣感性恣縱的傑作，在明清的文壇簡直不作第二人想。那樣奪目的色感與光感，恐怕要向法國印象派的畫裡去尋匹儔。至於用文字來著色，恐怕也要去羅斯金描摹竇納名畫《運奴船》的文章裡，才能見到相似的絢麗了（註五）。

——一九八二年十一月

附註：

一、A poem should not mean / But be. ("Ars Poetica": by Archibald MacLeish)

二、可惜這些句子裡有一部分是襲柳宗元的〈袁家渴記〉。茲錄柳文如下，以資參照：「每風自四山而下，振動大木，掩苒眾草，紛紅駭綠，蓊葧香氣；沖濤旋瀨，退貯溪谷；搖揚葳蕤，與時推移。」蘇軾〈石鐘山記〉之句：「大石側立千尺，如猛獸奇鬼，森然欲搏人。」亦爲所襲。

三、徐霞客曾二遊黃山，第一次在萬曆四十四年（公元一六一六年）。袁枚之遊在乾隆四十八年（公元一七八三年）。

四、John Constable:The Chinese "have painted for 2000 years and have not discovered that there is such a thing as chiaroscuro." (Herbert Read:The Meaning of Art.)

五、John Ruskin:"The Slave Ship" from Modern Painters, Vol. I, Part II, Section V, Chapter 3. 我認爲王思任的寫景比羅斯金的更難能可貴，因爲他是直接描寫自然，而羅斯金的描寫有大畫家竇納（J.M.W.Turner）之同名原畫爲本。

中國山水遊記的知性

遊記寓抒情於寫景與敘事，強調感性，至於知性，則非必要。不過人性相當複雜：感官經驗可以激起情緒，情緒到了客觀的距離，「痛定思痛」，乃沉澱淨化而為思考。刺戟——反應——反省：一件事的經過，往往是始於感性而終於知性。遊記卻是「樂定思樂」的心態，正如王羲之所說：「當其欣於所遇，暫得於己，快然自足，不知老之將至。及其所之既倦，情隨事遷，感慨係之矣。」對於反躬自省的人說來，這種感慨不但是抒情的材料，還可進一步觸發議論。因為遊記不是論文，所以遊記中即使有議論，也是帶有感性兼具抒情的議論。

所謂「知性」，可以析為兩端，一是知識，一是思考。有知識而無見解，只是一堆死資料。思想得多而知識不夠，又淪於空想。遊記的知性也有兩端，一端是所遊名勝的地理沿革、文物興替，另一端則是遊後的感想，常從個別的事例歸結到普遍的道理，也就是以殊相來印證共相。站在遊記的立場說來，此二端最好是自然而機動地匯入文章的流勢中去。用傳統的結構方式分析，地理沿革的考訂之類往往是「起」，而議論感慨往往是「合」。如果地理水文追溯過繁，就變得像一篇地方志；如果議論太長，又變成一篇論說文，令人覺得是在借題發揮，對著無辜的風景訓話。

柳宗元的〈永州八記〉，後人奉爲遊記典範，所以在枕煙臥霞耽山飫水之餘，心有不安，總愛來一點考據和議論，以示此遊不虛。桐城派的遊記常在詞章之外加一點義理、考據，架子搭得不小，卻令人覺得遊興不高。徐霞客和方苞先後遊過浙東的名勝雁蕩山，但兩人的遊記迥然不同。遊記在文學作品中原是強調寫實的文體，卻因作者個性不同，致同一山水面貌互異，眞可謂側峰橫嶺，見仁見智了。徐霞客初入雁蕩山，登巉攀險，逸興遄飛，手足並用，耳目不暇，所寫的〈遊雁宕山日記〉近二千字，感性之美，可與任一散文大家比肩。從這篇遊記，得知徐霞客一身而兼詩人、地理家、攀山者之長，令人欽羨。相反地，方苞的〈遊雁蕩山記〉無一字敘登山之事，寫景的篇幅也只佔全文十之一二，餘下的篇幅卻用來發了兩點議論：其一是雁蕩山石壁陡峭，地又僻遠，乃能免於其他名山遭愚僧俗士剝鑿之劫；其二是山川明媚，能使遊者潛移默化，與天地相接；全文的結論是：「察於此二者，則修士守身涉世之學，聖賢成己成物之道，俱可得而見矣。」方苞的遊記在感性和知性上呈現的比重這麼懸殊，令我們懷疑，他的目的究竟是在遊山還是誨世，他的興趣究竟是在自然還是人事。讀遊記而不見山，豈不要懷疑雁蕩山只是方老夫子戴來說聖賢之道的面具？方苞論文，有義法之說：義是要言之有物，法是要言之有序，義法就是要兼重內容與形式，而形式又要配合內容。但是按之他的作品，他最善於處理的「義」還是人事倫理，不是自然之壯偉。所以他的好作品仍須向〈左忠毅公逸事〉、〈獄中雜記〉一類文章裡去尋找。山水非他性之所近，遊記，也非他擅長的文體。

方苞在遊記開始時便說：「入雁山，越二日而反，古跡多榛蕪不可登探。」這和徐霞客不畏艱險務求眞相的精神，完全不同（註一）。寫起景來時，方苞只有這麼一句：「若茲山，則浙東西山海所蟠結，幽奇險峭，殊形詭狀者，實大且多，欲雕繪而求其肖似，則山容壁色，乃號爲名山者之所同，無以別其爲茲山之岩壑也。」這樣寫景，非但沒有感性，反而否定了寫景文章的價值，因爲天下的名山在他看來都是大同小異的石頭。這麼說來，酈道元、徐霞客之流豈非徒勞無功，庸人自擾？寫遊記而發出這麼洩氣的怪論，令我懷疑作者恐怕根本不喜歡山水，而且根本不大會寫景，所以也就一筆帶過了。遊記當然可發議論，但是應就山水立論，興味應在山水，至少總也不該反對遊歷。袁枚的〈遊黃龍山記〉也是記遊少而議論多，可歸知性遊記之列；可是他的議論目的在解說山水之成形，乃自然的物理作用，非造化的刻意安排，而且他的說法生動活潑，取喻又很妥貼，令人高興。方苞的議論在遊記裡喧賓奪主，簡直篡了「感性之美」的位，令人覺得他「別有用心」。袁枚的議論文采動人，感性十足，求眞不忘求美：這種說理如在抒情的高妙藝術，莊子是大宗師，蘇軾是傳人。

蘇軾的遊記傑作有四篇：最有名的當然是前後兩篇〈赤壁賦〉，最天然最灑脫的小小品是〈記承天寺夜遊〉（註二），但層次最多變化最大的是〈石鐘山記〉。〈前赤壁賦〉其實是一篇議論縱橫的遊記，不過因爲抒情性強，知性乃不顯眼，至於寫景與敘事，只是次要的因素。〈後赤壁賦〉則恰恰相反，感性極濃，卻毫無知性；通篇寫景敘事，卻不著一字議論。徐霞客的〈遊雁宕山記〉通篇感性，也是如此。足見遊記而不發議論，仍不失爲傑作。〈石鐘山記〉卻是一篇複雜而多元的作品，兼有知性和感性。文章可分三段：第一段引《水經》之說而疑酈道元和李渤的解釋，正是山水遊記常見的考據；第二段述蘇軾親自乘船去山下求證而終得眞相；第三段乃大發議論，指陳士大夫讀書臆斷而不考察之病。首尾兩段是知性的探索，中段的寫景和敘事則發揮了感性；從懷疑到求證到結論，這篇文章的邏輯結構自然而緊密。最可貴的是，〈石鐘山記〉在知性的骨架上不忘經營富足的感性：

> 大石側立千尺，如猛獸奇鬼，森然欲搏人，而山上栖鶻聞人聲，亦驚起，磔磔雲霄間。又有若老人欬且笑於山谷中者，或曰：「此鸛鶴也。」余方心動，欲還，而大聲發於水上，噌吰如鐘鼓不絕，舟人大恐。徐而察之，則山下皆石穴罅，不知其淺深，微波入焉，涵澹澎湃而爲此也。舟迴至兩山間，將入港口，有大石當中流，可坐百人，空中而多竅，與風水相吞吐，有窾坎鏜鞳之聲，與向之噌吰者相應，如樂作焉。

這一段敘事、寫景、形聲並茂，感性之飽滿無憾，甚且超過〈後赤壁賦〉。地理考察的遊記，竟能寫成情逼境眞的美文，眞是曠古天才。蘇軾和方苞才力之高下，於此可見。蘇文的感性，爲了配合主題，特別側重聽覺。說鸛鶴唳於谷間，「若老人欬且笑」，那怪異的聲音和谷間反復的回聲，已十分驚人。何況還有好幾個擬聲詞，像重疊的「磔磔」，雙聲疊韻的「涵澹澎湃」和「窾坎鏜鞳」，更激發了讀者的聽覺想像。「山下皆石穴罅」一句，有五個嘶嘶沙沙的齒音，把石孔裡風旋水漱的味道也暗示了出來。遊記作者像是嚮導，指點我們去賞名勝。蘇軾有一番道理要說，他親自帶我們去現場聽風水激石之聲，然後就地印證他的看法，我們便信了。方苞呢，才到半路就說起道理來，我們連山都還沒見到，是尖的還是扁的還不知道，憑什麼要信他？所以遊記裡的知性須要充分的感性來支持，否則會令讀者覺得作者「別有用心」。

王安石的〈遊褒禪山記〉也有這個問題。這篇遊記是王安石的代表名作，也是一般散文選裡必收的名篇，歷來爲人稱賞。但是把它當一篇遊記來讀，卻令人不很滿足，至少我始終無法投入。〈遊褒禪山記〉約五百字，長短和〈石鐘山記〉相近；結構上也是首段考察所遊地的地理沿革，中段作實地的遊覽，末段則發揮議論。兩位作者同爲古文大家，所以這兩篇遊記也常相提並論。王安石在中段敘述他和四個朋友拿了火把去探褒禪山的後洞：

> 有穴窈然，入之甚寒，問其深，則雖好遊者不能窮也……余與四人（註三）擁火以入，入之愈深，其進愈難，而其見愈奇。有怠而欲出者，曰：「不出，火且盡。」遂與之俱出。

這是敘事的部分，接著王安石便借題發揮，暢論治學謀事之道，必須志大才高，更繼以毅力，始能歷盡險阻，終底於成，即使不成，也已盡力，可以無憾：

夫夷以近，則遊者眾，險以遠，則至者少。而世之奇偉、瑰怪、非常之觀，常在於險遠，而人之所罕至焉，故非有志者不能至也。有志矣，不隨以止也，然力不足者，亦不能至也。有志與力，而又不隨以怠，至於幽暗昏惑而無物以相之，亦不能至也。然力足以至焉，於人爲可譏，而在己爲有悔。盡吾志也而不能至者，可以無悔矣，其孰能譏之乎？

蘇文的結論要人實事求是，不要因惰就簡；王文的結論要人勇往直前，不要因怠就近。兩文頗爲相通，王文的議論似乎更爲縱橫。問題在於：王文從個別事例歸結到普遍原理之後，便止於抽象的推理，不再回頭去接應前面的個例，乃使個例和原理不能首尾相銜。就遊記而言，蘇文題目只是記山，王文題目卻是記遊；然而王文遊少而論多，對褒禪山說來，不免有過河拆橋、買櫝還珠之嫌。〈遊褒禪山記〉的中段也略有敘事，可惜事簡景稀。作者只說「入之愈深，其進愈難，而其見愈奇」，卻不肯多賣氣力，告訴我們究竟怎麼個深法，難法，奇法。深、難、奇只是抽象的形容詞，沒有生動的敘事，讀者實在難有具體印象。沒有具體印象，在感性上就不能說服讀者。讀者心理準備沒有成熟，看到議論中「而世之奇偉、瑰怪、非常之觀，常在於險遠」之句，就會覺得隔閡，因爲所謂「非常之觀」的樣品，讀者還沒有機會好好看過。王安石好像一位別有用心的導遊，帶了一群興匆匆的遊客去探洞，只在近口處用火把虛晃了幾下，就停下步來說：「也不必多看了，都是這樣的。倒是我要提醒各位，人生也是如此，要看到世間眞正的奇景，就得不怕深入……」

蘇軾就賣力得多，他眞把我們帶到石鐘山下，去風水爭鳴亂石相應的現場，親耳聽無邊無際的波聲涵澹澎湃，窾坎鏜鞳。然後他說：「所謂石鐘，就是這樣。」我們說：「對呀，正是這樣！」導遊再說：「世界上的事情不親自實地去求證，一味地胡思亂猜，行嗎？」我們說：「當然不行！」於是我們全信了他。

論通篇感性之濃厚，聲調之圓滿，呼應之嚴密，蘇文均勝於王文。論中段之敘事寫景，則蘇文感性強烈，如臨其境，王文感性平淡，未入其境。蘇文首尾相顧，其勢如環；王文從山洞裡一個彎轉到人生，之後就不回洞了。王安石的文勢，從個別轉向原理，從實轉向虛，卻不見「合」。〈遊褒禪山記〉的中段是末段議論之所據，全文題目之所指，通篇取喻之所依，可惜卻不夠力量，所以這篇遊記顯得頭大尾長，腰身卻嫌太細，不夠矯健。

知性遊記除了好發議論之外，還有一個現象，就是陳述或考證一個地方的史地資料，文物記載。作家往往兼爲學者，遊記有時也通於地理學、風土記，所以這種現象也很常見。一篇遊記不必是純感性的美文，遊記畢竟還是散文，不是詩。相當程度的「客觀」，對於素有寫實傳統的中國遊記，是必要的。要寫一個地方，當然應該盡量多了解它的背景和現況。在一流散文家的手裡，知性可以轉化爲感性，不會成爲感性的阻礙。有些知識或傳說，可以激發作者的想像，朝那方面去發揮。例如〈赤壁賦〉，那江岸如果沒有歷史的背景，作者的弔古之情，盈虛之論，也就無從附麗。不過知識是死的，見解是活的。有見解，才會把知識去蕪存菁，組織起來，加以活用。〈赤壁賦〉不贅述三國史實，也不詳考赤壁地理；換了桐城派的作家，一定要花一段文字來交代這些東西。蘇軾卻把這些東西化成生動的意象，放在「客」的口中說出來，成爲莊子式主客對話的一部分：這正是他化知性爲感性的天才。

中國遊記的傳統似乎有一個公式：首段總是這種史地的考據引證，中段才說「某年某月某日，予與某某相攜遊於某山……」敘事完畢，末段免不了以一番議論或感慨作結。遇到知性較強的作家，首段的考據引證每每頗長，和後面的敘事不成比例，所列細節，雖有助於當地的背景，卻無益於文章的氣勢。其實這些資料的臚列，只宜讀者參考，如果長篇累牘堆在文首，卻令人讀不下去，至少是讀不暢快。例如朱彝尊的〈遊晉祠記〉，一開頭就是大段的引證：

> 晉祠者，唐叔虞之祠也，在太原縣西南八里。其曰汾東王，曰興安王者，歷代之封號也。祠南向，其西崇山蔽虧。山下有聖母廟，東向。水從堂下出，經祠前。又西南有泉曰難老，合流分注於溝澮之下，溉田千頃，《山海經》所云「懸甕之山，晉水出焉」

是也。水下流，會於汾，地卑於祠數丈，詩言「彼汾沮洳」是也。聖母廟不知所自始，土人遇歲旱，有禱輒應，故廟特巍奕，而唐叔祠反若居其偏者。隋將王威、高君雅因禱雨晉祠，以圖高祖是也。廟南有台駘祠，子產所云汾神是也。祠之東有唐太宗晉祠之銘。又東五十步，有宋太平興國碑。環祠古木數本，皆千年物……

朱彝尊的文章以雅潔見稱；他遊蹤很廣，「所至叢祠、荒塚，金石斷缺之文，莫不梳剔考證，與史傳參互同異。」證之前文，果然如此。不過這種引證文字，細節紛繁，讀到後面，忘了前面，有些山水祠廟的相對位置，如用圖解，當更瞭然。這些史地知識的平面靜態介紹，所以顯得繁瑣而又單調，是因爲作者，亦即遊者，不在其中出現，不是第一人稱的敘事。龔自珍的〈說居庸關〉目的本在考察邊防地理，卻因其中有「我」出沒而像遊記：關鍵全在有無第一人稱的敘事。〈遊晉祠記〉也有第一人稱敘事，但及於晉祠的部分極短：

歲在丙午，二月，予遊天龍之山，道經祠下，息焉。逍遙石橋之上，草香泉冽，灌木森沉，儵魚群游，鳴鳥不已，故鄉山水之勝，若或睹之。

這一段文字果然有雅潔之美，但如果「予」能走進前一段引證文字中去，或者前一大段的地形史實能化一點到這一段的敘事裡來，全文當會生動得多。陸游的〈入蜀記〉有時也有這種五步一考十步一證的知性，讀多了便覺氣勢不暢，不如他的詩。遊記裡當然有地理，但遊記畢竟是文學，不是地理。遊記作者要傳的，是山水的精神，不是山水的家譜。有些現代作家寫遊記，尤其是國外之遊，對當地所知不足，便生呑活剝地引錄旅遊手冊上的資料，以致知性和感性格格不入。最上乘的遊記該是寫景、敘事、抒情、議論，融爲一體，知性化在感性裡面，不使感性淪於「軟性」。樂山樂水的人應該是仁者兼智者，有時更是徐霞客式的勇者。而徐霞客，豈僅是吟風弄月的騷人墨客。

——一九八二年十二月

附註：

一、方苞的〈遊雁蕩山記〉作於他七十六歲之年，也難怪缺少登臨的逸興，而要代之以議論了。徐霞客遊雁蕩時，只有二十八歲。

二、前後〈赤壁賦〉在各方面都形成對比。寫同一山水而風格大異，足見蘇軾之多才。我在《青青邊愁》頁二四八至二四九比較前後二賦之不同，不妨參閱。至於〈記承天寺夜遊〉，則是一篇透明無瑕的絕妙小品，輕輕運筆，淡淡著墨，比朱自清那篇〈荷塘月色〉爲遠勝。朱文意思本來不多，卻加上許多不高明的比喻，掉上兩個不必要的書袋，文章乃缺空靈之感：「這一片天地好像是我的；我也像超出了平常的自己，到了另一世界裡。我愛熱鬧，也愛冷靜；愛群居，也愛獨處。像今晚上，一個人在這蒼茫的月下，甚麼都可以想，甚麼都可以不想，便覺是個自由的人。白天裡一定要做的事，一定要說的話，現在都可以不理。這是獨處的妙處；我且受用這無邊的荷香月色好了。」朱自清這一段文字其實是在說理，卻說得費辭而乏味，而且放在一篇短短的寫景文中，也顯得冗長不當。這完全是個性的關係。朱自清拘謹，蘇東坡曠達。朱自清交代了半天的一番囉嗦話，蘇東坡一句就說清楚了，而且說得很自得：「何夜無月，何處無竹柏，但少閑人如吾兩人耳。」好的文章，尤其是好的遊記，往往有這種「自得」之情。東坡詩文之妙，往往在此。評註家卻說東坡自稱「閑人」，是指他當時貶官在黃州，做團練副使。這樣一註，便成死參：本來是自得之情，反變成一腔酸氣了。

三、王安石在〈遊褒禪山記〉的末段說明遊山的同伴是「廬陵蕭君圭君玉，長樂王回深父，余弟安國平父，安上純父。」也許「有怠而欲出者曰：『不出，火且盡』」的那個人，正是王安石的弟弟，則爲兄的正好借這篇遊記來訓誨爲弟的，也未可知，一笑。

論民初的遊記

山水遊記的成就，清人不如明人，民國初年的作家更不如清。民初作家裡有許多留學生，或去日本，或去美歐，不但長征萬里，而且久客經年，只要把所歷描述出來，就是一部部「西遊記」或「東遊記」了。何況現代的交通比起古代來大為便捷，舟車勞頓減輕了許多，不像陸游在八百年前從山陰（今之紹興）去夔州赴任，途中跋涉了七個多月。空間擴大，時間減少，在觀光成為「事業」的現代，照理遊記應該眼界一寬，佳作更多才對。實際卻不然。

一個原因，是現代人的縮地術雖然快了，不幸在工業時代生活的節奏也快了，忙人怎能領略閒山水呢？加以交通方式一快，「途中」所見就少而又草，不能像陸游那麼從容欣賞。那麼多留學生去了那麼多國家，在旅遊文學的成績上反而不如古代的讀書人在赴試、上任、貶謫之餘的表現。

另一個原因，是現代人的文筆不如古人。早期新文學的白話文正是青黃不接，在作家的筆下稚氣未除，一般散文都欠精鍊，遊記當然也不例外。當時的許多作家寫起散文來，誤把草率當成自由，不但風格蕪雜，結構散漫，甚至造句分段都有問題。這樣子寫成的遊記並不在少數，所以要指望當時的遊記能追上明人，未免太奢。何況再美的風景，再熱鬧的街市，都可以交給照相機去記錄，不必像古人那樣要寫進文章畫進圖畫裡去，所以今人就更懶得寫什麼遊記了。幸好徐霞客沒有照相機，否則他的遊記裡圖多文少，文學價值必然大減。

李白詩云：「海客談瀛洲，煙濤微茫信難求。越人語天姥，雲霞明滅或可睹。」古人要去外國旅行談何容易，所以〈佛國記〉、〈眞臘風土記〉一類的大遊記爲世所珍。可是今人旅覽外國的遊記，從〈歐遊心影錄〉到現在，卻多不勝數。這一點當然是今勝於古，可是這些域外遊記裡眞正的佳作不多，能像〈我所知道的康橋〉，已經罕見。徐志摩的這篇名作眾口交譽，其實不是一篇無懈可擊的平衡之作（註一）。〈我所知道的康橋〉共分四段，一段比一段好，可謂漸入佳境。第三段和第四段寫康橋的景色，感性十足，是此文精華所在。第一段的敘事平平；第二段的議論不太警策，文字則西化而拖沓。如果細加分析，就會發現第四段中還發了一番議論，同樣不夠練達。徐志摩是一位感性很強的浪漫詩人，但是議論，即使是抒情文章中的議論，卻並非所長。這一點表示他的知性不足，至少不足以撐持感性文章的邏輯骨架，也表示他在感性和知性的調和上，不能像蘇軾那一等級的散文家那樣收發自如。〈巴黎的鱗爪〉是徐志摩頗用氣力的一篇萬字長文，如果結構得好，再用適度的知性提挈筋脈，當能成爲更可觀的遊記。然而我們見到的

〈巴黎的鱗爪〉卻是一篇龐雜紛繁的文章，既非遊記，也非小說，甚至也不是脈絡明暢的美文：感性十足的部分頗有妙思與佳句，但一涉及說理，便露出鬆軟稚嫩的弱點，尤其擺不脫直接對讀者閒聊的爛漫語氣。杜牧的散文同樣是詩人的散文，可是〈阿房宮賦〉的邏輯張力就十分之強：此文前半段經營感性，濃烈迷人，誠然是十足的美文；後半段自「嗟乎！一人之心，千萬人之心也」起，感性不衰，知性卻逐漸加強，議論縱橫而不失之抽象，眞是能感能議的傑作。許多感性氾濫的美文作家忽略了一件事情：那就是鞭辟入裡的邏輯張力，也是一種美。如果散文是一把秤，感性的秤盤裡不妨加重，但知性的秤錘應該維持平衡。

民初散文有種種缺點，語言不精純是其一端。當時的作家，有的從文言裡剛放出來，對白話有點手足無措；有的卻立刻掉進西化裡去，對西文句法不知化解。前者形成文白夾雜，後者則中西相牴。下面是從域外遊記裡摘出來的兩例，說明了高明如任公也難逃時代的通病。

> 凡爾登市是怎麼一個光景呢？我這枝拙筆竟若不能形容。諸君若有遊過意大利的人，將那二千年前羅馬的「佛林」和維蘇威火山底下的邦俾拿來聯想比較，或可彷彿一二。但比起破壞的程度來，反覺得自然界的暴力，遠不及人類，野蠻人的暴力，又遠不及文明人哩！（梁啓超：〈凡爾登〉）

> 當高君說要領我們去吃中國飯的時候，我立刻就跳起來贊成。我眞料不到這裡會有

中國飯館，在這中國人很不佔勢的巴黎。我是多麼想吃故鄉的東西啊，在吃了三四十天西餐之後。（徐霞村：〈第一天到巴黎〉）

徐霞村在同一篇文章裡描述火車在塞納河谷駛過，寫景也平平無甚可觀。也許域外遊記寫域外景色，不便和古人寫的華山夏水比較，但是同樣是寫本土之景，民初的遊記，甚至今日許多名作家的遊記，卻不如古人。

太陽落山了。它底分外紅的強光從樹梢頭噴射出來，將白雲染成血色，將青山也染成血色。在這血色中，它漸漸向山後落下，忽而變成一個紅球，浮在山腰裡，這時它底光已不耀眼了，山也暗澹了，雲也暗澹了，樹也暗澹了。這紅球原來是太陽底影子。

（徐蔚南：〈山陰道上〉）

這一篇山陰道上的遊記，寫景平庸，並不令人應接不暇。山陰，就是今日的紹興。同樣是寫浙江的落日，徐蔚南的這一段怎麼能跟晚明王思任寫夕照的美文〈小洋〉相比呢？王思任的色感豐富而有層次，光是紅就有「胭脂初從火出」、「腥紅雲」、「赤瑪瑙」、「出爐銀紅」等等層次，徐蔚南的紅只有「血色」；王思任的山呈現「鸚綠、鴉背青、老瓜皮色」三種獨特的色調，徐蔚南的山只是「青山」。在同一文中，徐蔚南筆下的雲，論形論色，都不可觀；後面接著的「知性句」

也沒有什麼高見：

白雲確有使人欣賞的價值，一團一團地如棉花，一捲一捲地如波濤，連山一般地擁在那兒，野獸一般地站在這裡：萬千狀態，無奇不有。這一幅最神祕最美麗最複雜的畫片，祇有睜開我們底心靈的眼睛來，才能看見其間的意義和幽妙。

山陰的雲在徐氏筆下如此，廬山的雲在豐子愷的筆下也不太動人。豐子愷遊廬山十天，寫了一篇〈廬山面目〉，重點仍在他散文中常見的淡淡抒情和娓娓敘事，但對名山之美卻很少著筆，偶爾寫景，也少感性。山上十日，他的興趣卻在人物，四分之一的篇幅用來敘述一位綽號濟公活佛的遊客。「我只記得他（濟公活佛）說有一次獨自走到一個古塔的頂上，那裡面跳出一隻黃鼠狼來，他打湖州白說：『渠被俉嚇了一嚇，俉也被渠嚇了一嚇！』我覺得這簡直是詩，不過沒有押韻。」像這樣充滿情趣的敘事，是遊記中最動人的片段。但是遇到寫景的時候，豐子愷卻顯得有點敷衍，只用成語來充想像：「山光照檻，雲樹滿窗，塵囂絕跡，涼生枕簟，倒是眞正的避暑。」廬山的雲無端而來，忽然而去，最是奇觀，但到了豐氏筆下，卻有點令人失望：

憑窗遠眺，但見近處古木參天，綠陰蔽日；遠處崗巒起伏，白雲出沒。有時一帶樹林忽然不見，變成了一片雲海；有時一片一片白雲忽然消散，變成了許多樓台。正在凝望之間，一朵白雲冉冉而來，鑽進我們的房間裡。倘是幽人雅士，一定大開窗戶，歡迎它進來共住；但我猶未免為俗人，連忙關窗謝客。（豐子愷：〈廬山面目〉）

同樣的雲，一到了清朝散文家惲敬的筆端，便神態飛揚起來：

雲過，道旁草木羅羅然，而澗聲清越相和答……石勢秀偉不可狀，其高峰皆浮天際，而雲忽起足下，漸浮漸滿，峰盡沒。聞雲中歌聲，華婉動心，近在隔澗，不知為誰者。雲散，則一石皆有一雲繚之。忽峰頂有雲飛下數百丈，如有人乘之行，散為千百，漸消至無一縷，蓋須臾之間已如是。徑天池口，至天池寺。寺有石池，水不竭。東出為聚仙亭、文殊岩。岩上俯視，石峰蒼碧，自下矗立，雲擁之，忽擁起至岩上，盡天地為綃紈色，五尺之外，無他物可見，已盡卷去，日融融然……東至佛手岩，行沉雲中，大風自后推排，雲氣吹為雨，洒衣袂。（惲敬：〈游廬山后記〉）

郁達夫在民初的作家裡，是擅寫古典詩的高手，照理寫起遊記來，應該長於寫景，在〈山水及自然景物的欣賞〉一文中，他暢論大自然對人性的提升之功，認為欣賞藝術有待修養，但大自然之美人人都會領略。他說：「大抵山水佳處，總是自然景物的美點發揮得最完美，最深刻的地方；孔夫子到了川上，就覺悟到了他的栖栖一代，獵官求仕之非；太史公遊覽了名山大川，然後才死心場地，去發憤而著書，從知我們平時所感受不到的自然的威力，到了山高水長的風景聚處，就會得同電光石火一樣，閃耀到我們的性靈上來……所以要想欣賞自然的人，我想第一著還是先上山水優秀的地方訓練耳目，最為適當。」在同一文中，他甚至認為「中國貪官汙吏的輩出，以及一切政治施設都弄不好的原因，一大半也許是在於為政者的昧了良心，忽略了自然之所致。」

郁達夫的這一番話我們未必同意，例如太史公發憤著書，是因為受刑之辱，而不是遊夠了名山大川。司馬遷準備做史官，當然要了解地理，考察史蹟，所以著書的動機是因，旅遊是果，到了後來，旅遊的印象又助長了他的文氣。至於「發憤」著書，則是政治上挫折肉體上受創的關係。而把政治的弊病歸因於權貴的遠違自然，更是可愛然而天眞的說法。儘管如此，郁達夫十分著重自然之美對性靈的誘導，是顯然的。他的散文裡有不少寫景之作，更有遊記多篇；其中〈釣台的春晝〉長五千餘字，寫景、抒情、議論三者並勝，文中雖然屢見冗句敗筆，但前段夜遊桐君山道觀，後段晝遊釣台，均有佳妙，結頗有餘音。但另一篇〈仙霞記險〉就差得多，不但冗句常見，而且寫景平庸，所經所歷也稱不上題目所標的「險」字：

> 轉一個彎，變一番景色，上一條嶺，闢一個天地，上上下下，去去回回，我們在仙霞山中，龍溪岸上，自北去南，汽車足足走了有一個多鐘頭的山路。山的高，水的深，與夫彎的多，路的險，不折不扣的說將出來，比杭州的九溪十八澗，起碼總要超過三百

多倍。要看山水的曲折，要試車路的崎嶇，要將性命和運命去拚拚，想嘗一嘗生死關頭，千鈞一髮的冒險異味的人，仙霞嶺不可不到……（郁達夫〈仙霞記險〉）

這實在是平面的寫法：排比的句法並沒有提供什麼生動的形象和突兀的音調，把當時的感性傳給我們。那麼多險彎，爲什麼不舉一個實例來看看呢？再引徐霞客登仙霞嶺的一段以資比較：

冒雨爲龍洞遊，同導僧砍木通道，攀亂蹟而上。霧滃棘銛，芾石巃崖，獰惡如奇鬼。穿簇透峽，窈窕者益之詭而藏其險，屹屼者益之險而斂其高……洞既束肩，石復當胸，無可攀踐，逾之甚艱。再入，兩壁愈夾，肩不能容，側身而進，又有石片如前，阻其隘口，高更倍之。余不能登，導僧援之。既登。僧復不能下，脫衣宛轉，久之乃下。余猶側佇石上，亦脫衣奮力，僧從石下掖之，遂得入……挑燈遍矚而出。石隘處，上逼下礙。入時自上懸身而墜，其勢猶順。出則自下側身以透，胸與背既貼切於兩壁，而膝復不能屈伸，石質刺膚，前後莫可懸接。每度一人，急之愈固，幾恐其與石爲一也。既出，歡若更生。（徐霞客：〈閩遊日記後〉）

比起徐霞客來，大半的遊記作者都只能算是公子遊春而已。這一段比起郁達夫來，無論在經驗或文字上，都勝出許多，顯得民初的作家行文草率，感性貧弱，遜於古人（註二）。我們應該記得，徐霞客的日記是每天在跋涉之餘才執筆的，既限於體力，又迫於時間，更不是在什麼明窗淨几的書齋。其毅力與天才，令人欽佩。民初的遊記，寫景的感性不如古人，敘事的條理也似乎較遜。俞平伯寫了好幾篇遊記，其中〈西湖的六月十八夜〉長達三千多字，也曾收入一些散文選裡。此文前面的三分之一，解釋杭州人何以要在那一夜擠去西湖，條清理暢，娓娓可誦。不幸後文一入俞平伯遊湖的親身敘事，文章便散漫而零碎，遊程既亂，遊伴也似乎出沒無常，中間還夾上英文代名的什麼H君啦，Y小姐啦，L小姐啦，令人讀來吃力而乏味。最奇怪的是，到了文末又出現了一位L君，也不知道是不是前面那位L小姐變的。但是同一題材的遊記，例如袁宏道的〈晚遊六橋待月記〉和張岱的〈西湖七月半〉，敘事的條理就清楚多了。袁宏道的遊記，於季節爲春，於一日爲朝夕，時間交代得十分清楚。張岱的一篇，先把遊客分成五類，逐一刻劃，再依時間順序描寫俗人如何巳出酉歸，擠成一團，雅人又如何從容欣賞月色：人物、景色、時間、地點，無不明確。

> 秦淮河裡的船，比北京萬生園，頤和園的船好，比西湖的船好，比揚子瘦西湖的船也好。這幾處的船不是覺著笨，就是覺著簡陋，侷促；都不能引起乘客們的情韻，如秦淮河的船一樣。（朱自清〈槳聲燈影裡的秦淮河〉）

這是朱自清長篇遊記接近開頭的一段，敘事就不夠精采，欠缺波瀾。「甲比乙、丙好，比丁好，比戊也好」；這是平鋪直敘的流水賬，句法太隨便了。「都不能引起乘客們的情韻，如秦淮河的船一樣」；這種西化句法把弱句放在強句之後，不但氣疲，而且還易引起誤會。「如秦淮河的船一樣」是指「不能引起乘客們的情韻」呢？還是「能引起乘客們的情韻」呢？如果改成「都不能像秦淮河的船這樣引起乘客的情韻」，就明白得多。

> 白門遊，多在水。磯之可遊者，曰燕子，然而遠；湖之可遊者，曰莫愁，曰玄武，然而城外；河之可遊者，曰秦淮，然而朝夕至；惟潭之可遊者，曰烏龍，在城內，舉舁即造，士女非實有事於其地者不至，故三患免焉。（譚元春〈初遊烏龍潭記〉）

白門，就是今之南京，所以譚元春的遊記和朱自清的，是同一題材；可是譚文的敘事，句法緊湊，條理分明，遠勝朱文。譚文也有多項比較，但在分析之中富於變化，起伏開闔，大有可觀。譚文的結構呈輻射狀，比朱文的直串多姿：他先提圓心的轂（水），然後舉半徑的輻（磯、湖、河、潭），然後就地點之遠近分析圓周上各點（燕子磯、莫愁湖、玄武湖、秦淮河、烏龍潭）的優劣，一氣呵成，文勢暢捷之中有頓挫。

還有一類民初的遊記，文字倒也穩妥平實，只因所遊名勝歷來題詠已多，於是連篇累牘大引前人詩文，務使一景一物皆得印證；其結果是整篇遊記晃動著古人的影子，好像不是自己在登山覽水。試看明清的好遊記，有多少是這麼東引西錄的呢？像鍾敬文的〈太湖遊記〉和周瘦鵑的

〈新西湖〉，都有這個毛病。

新文學運動以來，不但廢止了文言，改用白話來創作，連古典文學也受到冷落，甚至受到否定，不是說文字已經僵化，就是說內容封建有毒。一般新作者貿貿然拋棄了古典的傳統，卻又無力吸收並消化外國文學的菁華，往往就在前無古人旁無西人的眞空地帶，只憑幾本不太可靠不太可讀的譯文，和時人所謂的名家之作，來充取法的典範；才高思敏的少數，或許可望青出於藍，但是一般起步的作者，恐怕就會終身陷在其中。要寫好散文，只讀二、三十年代的所謂範文名篇，絕對不夠。坊間的散文選所收的作品，水準不齊，大致而言，平庸之作頗多，甚至也有中下之品，而佳作之中多爲瑜不掩瑕，要求條理明暢，文采動人，氣勢磅礴或韻味深永如古典大家的傑作，十不得一。還有一些類書選集，草草輯成，竟然聲稱可供青年寫景、敘事、抒情等等效法，眞是幼稚。

新文學的散文眞能勝過古文嗎？在議論文、雜文，和人情世故生活趣味的小品文上，也許接近古人；但在寫景敘事的感性上，還罕見能追古典文學的水準。至少民初的散文家不能在這方面跟唐宋大家甚至明清的名家較量；至少以感性爲重的遊記，到民初是退步了。現代人在自然科學上是進步了，但對於大自然本身，亦即古人所謂的造化，卻日漸疏遠了。像徐霞客、潘耒那樣饕山餮水餐煙宿霞的癖好，已經不可能求之於今人。而在另一方面，新文學的散文家，尤其是民初的一些，口頭鄙古卻又擺不脫古人的影響，奢言師西卻又得不到西方的眞諦，加以下筆輕易，既不推敲文字，又不經營結構，要求他們在感性藝術上有所建樹，也是奢望了吧。

——一九八二年八月

附註：

一、徐氏此文的一些疵句，我在〈早期作家筆下的西化中文〉一文中曾有分析：文見拙著《分水嶺上》頁一二三至一三四。

二、郁達夫的文字頗多瑕疵。〈釣台的春晝〉裡有這樣的劣句：「尤其要使旅客感到蕭條的，卻是桐君山腳下的那一隊花船的失去了蹤影。」郁氏原意該是：「桐君山腳下的那一隊花船失去了蹤影，尤其使旅客感到蕭條。」同文中還有這種詞意犯重的句子：「船到桐廬，已經是燈火微明的黃昏時候了，不得已就只得在碼頭近邊的一家旅館高樓上借了一宵宿。」又一例為「倘使我若能在這樣的地方結屋讀書，以養天年，那還要什麼的高官厚祿……」在〈仙霞紀險〉一文中，又有這樣累贅拙笨的句子：「搜尋了好幾處，才找到了一所基幹隊駐箚在那裡的處所。」另有一段文字更加冗贅：「重回到小竿嶺的那個隘口的時候，幾刻鐘前曾經盤問我們過，幸虧有了陳萬里先生的那個徽章證明，才安然放我們過去的，那個捧大刀的守衛兵，卻笑著對我們說：『你們就回去了麼？』回來一過此口，已經入了安全地帶，我們的膽子也大起來了……打算爬上山去，親眼去看一看那座也可以說是一夫當關，萬夫莫開，宋史浩方把石路鋪起來的仙霞關口。」毛病十分刺眼：「守衛兵」前面堆砌了四十二字的形容詞；「仙霞關口」前面則堆了二十六字。這種種毛病，在早期新文學名家筆下，多不勝數。

三、朱自清此文毛病亦多，文首就有這麼一個累贅句：「於是槳聲汩——汩，我們開始領略那晃蕩著薔薇色的歷史的秦淮河的滋味了。」我有長文〈論朱自清的散文〉，收在拙著《青青邊愁》裡，可以參閱。

巴黎看畫記

古典的黃昏

以前只是在印象主義的畫裡見過法國，幻而似眞；等到親眼見了法國，卻疑身在印象派的畫裡，眞而似幻。在法國的七天半裡，就算不進美術館，舉目所見，也無非印象派或巴黎派的畫境。一世紀後，巴黎的天空，塞納河上的波光，雲影，樹色，仍像莫內筆下的情韻。寂寞長巷，行人寥落，只有清瘦的路燈，守著遠方的排窗與屋頂，煙囪上密密的亮起通風管，守著陰陰的天色：不正是烏特利洛（Maurice Utrillo）所習見的街景？巴黎的女人不再戴帽，撐傘，曳嫋嫋的長裙，但秀逸和姣好的一些，如果你留心賞看，仍然可以上雷努瓦的畫面。

拿破崙時代雄視歐洲的法蘭西，那赫赫的聲威與光彩，如今早已不在。允達開了他那輛頗驕（Peugeot）名車載我和吳魯芹、徐東濱到西南郊外的凡爾賽故宮，去憑弔路易十四的高雅與奢華。正是雨後乍晴，低溼的灰雲開處，無限好的夕暉刷地燃亮了那千門萬戶。和一排排石柱撐住的燦金豔黃。暮寒裡，我忽然感到衣薄，想起了「西風殘照，漢家陵闕」。已經九月底了，法國的楓樹和野栗樹仍然是一片蔥綠，雨後的沙地上，落滿了一粒粒飽圓光潤的野栗子。我和東濱揀了一粒藏在袋裡，算是紀念一個古典的黃昏。

法蘭西不再是一等強國，但今日之巴黎仍然是西方藝術之都，古典的芬芳，浪漫的情韻，自由閒散的生活節奏，仍然吸引著世界上無數愛美的心靈。紐約當然比巴黎高，比巴黎新，也比巴黎闊氣，港口的自由神像比塞納河上的那座大二十倍，但赫德遜河畔那有塞納河畔的風流和記憶？十九世紀的紐約那有同時的巴黎那麼人才薈萃，群彥汪洋？紐約也可以建鐵塔，蓋教堂和美術館，但總不好意思造一座皇宮吧。歷史，是花錢買不到的。巴黎本身就是一座露天的博物館，一冊開卷的史書，聖母院正是扉頁。難怪缺德的王爾德要說：「好心的美國人死了，就去巴黎。」

高盧人眞是藝術的民族，什麼都講究色彩雅麗，印象主義大燦於法國，不是偶然的。巴黎街頭的警察，雪白的高帽，淺藍的制服，鮮麗可以入畫。花市的眾芳，餅店櫥窗裡的各式糕點，露天咖啡座的紅幕白椅，莫不繽紛之中帶著雅致，無論是姹紫嫣紅，粉白嫩青，淡描濃敷總令人遊目賞心，大饜視覺。地上如此，地下也不含糊。巴黎的地下車，座位一律朝前，舒適整潔，勝過倫敦。車尾過處，藍身黑帶，紅燈豔亮。車站照明充足，別有洞天，有些站上更供著一龕龕的雕像，而隧道高高的磚砌洞頂，漆成了油潤潤的滿天鮮檸檬黃，令我想起梵谷和高敢。相比之下，紐約的地下鐵更顯得陰森而荒涼。

法國東部的田園，景色十分秀雅。從巴黎乘火車南下，兩百多公里一望盡是平原，巨幅的田疇之外是茂密青黛的森林，即使有緩緩而斜的山丘，草坡上也總是散牧著牛群，或黑或黃，或白底而有花斑，最醒目的是乳白的牛群反襯在鮮綠的草野，雖然聽不見牧笛，卻髣髴在掀柯洛（Camille Corot）的畫冊，一頁又一頁。時或駛過三兩個村鎮，鄉道邊一排排的小屋，或整齊，或錯落，但多是白牆紅頂，掩映在白楊或楓樹的背後，更後面聳起教堂的塔尖纖瘦，指著雲影變幻的遠天。這景色，畢沙洛永遠畫不厭，我靠在窗台上也永遠看之不倦。又或駛過水邊的河鎮，粼粼的波光裡泊著長長的平底貨船，翔著水鳥，若被席思禮看到，一定也不會放過。

印象主義在西方的畫壇已成歷史，但其光華耀目的藝術長存後世，安慰我們的視覺神經，治療我們對上一世紀的渺茫的鄉愁，不但記錄了一百年前法國中產階級的悠閒生活和巴黎的繁華世界，也像呂洞賓的點金仙指一樣，教我們如何睜開眼來，飽飫戶外的光影和色彩。無論未來的畫派畫風如何變化，那些作品的空氣和陽光已經不朽，像陳年的白蘭地一樣，久而愈香。我可以這麼說：自從有了莫內，所有的風景都變了，風景其實沒變，是我們的眼睛變了。莫內在我們的眼球玻璃體上施了一點什麼小手術，以後，我們就把陽光，把流瀉的黃金當酒喝了。

我到巴黎的那天，天色薄陰，地平線上凝著永遠擰不乾的灰綠水雲，偶爾日光一綻，也只像守財奴的金庫，方啓便關。畫家陳英德放下工作，帶我去羅浮宮的印象主義美術館（Musee de Jeu de Paume）去曬莫內的豔陽。

印象館

印象館的原名叫做「網球場美術館」，因為原址在一百二十年前是拿破崙三世為其太子所建的舊式網球場。從一九〇九年起，此地便用來展覽近代的繪畫。二次大戰期間，納粹把在法國掠劫的名畫貯藏在此，然後運去德國，戰敗之後，才又運回本館。

今日的印象館內，收藏了五十位畫家的作品，總數為五二九件，當然是印象派藝術最大的寶藏。這些作品大半是畫家本人，畫家的後人，或畫家的朋友歷來所捐贈；例如在梵谷臨死前照顧過他的嘉舍大夫（Dr. Paul Gachet），也是塞尚和吉約曼的好友，他所捐贈的名畫便獨懸一室，謂之「嘉舍室」，以為紀念。有趣的是：這位嗜畫如狂，自己也有點神經質的醫生，也是一位畫家，他用梵．里賽爾化名簽字的兩幅作品也排在館內。其實五十位畫家之中，有的只是印象主義的先驅，例如戴拉克魯瓦，柯洛，布丹；有的是超越前人另闢天地的後進，例如梵谷，高敢，塞尚；也有畫風和印象派潮流無涉的並世名家，例如方丹．拉都（Henri Fantin Latour）。同時，由於捐贈人特定的條件，莫內和雷努瓦等的二十二幅作品卻必須掛在羅浮宮中，陪著那些影深光斂的遠古名畫。所以印象館的收藏也未盡完備。

在幾位大師之中，收藏得最富有的，是莫內，共得七十三件。其次是雷努瓦（五十七件）和戴嘉（四十八件）。其他依次是畢沙洛（四十一件），席思禮（三十六件），塞尚（三十一件），馬內（三十一件），高敢（二十二件），梵谷（二十一件），羅特列克（十六件），吉約曼（十五件），色拉（十件）。

戴嘉

我們從樓下的戴嘉室看起。以前在印象派畫家之中，我並不特別喜歡戴嘉，但看了這次展出的這些畫和一併陳列的雕塑品之後，卻大爲改觀。他眞是一位人像畫的大師，偶然也畫風景，但不出色。他的女人，或跳舞，或燙衣，或沐浴，或打呵欠，美在動作本身，不像雷努瓦那些靜態的女人，美在姿色。雷努瓦筆下那些容貌姣好的女人，當然也是美極了的，但是他晚年畫之不厭的那些紅豔豔胖敦敦的婦人，有色無形，太熟膩了，我並不喜歡。反之，戴嘉的晚作卻似乎益入佳境，不但姿態自然，造型別出匠心，而且色調成熟，筆觸敏感，絕不浪費顏料。據說戴嘉在五十六歲（一八九〇）以後，即已視力衰退，但是一八九二年那幅「缸中沐浴的女人」線條仍然那麼得心應手，準確而有力，眞是難能可貴。除了女人之外，他也善畫馬和騎師，晚年所塑馬像，神態莫不生動。另有所塑一座舞女，仰面閉目，十分入神，已經是一件傑作，而舞裙翩然，就用眞的白紗摺成，眞是匪夷所思，難怪英德說，大藝術家有才，自然有膽。

我和英德細細審視戴嘉那幅有名的「臺上的舞女」，覺得無論在色彩，光影，構圖各方面，都技巧圓熟，無懈可擊。這一幅精巧的粉筆畫，是他四十四歲時的傑作，背景是芭蕾舞台繽紛絢豔的佈景，只見兩三舞裙掩映其間。前景則用灰褐的地板襯托出一位手舞足蹈渾然忘我的舞女，正乘著音樂的旋律，迎著台前腳燈如潮的光芒，紗裙盛開，鳥一般地向觀眾翔來。這只是芭蕾舞中瞬間的一景，即現即逝的，卻被戴嘉手到擒來，成爲永恆的歡欣。那少女揚臂如翼，右腳向前，左腳隱在身後，更見飛舞的迅速輕靈。頸間所繫的緞帶，飄起的方向不是朝身後，而是朝右邊，可見她是迴旋而來。少女的姿態簡直是光之頌歌，盡綻的白紗迎光飄動如雲，又如一蓬精緻的白焰，把她原已年輕膩嫩的肌膚照得分外晶瑩，尤以迎光最近的右腿爲然，那光影的層次，眞正是神乎其藝。她的臉仰起，所以大半藏在柔影裡，而下頷和頸項便全浴在光中。脣下頷上，隱然一抹淡影，可以想見她有一個俏皮的下巴，微微翹起，眞惹人遐思。這種細節都照顧到了，戴嘉的藝術確不含糊。我們發現他的畫張張達到高境，罕見敗筆。

馬內

馬內在館中的畫只有三十一幅，不過重要的大半在這裡了。馬內有「第一位現代畫家」之稱，可是在畫派上卻難以歸類。有人把他和庫爾貝一同納入寫實派，可是他的人像畫以中產社會爲主，不像庫爾貝那麼側重勞動階層；此外，庫爾貝強調主題，馬內則強調藝術本身。庫爾貝的畫面仍然是暗沉沉的，馬內的卻把觀眾帶向一個陽光充足線條流動的世界。又有人把馬內納入印象派，其實馬內之所以貌若印象派的幫主，是因爲他在「反派」畫家裡年紀最大（長於塞尚、莫內、雷努瓦各爲七、八、九歲），吃學院派評判諸公的苦頭最早，受巴黎愚民的淩辱最劇，直到死時猶不得志，所以隱然有新派畫「先烈」的形象。其實他文質彬彬，爲人風雅，並不想和那批造反畫家攪在一起，也無意和他們聯合展畫。同時，他的畫風比起印象派正宗的畫家如莫內和雷努瓦的來，顯得有點滯而不流，僵而不化。他把法國的現代畫帶到成熟點之前；要熟極而燃至於燦燃大盛，還得等莫內出現。

馬內早期的作品，如一八六〇年的「我的父母」，結構嚴謹，色調妥貼，但那一層層深褐濃棕的陰影，仍然籠在古典院畫的傳統裡。一八五三年的兩幅力作：「草上野餐」和「奥林比亞」，既見拒於評判，又被斥於大眾，直有石破天驚之勢，也使馬內終身潦倒，飽受誤解。其實馬內在構圖上也非前無古人，因爲「草上野餐」的佈局近於喬佐內的「田園雅樂」（Pastoral Concert:by Giorgione），而「奥林比亞」的裸臥之姿也令人想起狄興和戈雅。不過這兩幅畫太有名了，在看過千百張複製品之後，如今忽然仰立在原作的面前，伸手就可觸及，還是令人神經震奮的。果然比一切複製品博大而又精妙，色彩尤其層次分明，耐人久看，特別是「奥林比亞」那一幅。在許多複製品中，奥林比亞的黑女奴幾乎五官難辨，那隻黑貓也幾乎隱身於陰影之中。面對原作，一切都看懂了，卻覺得裸女的頸子太粗，英德也認爲她的右手不太自然。

我比較喜歡馬內晚期的作品。一八七八年的「露胸的金髮女人」和一八八二年的「伊兒瑪・布玲娜畫像」都生動而流暢，不同於早年的拘束。一八六八年的「左拉像」和「陽台」，雖然被官方的沙龍接受，我卻認爲不是他的傑作。一八六九年的那幅「月光照在布羅涅港上」，有一種陰鬱荒誕之美，畫得十分大膽，近於北歐表現主義的風格，在馬內畫中，是例外之作。

畢沙洛

畢沙洛在正宗的印象派畫家裡，地位十分特殊。他最年長，最忠於印象主義的原則，而且有始有終，參加了每一次印象派的畫展。他性情溫厚，對年輕的畫家總是慷慨相助，鼓勵有加。畢沙洛善寫風景，早年很受柯洛的啓示。他筆下的風景，多在法國北部，尤其是巴黎近郊的蓬圖瓦斯和艾哈尼。他的畫面多爲村口路頭，二三人家，掩映樹後，極富抒情的田園韻味，望之眞令人生終老林泉之念。中國古典畫常稱風景爲山水，可是畢沙洛的風景畫裡無山，因爲法國北部一望平原，也無水，因爲畢沙洛不愛畫水，雖然蓬圖瓦斯就在河邊。莫內畫中那種水光粼粼倒影欲動的靈逸之趣，在畢翁圖裡絕少出現，眞是名副其實的landscape了。

畢沙洛在畫家之中不屬於思考的一型。有些畫風或畫技，本來由他領頭，卻被後輩舉一反三超過了他，倒過來領著他走。當初是他把塞尙帶去蓬圖瓦斯，教以戶外寫生，並用鮮明的色調。但是後來，這位南部來的鄉下人卻暗暗啓示他怎樣用大刀闊斧的幾何化、秩序化來經營風景的體積感。到了後期，他又在色拉的影響下試驗過點畫派的技巧。博採各家之長，是畢沙洛的優點，但也說明他不是獨樹一幟的大師。他是多產的畫家，一八七〇年普法之戰，他和莫內逃去英國，但是留在巴黎近郊魯浮香宅中的作品，被普軍毀了二百多幅，一說甚至多達一千五百幅，眞是可驚！畢沙洛晚年畫了許多巴黎街景，其畫面，上則屋頂的煙囪密集，下則滿街的行人和馬車，氣氛繁華而溫暖。可惜這樣的街景，印象館中只有一幅，叫做「塞納河與羅浮宮」，其他的多已散佈在歐美的美術館裡。

其他的畫家也有這個現象。例如色拉，館中只有他的十幅作品，其中的兩幅只是那張巨畫「大碗島上的星期天下午」的局部草稿，原作呢，卻掛在芝加哥的藝術館裡。羅特列克的代表作「紅磨坊」也掛在那裡。我最喜歡的兩幅雷努瓦作品：「歌劇院包廂」和「拉珂小姐」，一幅在倫敦，一幅卻在克利夫蘭。這，便是研究繪畫的一大難題。一般人只能看看翻印的畫冊，但是那樣的複製品色調和層次與原作往往大有出入，只能比做文學作品的翻譯。要瞻仰原畫，非遍訪各國的美術館不可，眞是費時，費事，又費錢！但是認眞地觀賞一張名畫不是匆匆一瞥，「某某到此一遊」就算數的，何況更有一些名畫，只是私人所藏，並不公開展示。相比之下，研究一位詩人，只消購齊他的全集，另備幾部註釋評論之書，坐在家中用功便可。

席思禮

和畢沙洛同一等級而稍次於他的，尚有席思禮和吉約曼，兩人的畫在館中都收藏頗多。兩人都是抒情韻味很濃的正宗印象派畫家，也都以風景見稱，但是命運卻大不相同。吉約曼原來是個小職員，只能在星期天作畫，卻在五十歲那年中了彩票，從此自由自在，可以到他神往已久的地中海岸或荷蘭去寫生，死時享年八十六歲。席思禮是英國人，終身住在法國，卻始終入不了法籍。他在年輕時家境很富裕，但自父親死後便陷入困境，甚至到了晚年（所謂九〇年代），眼看著印象派的其他畫家都名成利就，他還與飢寒掙扎，作品仍然受人冷落。他死時六十歲，沒沒無聞；死後不到三個月，卻被世人賞識，忽然大紅起來。今日懸在印象館中的名作「水淹馬利港」，是席思禮三十七歲的力作，擱在他的畫室裡二十四年都賣不掉，他死後一年卻以當時破紀錄的四萬三千法郎高價售出，得益的是他的後人和畫商。

席思禮是一位純風景畫家，取景以所謂的「法蘭西島」（Ile de France）爲主要地區。「法蘭西島」當然不是一個島，而是一個水光瀲灩的盆地，古時是一省之名，以巴黎爲中心，包括塞納（Seine），塞納與瓦斯（Seine et Oise），瓦斯（Oise）和安（Aisne）四州，地當塞納河，瓦斯河，馬恩河交匯之處，水流曲折，又多森林，景色之秀雅迷人，可以說「令無數畫家盡折腰」。「法蘭西島」的許多勝境，像馬利，布吉發，魯浮香，聖瑪美，莫瑞等地，都被印象派的畫家畫出了名；莫瑞尤其是席思禮晚年潛居作畫的地方。

席思禮受莫內的影響，愛畫風輕波微、葉閃陽光的風景。他筆下的河景和雪景，純淨清幽，靈動如生，只有莫內同類的風景畫可以相比，但是他的物象始終保持適當的實感，不像莫內畫中的那樣溺於色彩，至於形解而體化的程度。後來在藝術史上出現了肇始於塞尙的立體主義，就是要剋制莫內這種「形泯於色」的氾濫。席思禮最重要的作品，大致都藏在印象館了。那天下午我在那三十六張風景前面，目醉神遊，對他的認識加深了不少。他的風景畫沒有一張不動人，我尤其喜歡他的「霧」和「魯浮香雪景」。這種清極靜極而又帶點迷失之哀愁的畫境，總令我如聆杜布西那種冷冷淙淙的琴聲。印象派的作品是畫中最接近詩的東西，那詩，當然是抒情詩，歌頌的是戶外流動的空氣，因爲它賦萬物以呼吸，而讚歎的是空中流瀉的陽光，因爲它賦萬物以表情。印象派的抒情詩捕捉的是稍縱即逝的光景，那藝術雖然永恆，那一眨眼的印象卻是短暫的，因此在絢麗惑人的美後面，有一種不安和失落之感。

莫內

印象派中第一號捕光手，當然是莫內。我和英德一走進莫內室，就覺得是到了印象主義的殿堂，光之心臟。無可置疑，印象主義在他的手裡成熟，也在他手裡達到其必然的結論，近乎熟極欲爛的地步。

「太陽即神」，印象派在法國畫壇的革命，是把畫架從戶內的陰影裡帶到戶外的陽光裡來，同時把世界從絕緣的空間帶進流動的時間。印象派要畫的不是空間，而是時間：時間改變了光，光改變了世界。印象派的畫最近乎音樂，也近乎詩，因爲它追求時間。這一點，和十九世紀中葉以前的古典主義大不相同，和典型的中國古典畫也很不一樣。中國的山水畫裡對時間的處理，是有季節而無晨昏，因爲那裡面沒有陽光，也無陰影。自玄學的觀點看來，中國的畫家追求的是永恆，不是時間。中國的詩人對陽光很是敏感，尤其是對夕陽。謝靈運的詩句：「雲日相暉映，空水共澄鮮」，到了莫內的筆下，一定水天爭豔，大有可觀，但是中國古典山水畫家卻無能爲力。又如謝靈運另外的兩句：「石淺水潺湲，日落山照曜」，要是請中國畫家來畫，前一句一定發揮盡致，後一句呢，就束手無策。日本漢學家小川環樹解釋六朝詩中「風景」一詞，說相當於英文的light and atmosphere，簡直就是法國印象派所表現的光和空氣了。這一點，中國的山水詩和山水畫頗見分歧，値得專家析而研之。

莫內背著畫架，到戶外去寫生，就是要捕捉稍縱即逝、瞬息萬變的光，和光在物體上造成的效果。早年他受庫爾貝和馬內的影響，畫面凝重而清晰；一八六五年他也作了一幅「草上野餐」，有馬內筆法。但是從他二十七歲那年（一八六七）起，他的調色板明豔了起來，畫面的光在閃爍，空氣在流動，色彩和形象的組合給人一種生生不息變易不居的節奏感。一八七二到七八的六年之間，莫內定居在巴黎北郊的阿讓特依（Argenteuil），小鎭正當塞納河轉彎之處，中世紀愛情悲劇裡的豔尼哀綠綺思（Heloise）曾經在此修煉。這便是印象派的成熟時期，印象派饜人眼目的繁華燦爛，一半是阿讓特依的河上風光。

莫內也畫人像，但多爲側面，背面，或者五官朦朧，或者納入風景，泯於自然，不能算是當行本色的人像畫家。例如一八八七年那幅「吉維尼之扁舟」，把船畫在圖之上方，下臨無地，只是白衣隱約的倒影，無論構圖或氣氛，都很獨創；但是船上三個少女（據說是莫內第二夫人帶過來的女兒）的容顏，在寬邊帽的影陰下莫不半俯半側，令人無法細審。至於一八八六年那兩幅「撐陽傘的女人」（以莫內夫人前夫之女蘇珊入畫），臉龐籠在傘影之中，索性不畫五官了。再看一八七三年那幅「野罌粟田」，前景是一位白帽紫衣手撐藍色陽傘的婦人，帶著一個白衣的小孩，而在滿田罌粟盡頭的坡頂，更隱約其形的，是另一對相似的母子。前景的婦人也是把臉掩在陰裡，不見眉目，但是從她紫衣輕曳藍傘斜握的姿勢看來，不知有多婀娜動人。

天經地義，莫內是一位風景大師。我不能稱他山水大師，因爲他的畫裡有水無山——一八九五年所作「挪威柯薩斯山」，筆簡意遠，以粗線勾勒，頗有中國山水味道，乃一例外。莫內筆下的海景，煙景，雪景也各有勝境。「美麗嶼岸邊的風雨」和「美麗嶼之亂岩」等作，頗有驚濤裂岸之勢。「倫敦國會」等作，煙籠寒水，一片深褐色的蕭瑟之氣，顯然取法於英國的竇納。至於雪景，則多取材於魯浮香和維德依兩地，可與席思禮比美。「聖拉薩火車站」煙氣瀰漫，或可歸於我所謂的「煙景」。我在巴黎的里昂車站乘車，雖然電氣化的火車不再呑煙吐霧，但高高的玻璃屋頂仍似一百年前，就令我不禁想起此圖。

不過莫內的典型作品，卻是那些春和景明、雲蒸樹蔚的溫暖風情，這其間，尤多清水微波、倒影欲流的幻境來相彰，更爲大塊之美添上靈活的嫵媚。那倒影，有橋，有樹，有船，有帆，有遠空的雲，眞令人顧而生憐。莫內實在是畫水的大師，常把水平線（地平線也一樣）提得很高，有時超過畫面之半，爲了給水更多的活動空間。中國的山水畫，乾脆不畫水中的倒影，省卻許多麻煩，是聰明之舉，也失去了一整個虛幻恍惚的世界。

在印象派畫家之中，莫內不但最有才力，而且也最長壽，到了晚年，欲窮自然之變，乃致力於氣象萬千之組畫。他常畫同一物體在不同的時辰，不同的光線之下呈現的各殊色調，以證明大自然之中沒有絕對的色彩，只有光，並據以指出：既然萬物都不斷在變形，畫家之能事在於掌握某一特殊之時刻，賦予物體最突出之形象。就在這樣的探索之下，莫內完成了「乾草堆」，「白楊樹」，「盧昂大教堂」，「睡蓮」等一題數寫之組畫，把他的繪畫觀念發揮得淋漓盡致，也把印象主義的功用推到了極限。所以批評家說：印象主義在莫內手裡成熟，也在他手裡給毀掉。

那天下午在巴黎的印象館裡，我欣然看到「盧昂大教堂」四幅組畫排在一起，依次是「晨之草稿：白色的和諧」，「晨曦：藍色的和諧」，「陰天」，「褐色的和諧」，創作的時間均爲一八九四年。這些作品強調的不是物體本身，而是某一時刻光施於物體的瞬間印象，那種單純而鮮活的美，是古典主義所夢想不到的。由於這一組畫都是在仰望中取景，上端的天空留得很小，更予人一種既蒼茫又磅礴的嵯峨之感。

「盧昂大教堂」組畫，一共畫了二十幅，爲期兩年，但是四十八幅的「睡蓮」，卻是他晚年用功的主題，從五十九歲到八十六歲逝世，一共畫了二十七年。這些巨畫大如牆壁，往往須要獨佔一室，也眞値得單獨供奉，全神觀賞。紐約的現代藝術館就爲莫內的「睡蓮」專闢一室，我一走進去，就投入了水氣襲人的清涼世界，映得我一臉的姹紫嫣紅，漾青浮綠，也分不清什麼是花什麼是葉，什麼是紫藤嬝嬝，什麼是池水沁沁，只見翠碧不斷，四面牆連成了一幅畫，把我圍在室中，不，池中，我的眼神四面飛迴成一隻蜻蜓。印象主義到此已經把物體支解成繽紛的五光十色，脫離現實，瀕於抽象了。其實這樣的藝術，雖然也標了一個主題，心機卻在形式的探討，毋寧更近於音樂。莫內晚年定居在吉維尼，自己設計，築了一個蓮池（即法文畫題所稱Le basin aux nymphéas，多美的名字），並引艾特溪水注入，然後臨池寫生。那些組畫的副標題，像「盧昂大教堂」一樣，也是抽象的：在羅浮橘園藝術館中的兩幅，便叫做「綠之和諧」，「玫瑰色之和諧」。

雷努瓦

印象館中的藏畫，以莫內的最多，其次便推雷努瓦了。這是很自然的事，因爲這兩人正是印象派最重要的大師。不過兩人的成就各有千秋，莫內長於風景而不擅人像，雷努瓦長於人像而不擅風景，正好截長補短，相輔相成。印象館所藏雷努瓦的五十七幅畫中，只有九幅風景，四幅靜物，其他全是人物。我不喜歡雷努瓦的風景，不喜歡其中過分的朦朧，也不喜歡那種鬆散的色調。雷努瓦在一八七七年完成的風景畫「蔓草中的小徑」，和莫內一八七三年的那幅「野罌粟田」在構圖上頗爲相似，連圖中行人的位置和關係都頗接近。相比之下，就覺得雷努瓦的一幅顯得含糊而不集中，色調也欠鮮活，不如莫內的一幅那麼生動而富詩意。雷努瓦的風景也有好的，例如華盛頓國家畫廊裡所掛的那幅「霞渡弄舟人」，前景的叢草，背景的河岸，岸上的紅頂樓房，中景如霞如虹的波紋和倒影，交織成一片鮮活而絢爛的風光。但是這幅名畫之所以完美而生動，還有賴另外兩個重要因素：那便是前景的四個人物，和橫跨畫面的豔亮的朱紅色。四人之中，有一位男士、一位少婦半背著觀眾：那男子戴頂黃帽，雙手插在袋裡，狀至瀟灑；那少婦也戴一頂寬邊黑帽，上綴紅花，嬌慵的纖手曳著白紗襯底的黑色長裙，簡直像剛從莫泊桑的小說裡走出來那樣。沒有這些人物，和波上俯身划船的那白衣人，畫上的風景就顯得寂寞無主了。雷努瓦最大的興趣在人物，他很少像莫內那樣耽於無人的風景。此畫作於一八七三年，正當畫家三十二歲，但已可窺見端倪；果然到了晚年，他的精力全放在人像上面。至於那奪目的朱紅色，在扁舟和少婦的外套上互相爭豔，復用河上的舴艋小船遙遙呼應，更增假日遊樂的愉悅氣氛。雷努瓦深受戴拉克魯瓦的啓發，而戴拉克魯瓦正是喜用紅色的大師。雷努瓦的洋溢，溫暖，圓融，和塞尙的矜斂，冷靜，直拙，形成醒目的對照——雷努瓦的基調往往是紅色，塞尙則是藍色。雷努瓦到了晚年，畫面全給那些豐腴嬌軟的裸女烘成了熟而可餐的玫瑰色調。

雷努瓦的人像畫，以女性爲主，其中尤以膚色鮮麗、體貌豐滿、散播青春氣息的女人和嬌美可愛的女孩爲數最多，也最動人。在我看過的近百張原作和數百張複印之中，沒有一張是瘦女人，也絕少老婦。我想雷努瓦和大多數的法國畫家一樣，認爲年輕的美是要帶三分胖的。他也畫男人，但是爲數很少，也不如女像那麼自然，生動，洋溢著畫者的關注與讚美——其中包括莫內和華格納的畫像，並不特別精采，只因是名人，我們加倍注意罷了。

雷努瓦畫的女人和女孩，在我所見的寫實畫風裡是最美的女性畫像。除了波提且利（Sandro Botticelli）所畫的「維納斯的誕生」之外，我想不出還有誰的女性畫像能像雷努瓦的那樣賦青春之美以難忘的形象。不過波提且利畫的是神，雷努瓦畫的卻是有血有肉的人。雷努瓦崇拜女性美，他的女像全是由衷的頌歌，讚歎的是芬芳的年華，美好的生命，賞心的樂事，優閒的時光。他的女像都散發一種溫暖而迷人的光輝，令觀者注目之餘，感到快樂與安慰。看他的畫像正如聽莫扎特的音樂，是一種純粹的快樂。十六年前，我在美國長途開車，途經克利夫蘭，天色將暮，久客無伴，心情十分孤苦，卻在該城的美術館中看到了雷努瓦的「拉珂小姐」（Mademoiselle Romaine Lacaux）。立刻，我被她迷住了。那靈慧灼灼的眼神，那純眞而專注的態度，和整個畫面流轉著的秀雅之氣，諧和感，幸福感，在默默相對之中給了我無限的快慰。那是雷努瓦二十三歲時的作品，也是他最早的一幅傳世之作。畫中的少女約爲十二、三歲，家在田園畫派的所在地巴比松，是她的父母要青年畫家爲她寫像的。現在，她當然已經死了，可是在畫裡看來，她再過幾年就要變成一個大美人了。童眞之美，藝術之起死回生，「一勞永樂」，令我深深感動。我從美術館出來，重上征途，苦寂之感已一沐而淨。

巴黎印象館中懸供的雷努瓦作品，最有名的一幅是他三十五歲時畫的「薄餅磨坊」（Le

Moulin de la Galette）。畫中的遊樂場在蒙馬特崗上，四周都是紫苜蓿田；每到星期天下午，巴黎的青年就到這裡吃薄餅，喝酒，跳舞，畫家們也來此尋找女孩子做模特兒。畫中的年輕人，或三五坐談，或雙雙擁舞，或戴帽，或露頂，或見其正面，或只現背影，或側身，或回頭，而樹影扶疏，或撒在人身上，或落在地上，爲原已虹彩撩眼的衣冠和衫裙佈上一層明暗交錯的花紋。青春的生命，浮漾在假日歡愉的氣氛裡，正是雷努瓦典型的主題。畫家晚年回憶當日的情景說：「那時的世界還沒有忘記歡笑！機器還沒有吞掉全部的人生：大家還有空閒去作樂，誰也不會爲機器吃苦。」一八七七年此畫展出時，家境富裕的畫友賈耶波特（Gustave Caillebotte）爲解雷努瓦的窮困，買了這幅作品，當時表示等他死後，雷努瓦可以從他購藏的畫中，任取一幅。十四年後好友去世，雷努瓦聽說有鑑賞家想出五萬法郎買「薄餅磨坊」，便有意取回自藏。賈耶波特家人正要把豐富的藏畫捐贈給盧森堡博物館，不肯抽出這幅傑作。雷努瓦無奈改選了一幅戴嘉的畫。

印象館中另一幅舉世聞名的雷努瓦作品，是一八七六年的「鞦韆」。畫的是樹影交錯的林中，兩個戴帽的男子，意態優閒地陪伴著一個金髮白衣的美人；她斜盪在鞦韆架上，雙手分握著長垂的鞦韆索，滿臉慵懶，眼睛卻怔怔向遠處凝神。三個大人不該冷落樹下的小女孩，害她委屈地交握著兩隻小手，仰望著他們的背影。像雷努瓦的一般群像一樣，畫裡這女人仍然是引人注目的焦點，男人只是在造形和配角上發揮陪襯之功。雷努瓦的世界以女人，孩子，花爲中心；孩子多爲女性，花，則溫香性感一如女體，所以女人又是中心的中心。你看那架上的女人，她的連衣裙上，從領到裙，綴著一排七朵藍花，斜斜瀉下，敲響了林蔭的岑寂，簡直有音樂感了。

另一幅畫像雖不那麼有名，卻吸引我的注意。畫中人的黛眉彎彎，又濃又長，雙眼皮下的亮眸灼灼照人，右手的纖指輕輕支頷，明豔的容顏有一種南歐的穠麗——啊，原來是小說家都德的夫人，難怪。不遠處是高雅雍容的「莎邦蒂耶夫人」，觀賞之餘，不禁懷念掛在紐約大都會美術館的那幅更大的巨製「莎邦蒂耶夫人與二女」。從那華麗的巨製又想到掛在華盛頓的「霞渡弄舟人」，「安瑞娥夫人」，「船上午餐」，掛在波士頓的「布吉瓦之舞」，芝加哥的「露台上」，當然，還有克利夫蘭的那幅「拉珂小姐」。巴黎的印象館收藏的雷努瓦作品之多，號稱世界第一，但是散佈在別國美術館裡的仍然極多，其中難免尙有贋品。不久之前，雷努瓦的十幾幅作品在台北展出，國內藝術界人士懷疑其中雜有僞作，氣得法方代表公開闢謠。我當時不在台北，自己也不是雷努瓦的專家，難辨眞相。不過畫家成名之後，自然會有仿製。羅浮館裡就藏有一幅雷努瓦的臨本，兩幅雷努瓦的贋品。據說雷努瓦本人對那些贋品倒不很在意：有一次，有人拿了一幅小贋品登門請教畫中風景本於何地，雷努瓦怕那人失望，居然不加點破。

在十九世紀的八十年代，印象派畫家雖然不受國內觀眾和批評家的歡迎，在美國卻贏得不少知音。美國人開始買印象派作品的時候，售價尙頗便宜，所以今日美國的美術館擁有雷努瓦的傑作頗豐。我在美國五年，自命觀賞過不少了，但如今在巴黎，一口氣便饕餮了雷氏的秀色五十七幅，眞是「山陰道上應接不暇」。也許我應該感到饜足了。可是雷努瓦最美的仕女圖之一——我甚至覺得「她」是群豔之尤，眾芳之選——卻在倫敦；只恨我在倫敦的時間太短，未能一親芳澤。這幅畫名叫「歌劇院包廂」，圖中的美人面對我們，臉頰白皙之中微透淺紅，垂額的長髮裡帶金，雲羅一般的白紗裳外披一襲黑白條紋相間的飄飄披肩，兩手都戴著長可及肘的白手套，左手握一把黑扇，右手靠在邊欄上，握著一架金黃的觀劇鏡，恰和腕上的金鐲交相輝映。她的髮上戴一朵粉紅的玫瑰，另外有兩朵則偎在胸前，襯亮了她的衣裳。她的身後半掩著一個男伴，鬚髭並茂的臉半籠在陰影裡，卻拿著一架觀劇鏡，似乎在打量更高處的觀眾。雷努瓦是一位色彩大師，卻說過「黑乃眾色之后」。這幅畫在色調的對比上，眞是神乎其藝，變化無窮，而眾色之中用得最華麗最高貴最有氣派、氣勢、氣象的，卻是她衣上那淋漓恣肆滾滾而下的一道道黑紋。這種豪闊而大膽的黑色旋律幾乎有中國書法之美，印象派畫家之中沒有誰敢這麼用黑的。

雷努瓦所畫的女像，除了在年齡上偏於少婦少女外，論身分則上自貴婦下至傭僕，論衣著則從盛裝到全裸，可謂包羅萬象。晚年他筆下的女像不但以裸體爲主，而且身軀健碩，肌膚豐滿，血色充沛，具有年輕的母性，又給人果實熟透的感覺。

至於畫面，則被近於膚色的玫瑰色，橘色，桃色或諸色組合的色澤烘得暖洋洋的。那些女體，一面具有富厚的體積感，一面又有流動的節奏感，用色、用筆，都一氣呵成，眞正圓融而又恣肆，可謂「從心所欲，不逾矩」了。一九一八年那幅碩大的「浴女」，掛在印象館中的，正是最好的代表作。我最喜愛的，卻是他爲嘉布麗艾（Gabrille）所作的一組畫像。嘉布麗艾是一位健美而淳樸的農家少女，先後在雷努瓦家裡看護過孩子，管過家務，又做過模特兒；在她主人感激而又讚歎的畫筆下，她的形象，從清麗的少女到豐美的婦人，已青春永駐。

可是賦這些青春裸女以不朽形象的畫家，卻是一位行動不便的老人。雷努瓦五十多歲便患了風溼，晚年長居法國南部的卡涅，不但病體衰弱，而且四肢不靈，甚至必須把畫筆縛在扭曲的手指之間或者手腕之上，才能勉強作畫。他一生的總產量約爲六千幅畫，晚年在助手的操作下，更完成了一些渾厚樸實的裸女雕像。梵谷晚期那些壯麗熾烈的傑作，是在癲癇症的間歇所畫。貝多芬晚年的樂曲，是在耳聾後所譜。米爾頓暮歲的史詩，是一位盲人的作品。藝術之美往往在痛苦中產生：創造者把美和歡悅獻給後人，卻把痛苦留給自己。

羅特列克

印象館中還有一部分畫不屬於正宗的印象主義，其中尤以所謂「後期印象派」的作品爲多。後期印象派的畫家，在接受印象派的啓發之餘，漸漸不滿印象派對於視覺經驗過分寫實，對於畫面結構又過分隨便，乃在畫面上另闢途徑——色拉和塞尙的反動是客觀的，要用建築和幾何的秩序來重組自然；高敢和梵谷的反動則是主觀的，要用自己的幻想和感情投射在自然之上，使自然變形而具豐富的意義。其實雷努瓦早在他的中年時期已經警覺到印象派的形式太散漫，色彩太朦朧，而有意回到古典的穩重與堅實，晚年的作品果然強調結構和體積的實感。

羅特列克是這一群畫家裡年紀最輕的一位；和梵谷一樣，他也折磨自己的肉體，也在三十七歲那年夭亡。羅特列克來自法國南方，梵谷來自北方的荷蘭，兩人在巴黎一見面便成知己，畫風上也互相影響。兩人對「下流」女人都極為同情，對「上流」紳士都沒有好感，而線條和色彩的自由與大膽又同被時人譏為粗鄙。不過梵谷一生專作油畫，羅特列克在油畫之外卻兼擅蠟筆畫、水彩畫、石版畫。梵谷是一位困而能之的苦行僧，羅特列克卻是生而能之的天才。這一點，看兩人的素描便可了然。

羅特列克是善用線條的大師，他的線條飄逸而靈活，往往用幾條短線，或平行，或交錯，來勾勒物體的輪廓，最能帶出物體的姿態和動感。早在十八歲時，他為母親和伯父等所勾的素描，已經筆觸熟練，形象生動，令人驚喜。甚至十五歲時所作的「炮兵」也已老到而鮮活，早熟的天才簡直令人難信。三十五歲那年，他因戒酒需要住院，竟在病房裡全憑記憶，把蒙馬特所見馬戲班的情景，畫成一組栩栩如生的素描。

羅特列克不畫風景，只寫人物，但是他的人像不像雷努瓦的那樣以追求青春美貌為務；相反地，他畫中的人物，不是太瘦削，便是太臃腫，論服裝，往往衣衫不整，論表情，往往冷峻或落寞，也難怪不為時人所喜。如果說，雷努瓦的人像給人的味覺是甜，則羅特列克的人像帶幾分苦澀，即使嘗得出一點甜味，也只能算是苦瓜之甜。這種反甜的畫風，毋寧更近於戴嘉和杜米埃。

雷努瓦把本來就美的東西畫得更美，羅特列克把世俗認為「醜」的東西變成藝術之美。羅特列克所畫的人物既多來自風塵或江湖，筆法又帶誇張，畫面各部分又有詳有略，乃予人漫畫之感。他的畫既以線條之勾勒為主，而實之以敷彩，可謂近於中國技法。實際上，他的東方影響來自日本：尤其是他的石版海報，那明爽的輪廓，那分割的平面，那傾斜的透視，都從浮世繪中啓發得來。看羅特列克迅快的筆法，總給人一氣呵成，不拘細節之感。相反地，色拉那一派的「沒骨」點畫，窮年累月，苦心孤詣，便令人感到凝滯而緩慢。

羅特列克的作品極為豐富，但印象館中所藏只得十六幅，而且全是二十六歲以後所作，看來眞不過癮。他的畫流傳到美國去的很多，芝加哥收藏尤富，那幅淒豔奇麗的代表作「紅磨坊裡」，便懸在芝城的藝術學院。我們都知道羅特列克是法國南部大城土魯斯貴族世胄的末代伯爵，他有的是錢，不必賣畫維生，所以風格可以自由發揮，比較不怕社會壓力。土魯斯東北的古鎮阿爾比（Albi），是他的誕生地，當地的博物館專展他的作品，其中有不少早年的畫，可以見證他的夙慧，尤足珍貴。

色　拉

色拉比羅特列克更短命，只得三十二歲，印象館收他的畫也更少，只得十一幅。其實十一幅中，一幅是他的名作「馬戲班」，另一幅卻是「馬戲班」的草稿；還有兩幅是「大碗島上的星期日下午」的細節草稿，更有一幅草稿是爲「阿思尼耶之浴」而作。剩下來的正規原作只有七幅。這也難怪。色拉年紀輕輕，便生了肺病，這在十九世紀原是不治之症。加以他的畫技十分緩慢，不但事先愼作草稿多張，而且受了戴拉克魯瓦對用色的理論啓示，兼採當代光學的發現，自創了一套「點畫主義」又稱「分色主義」的筆法，在正式作畫時一筆不苟，不，一點不苟地，向畫布上冷靜而又精確地點下他沙粒一般的純粹色彩。色拉的一幅巨製是設計完美執行精細無疵的工程，往往要費好幾個月。這種畫，短短的一生，能完成幾幅呢？

色拉的點畫主義對印象主義是一大反動，長處是色彩分解後益增光和影的對照，並使陰影更活潑更豐富，而物象的幾何化也賦畫面以建築式的穩定與勻稱，給人古典的秩序感。在這方面，掛在芝加哥藝術學院的那幅「大碗島上的星期日下午」確是曠代的一大傑作：那些剪影式的人物，有點莊嚴，又有點滑稽；有點刻板，又有點生動；有點抽象，又有點具體。這一切似乎是短暫，又似乎永恆。而種種的矛盾，在這幅畫裡，都調和了，調和得那麼美麗，一切都那麼透徹而安寧，空氣寂寂無風，陽光從從容容地照在草地上，如一場耐久的頓悟。但是這技巧也有它的短處，那就是便於表現靜態，而不便捕捉動感：一團又一團的細點，怎能像線條那樣捕捉動勢呢？印象館裡的那幅「馬戲班」要用這種畫法來掌握迅疾的動作，就顯得力不從心了。

塞尚

另一位畫家吸收了印象派的技巧卻反對印象派，是塞尚。印象派畫家要畫的，是物象的外表，也就是某一時刻陽光對物象的作用。塞尚也承認光的重要，但更重視物體本身的現實，諸如重量、體積、結構。印象派畫家要畫萬物之變，塞尚要畫萬物之常：前者要追求時間，後者要把握空間。塞尚不滿意印象派的閃爍之美和單薄的感性，他要對自然作知性的探索，去發掘事物的共相。他說他要「把印象主義變成堅實而耐久的東西，像博物館裡的藝術。」

塞尚是一位晚成的大器，藝術的生命發展得十分緩慢。大致說來，開頭的十年（相當於十九世紀的六十年代）是他的學徒時期，風格舉棋不定，時而學習戴拉克魯瓦，時而追摹庫爾貝或馬內，色彩用得又濃又厚。其後的十年（亦即七十年代）是他的印象主義時期，興趣從人像轉到風景。受了畢沙洛的啓示，他到戶外寫生，著色也由暗趨明，可是他筆下那些重複而歪斜的斑斑點點，是用來刻劃形象，而不是烘托偶然的光影。從一八八二年到一八九五年，是塞尚豐收的古典時期，產量約三百幅油畫。這時他筆下的風景，基本上以金字塔形或拱門形構圖，結構十分嚴謹。塞尚對自然求眞，不在表面的形象，而在其本質與組織，在其不移的常態。他認爲自然的物象可以歸納爲幾何圖形，且說「我們必須在自然之中尋求柱體、球體、圓錐體。」他領悟到自然「不止於表面，更具縱深」；爲了要表現第三度空間，他常大膽地安置一個平面，或擅改觀點。

例如學院派向來主張風景畫的地平線或水平線要低，塞尙在他的名作「艾斯塔克海景」（The Sea at L'Estaque）裡卻把水平線武斷地提高，使海面側向觀者。此外，爲了表現物體的形象和它周圍的空氣，卻不願因襲古典派的明暗烘托或印象派的浮光掠影，塞尙史無前例地取消了光影的對立，改用色調來造形，並用不同色彩之間的關係來代替明暗烘托。這時期的風景畫主要取材於他故鄉艾克斯附近的山水：一大主題是艾斯塔克之海，另一則是聖維克圖瓦山景。一八九五年以後，塞尙進入他的表現主義時期。這時他已晚年，技巧的探索已經完成，難馴的大自然盡入了他的彀中，他可以從心所欲，游刃有餘地來表現自己了。以前他的藝術役于自然，現在輪到自然來聽他使喚。他的主題仍舊，但風格變得豐厚而熱烈，筆觸也自由得多，他所追求的與其說是空間，不如說是物體內在洋溢的生命。兩幅圓熟的靜物：「蘋果與橙」、「淺紅色的洋蔥」，是此期的代表作。

巴黎印象館中只有塞尙三十一幅作品，不能算多，可是我和英德一入塞尙室，便進了他的青綠世界，只覺蒼翠映頰。學徒時期的作品館中有五幅，人像居其中之四，風格竟然頗爲浪漫。那張侏儒畫家的繪像「阿謝・昂佩海」（Achille Emperaire, 1829—1898），身大腿細，十分怪異，眞把我嚇了一跳。誰會想得到這是塞尙的畫呢？印象主義時期的作品最多，有十七幅。餘下的九幅之中，七幅屬於古典時期，只有兩幅代表末期。所以大致說來，印象館中所藏頗不平衡，古典時期尤弱，連一張「聖維克圖瓦山」的風景也沒有。這些畫裡面，我最喜歡的幾張是「艾斯塔克海景」、「青色花瓶」、「蘋果與橙」、「淺紅色的洋蔥」。他的人像我都不太欣賞。他在這種畫裡，往往以自己、太太、兒子、艾克斯的村民爲對象，費時很多，常累被畫者枯坐終日。據說他曾爲畫商伏雅作像，先後叫伏雅靜坐受畫達一百次以上，最後仍因不夠滿意而作罷。塞尙畫人，興趣不在面貌、個性、表情，只在構圖本身，因此「人味」不夠；我寧可看雷努瓦畫像之甜，羅特列克畫像之苦，梵谷畫像之酸辣。梵谷把風景畫成人體，塞尙把人畫成風景。

和塞尙同時的畫家，像惠斯勒，戴嘉，梵谷，羅特列克等等，都頗受日本版畫的影響。只有塞尙獨來獨往，似乎完全不乞援於東方，可是他在苦心孤詣中完成的某些創舉，卻和中國畫不謀而合。他大膽地安排風景畫的觀點，揚棄了陰影的烘托和自然的光線，而這些作法在中國的古典山水中早已行之有素。試看葉肖巖「西湖十景」之五的「兩峰插雲」，兩船幾乎相接，而大小懸殊，且湖面之高遠在樓台之上。再看夏珪的「溪山清遠」，近景的岸邊壓得極低，已觸畫底，但遠景風帆之高卻把水平線升到畫的上端。這種多重觀點的例子在中國畫中比比皆是，塞尙的「艾斯塔克海景」卻遲了好幾百年。西方的畫評家如謝尼（Sheldon Cheney）等想借謝赫六法的「氣韻生動」來讚塞尙。其實西方的油畫厚實凝重，那能像中國水墨運筆的靈活飄逸，一氣呵成？眞要勉強在西方畫裡找什麼「氣韻生動」，恐怕還得先考慮以線條敏捷取勝的畫家如羅特列克與杜費者吧？

高敢

印象派的畫家大半取材於法國中產階級的閒適生活，地理上則以巴黎為中心。在藝術思想上對他們革命的象徵派大師高敢，雖然也是法國畫家，卻遠在祕魯度過童年，並死在更遠的馬開沙群島。他鄙棄文明，到了三十歲的中年，索性拋下妻子，五個孩子，和股票經紀的富裕生活，向法國中產階級毅然告別，專心做一位窮畫家。在地理的取材上，他也避開莫內、席思禮等畫之不厭的所謂「法蘭西島」，跑到布列塔尼半島的一個荒村蓬大望，或是更遠隔文明的大溪地，去追尋原始生活的靈感。

開始的十二年（一八七一至一八八三，亦即二十三歲至三十五歲），高敢收入頗豐，家庭美滿，簡直是中產階級的中堅分子；至於繪畫，只是業餘的興趣，可以歸入「星期天畫家」之列。由於同事許芬耐克的引見，他結識了印象派的畫家，並且花了一萬五千法郎來收購他們的作品。顯而易見，此時他的畫風近於印象派，尤其是畢沙洛和早期的塞尚。

一八八三年，高敢結束了商人生涯，不久存款用光，就陷入窮困和家庭糾紛。一八八六年至一八九〇年，他在蓬大望一帶先後住了四年，在理論上和創作上建立了繪畫的象徵主義，一稱綜合主義（synthetism）。高敢藍眼深陷，鷹鼻微鉤，額高而項壯，兼具野民與貴冑的氣質，內心溫柔而外表桀驁，談到興起，每每雄辯滔滔，語驚天下。在蓬大望的格洛內克客棧裡，和他日夕論畫的年輕畫家，包括比他小二十歲的貝爾納等多人，乃以他為領袖，漸漸形成了日後所謂的蓬大望畫派（School of Pont—Aven）。在這四年內，高敢曾經遠遊巴拿馬和馬丁尼克，並曾應梵谷之邀去南部的阿羅和他同住了兩個月。《梵谷傳》的作者史東把高敢描寫得十分自傲而又刻薄，似乎對梵谷心存藐視，其實高敢在建立他的藝術思想時，也常和梵谷研討，不無受益。一八九一年，他初去大溪地，生活在「狂歡，安寧，藝術之中」，兩年後回到法國，舉行他的大溪地作品個展，贏得少壯輩畫家的讚賞。一八九五年，他永別法國，定居在大溪地，生活悉依土著習俗，以迄於死。

十九世紀法國的藝術運動，常和文學並駕齊驅，相互發明。例如忠於瞬間視覺經驗的印象主義，便得到左拉等自然主義作家的支持。但是到了八十年代的中期，一股反寫實的潮流開始撞擊文壇藝苑，發而為詩，則有繼承波德萊爾的象徵派詩人馬拉美，魏爾崙，藍波，發而為畫，則有高敢領導的綜合主義畫家。高敢和同道的年輕畫家們在一八八六年舉行聯合畫展於伏皮尼酒店：那一年正是一道分水嶺，前面是文學上的自然主義和藝術上的印象主義，後面，便是文藝的象徵主義了。象徵派的詩人和畫家認為印象主義和自然主義一樣，只能忠實地記錄一個變化無常的外在世界，卻不能探索夢境，不能追求永恆不變的內在眞實；又認為這內在的眞實無法直陳，只能旁敲而側擊。所以馬拉美說：「直呼其名，適足以毀之；暗喻其物，乃所以生之。」高敢也說：「藝術乃是一種抽象：在自然的面前盡情作夢，便可得之於自然；多想創造，莫顧成果。」

高敢的綜合主義是針對印象主義的反動。他認爲印象派的畫家只解寫實，他則要求「寫意」。他指出印象派的畫家「只在眼睛的四周尋找，而不進入神祕的思想核心，乃陷於科學推理之中。」印象派畫家最重寫生，象徵派畫家則強調記憶之功，認爲畫家作畫，不應該「面對其物」，應該「在想像之中經之營之」，結果是經過簡化之後，遺其細節，得其精要，也就是畫家應寫之「意」（idea）。對比之下，印象派追求感性，象徵派卻富於知性：前者表現的是純視覺經驗，後者卻要表現意念和情感。在技巧上，象徵派一反印象派的七彩交映和朦朧的輪廓，改用大幅平面的純粹色彩，往往兩色相接，中間並無由淺而深的層次，至於輪廓，則用黑色粗線來描繪，有如日本版畫或中世紀的彩繪玻璃。這種反烘托反透視的平面技巧，正所以遠離現實而趨於夢幻。高敢認爲色彩具有象徵的意義，而一張畫的色調也正如樂曲的音調，對於觀者能生相似的效果。

法國繪畫的象徵主義當然不是高敢一手造成的。畫風相近而年長於高敢在二十歲以上的前輩畫家，還有莫洛和皮維斯·德·沙望——後者的影響尤爲深遠。高敢一面強調他和皮維斯·德·沙望的相異，一面也不得不承認前輩給他的啓發。另一位同道是只大高敢八歲而與馬拉美，紀德，梵樂希等象徵派作家交遊的雷東。比高敢年輕二十歲到四十歲的「先知派」畫家（Les Nabis），包括彭納，維亞，德尼，塞路西耶等人，則深受高敢畫中象徵色彩和粗線輪廓的引導。高敢的創作和理論，或直接或間接，都遙遙啓迪了二十世紀主知和抽象的傾向。高敢說過：「藝術是一種抽象」。他的象徵派後輩德尼（Maurice Denis），在未滿二十歲的時候，說得更加透徹：「不要忘記一幅畫，在成爲一匹馬，一個裸女，或一則逸事之前，根本只是一個平面，上面佈滿用某種秩序組成的色彩。」

巴黎印象館中只有二十一幅高敢的畫，不能算多。其中蓬大望時期的作品佔了九幅，大溪地風格的只有六幅，至於蓬大望以前的作品，像「列納橋下的塞納河」之類，仍在印象派的影響之下，和畢沙洛，席思禮的風格沒有什麼不同。一般人初次接觸高敢，總是大溪地時期的畫，後來再看他早期的作品，也許是先入爲主的心理，竟覺得不像高敢了。館中所懸大溪地之作，最有名的是那幅「白馬」：那俯首飲水的白馬，和岸上一土女騎黑馬而去的背影，相映成趣，加上水中的倒影和斜行交錯的樹枝，眞使畫面籠罩著一層呼之欲出卻又參之不透的象徵意味。另有一幅「金色胴體」（Et l'or de leur corps），畫兩個坐在一起的裸體土女，那種褐中含黃的膚色曾令高敢百看不厭；郭爾安所寫的《高敢傳記》（The Gold of Their Bodies），就以此爲書名。

梵谷

英國詩人兼藝評家李德在《藝術的意義》一書中軒輊梵谷與高敢，認爲梵谷之所以不朽，端在貫徹一個「誠」字。他說：「高敢的命運就不像（梵谷）這麼確定了。他不像梵谷這麼對自己坦誠。看過梵谷的書信再看高敢的日記，只令人覺得他性情浮躁，不可忍受。他太自負了。」

高敢提倡綜合主義，並以中世紀和埃及的藝術為例，說明藝術的本質是「裝飾性的」（decorative）。他有四句口號如下：

為藝術而藝術。為什麼不？

為人生而藝術。為什麼不？

為作樂而藝術。為什麼不？

有什麼關係呢，只要是藝術。

李德對此大為不滿，他說：「所以也可以為裝飾而藝術——有什麼關係呢，只要是藝術。說一幅畫具有裝飾性，等於說它缺少某種價值，這種價值我們可以叫做人性（因為此地不在討論神性）。拿高敢和梵谷一比，我們立刻注意到其間的差異：那就是，這位荷蘭人對人類充滿熱愛，而且一直努力用他的藝術來表達這熱愛，正如，據他所知，莎士比亞和冉伯讓表達過的一樣。也許有人會說，那只是文學的志向，和畫家的眼光沒有關係；有什麼關係呢，只要是藝術。但是藝術並不是一種抽象；藝術是一種人性的活動，只有透過某一個人的個性才能完成。某人個性之品質將充溢其藝術之抽象性質，而其藝術之價值將取決於其人性感受之深淺。由此而來的充實感，求之於梵谷則有餘，求之於高敢，求之於高敢全部作品的動人之美，卻顯然不足。」

李德對這位象徵派大師的評斷未免太苛。指責高敢的藝術失之裝飾，是可以的，但是從一個人的日記來推斷他藝術的高下，則未免誅心之論。許多藝術大家確很謙遜，但是自負的人未必不能成爲宗師。不過在另一方面，說梵谷藝術的可貴，主要在其誠心，我卻完全同意。

梵谷是一個元氣淋漓、赤心熱腸的苦行僧，甘心過最困苦的生活，承受最大的壓力，只爲了把他對人世的忠忱與關切，噴灑在他一幅幅白熱的畫裡。梵谷一生有兩大狂熱：早年想做牧師，把使徒的福音傳給勞苦的大眾，卻慘遭失敗；後來想做畫家，把具有宗教情操的生之體驗傳給觀眾。他說：「無論在生活上或繪畫上，我都可以完全不靠上帝，可是我雖然病著，卻不能沒有一樣比我更大的東西，就是我的生命，我的創造力……在一幅畫中我想說一些像音樂一樣令人安慰的東西，在畫男人和女人的時候，我要他們帶一點永恆感，這種感覺以前是用光輪來象徵，現在我們卻用著色時眞正的光輝和顫動來把握。」

「光輝和顫動」(radiance and vibration)正是梵谷畫中呼之欲出的特質。兩者都來自他的赤忱，流露於色彩，便成他畫中奇異的光輝，表現於線條，便成爲他畫中蟠蟠蜿蜿起伏洶湧無始無終的顫動、震動、律動；無論這些特質是起於他的宗教狂熱，癲癇症，或是天才，總之看他的畫，尤其是後期的成熟之作，常令人肺腑內熾，感奮莫名，像是和一股滾滾翻騰而來的生命驟然相接，欲擺脫而不能。梵谷的人像畫，無論對象是荷蘭村野的食薯者，比利時詩人巴熙，法國南部的郵差魯蘭和兒子亞蒙，阿羅的女人，布拉班特的老農夫，目光憂鬱的嘉舍醫生，或是一幅又一幅的自畫像，無不筆簡意深，充溢著同情與了解，對象的性格強烈地流露在臉上，手上，敏感的眸子裡隱約可窺靈魂的祕密。雷努瓦把原已可愛的人物畫得更美，羅特列克把原來不美的人物畫得更誇張，更突出，梵谷把原本平凡的人物畫得具有靈性和光輝，而更重要的是，具有尊嚴，其結果乃是藝術之至美。看遍了西方的現代畫，沒有一位大師的人像畫比梵谷的更富於人性。李德說梵谷的藝術，由於關心生命的目標，不應歸於馬內，塞尚，高敢，雷努瓦之列，而應與他生平崇拜的冉伯讓和米勒相提並論。我覺得梵谷其實應該置於冉伯讓之旁，米勒之上，因爲米勒的田園頌歌今日看來未免有點傷感，他的感性似乎承先的成分多於啓後。如果要在詩人裡面找梵谷的伴侶，我倒願舉出兩位博愛眾生的偉人：布雷克和惠特曼。梵谷不像布雷克那麼形而上，也不像惠特曼那麼達觀，他的畫裡也看不出像他們詩中那種對動物的愛護，對孩童的讚美；但是對於人類和自然的忠誠和敬愛，梵谷的畫似乎更白熱化。

梵谷的人畫像，尤其是他的自畫像，常給觀畫者強烈的震撼，這種感覺，我在看中國傳統的畫像時從來沒有經驗過。不但畫中人的性格、表情，尤其是眼神和嘴態，復活在紙上、布上，即使背景的色彩和線條，也盡了象徵與陪襯之功。我從未見過一幅畫像能像「比利時詩人巴熙像」那麼單純、寧靜，而又崇高。詩人的外套黃得暖極、亮極，他的鬚髮又黃又綠，眞是天眞有趣，拙極巧極，他的眼神澄明而又凝定，像在傾聽宇宙間無邊的寧靜，只因爲他的背後是密藍色的夜空，深極冷極，卻閃著幾點似花又似星的光芒，噢，可愛之極、美極。綠髮與藍空都濃極稠極，於是用一道鮮黃色向中間分開，眞說不出這一手是拙招還是絕招。這些對照鮮麗的、武斷而又純粹的色彩，或許也受了高敢的理論啓示，但是畫中的人性，那一股對於詩人朋友的敬愛，卻出於梵谷的內心。

巴熙（Eugène Boch）並不是名詩人，但一登梵谷的畫像，也就似乎戴上了梵谷所謂的光輪，不朽了。此圖作於一八八八年，亦即畫家死前二年，是巴黎印象館中所藏梵谷二十一幅人像畫的傑作，但是另一幅人像：「嘉舍大夫」，也許更加有名，不是因爲畫得更好，而是因爲受畫者嘉舍醫生是一位慧眼識天才的先知，不但是許多印象派畫家之友，並且在舉世不識梵谷爲何人之時肯定了梵谷的成就，成爲他臨終前最後的知己。「嘉舍大夫」作於梵谷逝世之年，和「奧維教堂」、「麥田群鴉」同爲最後的名作。圖中的醫生斜坐在桌旁，一手扶桌，一手握拳而支頤，若不勝其慵倦與煩憂，蹙眉之下，一對藍色的眼眸茫然出神地凝望著虛無，那麼沉鬱而多思。畫中的基調是冷肅的藍色，從醫生外衣的黯藍到背景的灰藍和鈍藍，分成三層，而以圓桌的鮮朱紅色來襯托。和「比利時詩人巴熙像」的安詳相比，嘉舍醫生顯然心有鬱結，神情不安；也許這時畫家自己的生命更充滿著痛苦與煩惱，所以主客的情緒很容易合爲一體。

不過梵谷的人像之中，最動人也最崇人的，仍是他的自畫像。英國批評家靄理斯曾說：「一切藝術家所寫者莫非自傳。」畫家的自畫像本就相當於作家的自傳，可是梵谷作自畫像，不但爲了自我探索，也因爲他太窮，僱不起模特兒，也畫得太「怪」，不討人喜歡。他的自畫像極多，癲癇症發作以後尤然，而無論所畫是側左或側右，戴帽或露頂，割耳前或割耳後，都給人「把靈魂裸露在臉上」的感覺——那鼻樑的孤挺，那嘴角的執著，那頸項的倔強，還有那總是帶點怒意或是憂容的蹙眉之下，那兩隻正在灼灼探人的、又沉鬱又渴望又寂寞的眼睛，在在流露著一副殉道者的悲劇性格。甚至那黃中帶紅的鬚髮，也似乎沿著兩腮的亂髯，因內熱的煎熬而燃燒成一片。甚至背景也不甘寂寞，因律動的線條而蠢蠢欲動或已騷然旋轉，成了藍漩渦似的滾滾光輪。這種自畫像，巴黎印象館中藏有兩幅；我認爲最祟人的一幅，畫家以左手拇指勾住調色板，而背後藍濤滾動著漩渦的，卻在紐約。

印象館裡懸掛的梵谷作品，最有名的應推「奧維教堂」和「阿羅的梵谷臥室」。兩畫的色調，一幅陰沉而神祕，另一幅溫暖而親切，各有千秋。梵谷後期作品，縱情於鮮黃，至於狂熱的程度，爲了平衡色調，又用深藍來反托，造成視覺上也是情緒上的緊張對立——那幅鮮麗無比令人對畫驚歎的「夜間的露天酒座」便是如此。

梵谷的風景畫當然也有許多神品，其中有寧靜可以臥憩的，也有波動令人不安的。我認爲後一類裡傑作最多，也最近於他的人像畫。看過「秋收」和「阿羅醫院的花園」等寧靜的作品，再看「橄欖園」、「小麥田與松樹」、「奧維教堂」、「麥田群鴉」等激動的作品，令人驚訝之餘，發現梵谷的風景竟可以分別表現兩種截然相反的心境。在「秋收」一類的畫裡，幾乎所有的線條都是直的，其方向不是水平便是縱立；但是在「橄欖園」中，幾乎所有的線條都是曲線，地勢在波動，樹態在蟠蜿，天色在奔瀉，形成了一個迴旋不安律動不歇的青綠盤渦。在「奧維教堂」

裡，前景的草地、黃花、紅沙，是亮麗的人間，但背景的藍空，藍得那麼祕不可解，怪不可測，卻是永恆，可是中間的教堂，曲線則蠕蠕而動，直線則岌岌欲傾，整座建築的感覺是歪的；加上鐘樓上兩面圓鐘斜睨之眈眈，呼應著下面一排排玻璃彩窗之瞑瞑，眞像一場猛烈的夢境。梵谷把這些風景畫成了人，具有人體外在的形貌和內在的激情。

梵谷從印象派學到光的生命，從點畫派學到分色，又從象徵派學到武斷而純粹的色彩，但是有一樣東西完全是他自己的。那便是線條，尤其是那些斷而復續，伏而復起，去而復回的又粗又短的曲線，像是宇宙間生生不息動而愈出的一種節奏，一種脈搏。那線條總是一動百隨，緊密排列；那種曲行之勢，不是飄逸，不是精美，而是頑強粗獷，富於彈性。也有藝評家不滿梵谷的藝術，認爲他始終只是一位素描家，認爲他畫油畫的方式就像別人畫素描一樣——也就是說，他的基本表現手法仍在線條，尤其是粗線勾勒的輪廓。但是梵谷作品的氣勢，那種筆挾風雨一氣呵成的節奏感，也正在此。抽去他畫中那些鮮活、健旺，而又武斷的線條，就不成其爲梵谷了。那些元氣淋漓的線條，以簡馭繁，拙能生巧，每一筆，都是梵谷用他的膽汁簽下的名，沒有人能夠冒充。

梵谷作畫，前後只有十年，比起畢卡索來，只得七分之一。從二十七歲到三十三歲（一八八〇——一八八六），是他的荷蘭時期。這時他的眼界未寬，取法的對象是田園寫實主義的巴比松派，形體重拙，色調陰鬱，所畫多爲村民農婦、礦工織工之類，油畫尚未充分成熟，但素描的根基卻打得十分扎實。從三十三歲到三十五歲（一八八六——一八八八）是他的巴黎時期，這時他闖進了印象派的大觀園，目眩情迷，不知所措。他接受了光和色的洗禮，換了一副調色板，學起印象派閃爍繽紛的技巧來，一度更嘗試點畫派的新手法。這時他的風格最不穩定，作品也較弱，但是鍛鍊了印象派的技巧，日後在表現新境時卻正好用上。從三十五歲到三十七歲逝世為止（一八八八——一八九〇）是他的表現時期。這時梵谷的藝術經迅速的成長已臻於成熟，內心旺熾的感情活火山一般噴濺在畫上，無論是人像、靜物，或風景，一上了他的畫布，莫不蛻化為鮮黃、豔紅、詭藍、譎綠的奇蹟。這兩年的豐收期變化仍多，可以再分為阿羅、聖瑞米、奧維三個階段：不過，奧維期雖然也有驚人之作如「奧維教堂」、「嘉舍大夫」、「麥田群鴉」，可是大半作品的結構已經鬆懈了下來，不能再維持阿羅期那種堅實而有光輝的飽滿感。在阿羅的十五個月，傑作迸發而出，是梵谷藝術生命的全盛期。

巴黎印象館的梵谷作品不算豐富。荷蘭時期只得一幅「荷蘭農婦頭像」；其實這幅畫不是一幅獨立的作品，只是那幅代表作「食薯者」的局部草稿。梵谷的畫多數收藏在荷蘭的美術館裡；他的侄兒，也就是西奧之子，小文生．梵谷（Dr.V.W.van Gogh）的手裡也有不少。巴黎時期只得五幅，包括那幅輕柔的「阮維葉市的人魚飯店」。阿羅時期只得八幅，其中「午憩」是效米勒筆法，「阿羅的舞廳」則師高敢畫意，近於日後的「先知派」風格；其他五幅均為名作，依次是「吉普賽篷車營」，「比利時詩人巴熙像」，「阿羅的女人」，「自畫像」及「阿羅的梵谷臥室」。

印象館中梵谷的畫，大半是私人的捐贈，例如巴熙的畫像便是詩人自己所捐。至於奧維時期，也有八幅，多爲嘉舍醫生之子保羅．嘉舍所贈，其中三幅「嘉舍大夫」，「嘉舍大夫的花園」，「嘉舍小姐在園中」，正是梵谷住在嘉舍家裡受其照顧時所作。我在這些燦爛的作品面前徘徊頂禮，恍如面對一個裸露的偉大靈魂，覺得那人的骨已冷了，但那人的靈魂仍是熱的，如果我敢伸手去撫摩那些畫，怕仍然是燙手會痛的。梵谷，是我的忘年忘代之交，只覺得他的痛苦之愛貼近吾心，雖然曾譯過一部《梵谷傳》，仍感不能盡意，很想將來有空再譯出他的書信集，或是魯賓醫生那本更深入更犀利的傳記《人世的遊子》。

羅浮宮

印象主義美術館，綽號「網球場美術館」，就在羅浮美術館的旁邊。今日印象館中的作品原來都是羅浮所藏，一九四七年才由羅浮移到印象館中，但一般藝術史或藝術評論不暇細分，提到這些名畫時，仍註明是在羅浮。

我在法國行色匆匆，只得七日，其中四日在里昂開會，在巴黎的時間只剩三日。英德帶我參觀印象館，只有半天的時間；我由里昂回巴黎，他又陪我去瞻仰羅浮，也只有半日，眞個是蠡測管窺，未能盡興。且引范仲淹的句子：印象館的「浮光耀金」，半日豈能窮其燦爛？羅浮的古典名畫，多已「靜影沉璧」，時光海底的無盡寶藏，更是從何看起？不過既然來了，怎能不潛入那藻深石祕的世界去窺探一番？半日下來，倒也看了十九世紀的不少作品，而文藝復興和十七世紀，也匆匆淺嚐了一些。那半日，只恨自己不能變成神話裡的百眼怪人亞格斯，可以同時兼顧滿室的名畫。那半日我所饕所餮的，一直到現在還沒有完全消化，當時迸發的感想、聯想、遐想，如果一一道來，只怕比印象館的記遊還長。此地只擬專述兩位浪漫派的畫家。

日希柯

我和英德一走進那天窗高約三層樓的大展覽室，就懾於長壁上垂掛的許多幅大畫的幢幢巨靈，恍若逆時而馳，一腳闖進了森嚴的藝術史裡。那許多百歲以上的名畫，日久成精，全聳立在兩壁，含義深長地向我眈眈地俯視，凜凜地斜睨，或是脈脈地相瞅。那些巨靈當然不識我，而我呢，也是第一次和他們相接，但是我早就熟悉他們了，一眼就認出誰是誰。他們的堂兄表弟，散佈在世界各地的那千千萬萬的複印品，或濃或淡，或大或小，我不知看過多少。今天忽然一一見面，興奮打量，看個端詳，忙得「久仰了」都不必說了。

不但是「久仰了」，就是此刻，他們從三層高的腰線板上用長索吊著，一路垂下來到我腰際，要瞻他們，仍然是必須仰著頭的。這時據壁而崇、矗立在我和英德頭頂的，是日希柯的巨畫「女妖號之筏」（Raft of the Medusa: by Théodore Géricault, 1791—1824）。這幅畫作於一八一九年，當時畫家只有二十八歲，畫的主題是轟動當時法國社會的一件大新聞。「女妖號」是一艘法國船，由於官方之誤遇上海難，一百四十九位乘客逃上一條木筏，在水上漂浮。最後木筏遇救，只剩下十五個生者，顯然曾賴屍肉維生。消息一傳開，社會譁然，法國政府痛受輿論譴責。日希柯決心把這海難事件訴之藝術，他僱了生還者中的一位木匠，爲他仿造了那隻木筏，又從醫院裡借來幾具屍體，作草稿和佈局之用。他把死人藏在畫室多日，被鄰居發現，引起強烈的抗議。畫展之日，觀者驟睹這光怪陸離的悲劇，莫不聳動，日希柯一舉成名。

隔了一百六十多年，這一幅海難的巨景仍然十分駭人。幽光邃影之中，整幅畫的黯褐色調似乎被時間薰染得更加陰沉。木筏上數得出一共是十九個海難者，其中只有一位長髮老者倦坐支頤，半對著觀眾，其他的人或俯或仰，或呈側面，或見背影，給人的總印象是斜背著我們，木筏正漂離我們，而洶湧的浪濤卻向我們捲來，天上則風雲變幻，響應著海上的波程險惡。漂流多日，筏上顯然已糧盡水絕，半倚半偃的幾個難民，從無助的姿勢看來，不是已經死了，就是已經病倒，而所以如此，是因爲久餓成殍，還是因爲餐屍中毒，不忍，也不必細加追究了。餘下的幾位呢，有的掙扎著扶著他人要坐起或跪起，有的披髮當風，向遠方瞭望，有的回身指點，像在安慰苦難的同伴。最前端還有三個人裸著身體，兩人背著我們，其中一人更揮動破衫，似乎眺見了遠海的船隻，正要向來者求救。整個畫面，從左下角低臥的病者、死者，一直到右上角昂立筏頭的揚衫者，是一個坡形的律動，達於金字塔頂，正是搖搖欲墜岌岌若危的巴洛克式的佈局。但是另一方面，這種傾斜的運動由下而上，使觀者的目光自然而然焦聚在高昂的揚衫者身上，正象徵災難之中支持人類心靈的一線希望。「女妖號之筏」是一張漂流的病床，一座露天的墳墓，卻又是一線生機之所繫，而這，不也正是人類社會的寫照嗎？

這麼一幅疑幻疑眞光影交錯的苦難圖，俯臨在我們的額頂，那樣熟悉，又那樣陌生，那樣壓迫著又那樣鼓勵著觀眾，眞像是一場睜眼的魘境。當日此畫一展出，法國的觀眾興奮地指點爭議，立刻成爲注目的焦點，但不久日希柯卻失望了，因爲眾所矚目的，是此畫所涉的社會新聞和政治意義，而不是藝術的本身，也就是說，在大眾的眼光裡，它只是一則頭條事件的插圖而已。不過，君臨當日法國藝壇的學院派卻眞被觸怒了，因爲此畫在各方面都違反了新古典主義的常規。當日學院派的畫題照例都取材於遙遠的事物，例如神話、歷史、文學名著，「女妖號之筏」卻取材於街談巷議的新聞，據說如此美感的距離便不夠，未免傖俗。其次，學院派的人像以不露感情不動聲色爲含蓄高超，像大衛（J.L.David）的「蘇格拉底之死」和「賽賓的女人」等畫，其實都溫溫吞吞，不痛不癢，了無生氣。「女妖號之筏」的人物卻奮昂而激動，姿勢尤其富於戲劇性的誇張。浪漫派的藝術和文學原就喜歡表現反常而強烈的景象和感情，日希柯尤好畸形和恐怖的情景，曾經作過一組精神病人的畫像，又曾描寫死刑犯人的斷頭，頗有戈雅之風。學院派的人體總是圓滑光潤，骨肉均勻，血色飽滿，造型以希臘石像爲典範，看上去總不像會出汗的樣子。「女妖號之筏」的人體則肌腱糾結，肩臂隆鼓，看來是裡面有血表面有汗的肉身；加以光線從筏的左後方側照過來，光強而影濃，對照十分強烈，更誇大了那些肌肉凹凸的輪廓。凡此種種，都說明了此畫的作者何以是新古典主義的叛徒，浪漫主義的先驅。但在另一方面，藝術史家卻又不承認此畫是現代畫的濫觴，因為現代畫要擺脫的正是這種「以畫證史」、用藝術來充事件註腳的「插圖觀念」，而形象的塑造又太逼眞、太寫實了。我卻認為，此畫在栩栩如生的描摹之中，也不是完全寫實的，因為海上漂流的難民，或病或飢，又患得患失，豈能個個這麼結實？

戴拉克魯瓦

「女妖號之筏」展出後，對年輕一輩的畫家影響很大，戴拉克魯瓦（Eugéne Delacroix，1798—1863）正是其中的一位。果然三年之後，亦即一八二二年，戴拉克魯瓦也展出了他那轟動一時的代表作「但丁之舟」（The Bark of Dante，一名Dante and Virgil in Hell）。這幅作品的畫題倒是古典的：取自但丁的名著《神曲》。新古典主義者也許會嫌但丁只是中世紀的詩人，算不上古典，可是圖中的魏吉爾至少是正宗的羅馬詩人吧。畫的前景直逼在我鼻端，襯著愁煙黯霧的地獄幽光，我看見一隻小舟漂流在暗沉沉的水上，水上雖有波紋，卻予人滯而不流之感，也許波上的冤魂太多，船上的心情太沉重了。這就是地獄五河之一的恨川（River Styx）。船的兩側陰氣森森，盡是冤鬼與亡魂，有的倚在船側，有的攀在船舷，有的露背，有的仰臉，但全都赤裸著肉體，在這悲慘的冥川上，說不盡地無助，無望，又無歸。仔細看時，才認出船尾有一個半裸的男體，披著一件藍衫，背肌勃起，正傴著身子在奮力划槳。這該是陰間的渡夫凱倫了。整幅圖中，只有舟上的兩人是直立，而且衣著完整。褐袍桂冠，神情淒然的，是但丁。青袍紅巾，站在他前面的，則是魏吉爾。青年詩人半低著頭，滿臉悲憫地俯看著船邊的水鬼，左臂在驚悸之中情不自禁地舉起，右手則似乎乞援地挽住魏吉爾。老詩人畢竟閱世已深，且又身爲嚮導，當然比但丁鎮定：他半側著身子，鷹鼻的側面望著前方，一手安慰似地按住驚惶的青年，另一手則舉起遮在眼前，又好像看不清，又好像看到了什麼可怖的景象。而最爲駭人的，是一個水鬼用手抓住船頭，張大了嘴在咬船木，牙齒歷歷可數。另一個則從船的右舷探起頭來，左手攀住船舷，右臂已經伸進艙來，皺紋滿佈的臉上，一對血紅的眼睛在但丁和渡夫之間獰窺著觀眾。蒼茫的背景上，地獄的烈火在左上角遠遠地燒著，看得出，過了這條恨川，便是永劫不復的冥府了。

三年之前，戴拉克魯瓦看見「女妖號之筏」，十分感奮，曾經自謂「像發了瘋一般在巴黎的街頭奔跑」。看得出，三年後他自己獲選沙龍畫展的這幅「但丁之舟」受到「女妖號之筏」很大的啓示。最顯著的一點，是水上的旅程。雖然一幅畫的是海難，另一幅畫的是渡河，但氣氛都極爲陰森恐怖，人物都籠罩在死亡的黑影之中，不過「女妖號之筏」是要掙脫死亡，而「但丁之舟」是投入死亡之鄉而已。兩幅畫中都有死者，而生者的活動都以四周的鬼魂爲背景，生與死是如此地犬牙交錯，緊貼而不可分，也益見人類在苦難中掙扎的可尊與可貴。這一類的力作，往往令人震奮感動，駭目壯心，腸爲之熱，事後不但留下深刻的印象，而且會再三思索，反省人類的處境和生命的意義。但是在空靈而飄逸的中國山水畫裡，我遊目騁懷，神怡而心廣，悠然有出世之想

——我感到靜化了，淨化了，與自然渾合一體。這境界固然很高，在這方面自為西畫所不及，可是如果永遠如此，就未免太遠了。西方的人像畫，無論是個像或群像，都令我覺得近。我在中國古典畫裡找不到驚心動魄的人之苦難，人之奮鬥。我不禁要怪中國的藝術天才只招待我們看他的客廳和書房，卻不讓我們進他的廚房、臥房、浴室。

「但丁之舟」和「女妖號之筏」的相似，尚不止此。在光影明暗的對比上，兩畫都很強烈，比起安格爾和大衛等新古典作品層層漸進的明暗烘托來，大膽得多，其結果是人體和物體的輪廓鮮明而突出，有點浮雕的感覺。其次，兩畫都充溢著強烈的感情，無論是人物的面容和姿態，人物之間的相對位置和身形手勢，或是全體人像在佈局上的共同趨勢，都顯得戲劇化而有呼有應。浪漫派的畫最強調動感，不但前景的中心人物群情激昂，就連背景的自然現象也往往風起雲湧，天地驚駭失色，似乎也感應了人類的悲歡離合。戴拉克魯瓦的畫如此，甚至英國大畫家竇納（J.M.W. Turner）所畫的無人之景也是如此。相比之下，新古典的繪畫往往是靜的，儘管秩序井然，卻欠缺生命。

在人物的安排上，戴拉克魯瓦的這幅「但丁之舟」頗襲日希柯之意，只是學得很巧。日希柯之筏向右，難民軀體的姿勢當然也大致向右，形成一個生動的節奏，而以筏首那人揮衣的手勢為其頂點。戴拉克魯瓦之舟則反過頭來，朝左運動，人物的姿勢大致也就趨左，而以危立揚臂的魏吉爾為戲劇性的焦點。兩幅畫都給人栩栩如生的印象，可是另一方面，此情此景又恍若出於幻想，兩者加在一起的效果，似乎一場逼眞的夢魘，誠然是浪漫的。

戴拉克魯瓦受日希柯影響之深，亦見於他的畫馬之作：日希柯畫了一幅「馬驚閃電」，戴拉克魯瓦也畫了一幅「馬驚風雨」，比日希柯那幅更加狂猛。只見蒼茫的大野上，風雲一時變色，慘藍的天穹被一聲霹靂劈破了一鞭三折的電光，把一匹白雄馬驚得奮舉前蹄，駭揚長尾，斜昂的頭頸上亂鬃迎風飄曳，眞是壯觀。中國畫裡的馬，靜的、馴的最多，少見如此的偉景。我敢說，杜甫要是見到了戴拉克魯瓦的雄駿，一定會感動得寫出比「天育驃騎圖歌」更生動的詩來。戴氏的馬，眼中眞有驚恐的神色，不論使牠驚恐的是風雨，是龍，是獅，是虎，還是野豹。徐悲鴻以奔馬馳名，相比之下，我卻認爲他的馬「有勢而無情」。

戴拉克魯瓦是法國浪漫畫派的大師，主題和風格變化極富。除了「但丁之舟」這一類的巨構之外，他還留給後世二十四幅版畫，一百零九幅石版畫，一千五百二十五幅著色粉筆畫，六千六百二十九幅素描，和六十冊速寫稿。此外他一生對文學和藝術的看法，對自然的觀察，對其他畫家的評論等，都錄在他三卷日記裡面，對後代的畫家影響十分深遠，其中的片言斷句往往被後人引來支持印象主義甚至新印象主義的觀點。戴氏的畫風並沒有什麼可觀的傳人，但是他的思想卻啓發了許許多多和他畫風不同的大藝術家。藝術史上有不少大師，像塞尙和莫內，是只務本行的純畫家，戴拉克魯瓦卻是高瞻遠矚見多識廣的通達之士，在畫家之中兼有書卷氣和豪氣。我說他有書卷氣，是因爲他文學的修養很深，但丁，莎士比亞，哥德，拜倫等的作品都成爲他藝術的泉源，也因爲他耽於音樂，常以音樂的觀念來析論色彩，蕭邦和帕嘉尼尼的丰采更藉他的畫像而永傳。至於豪情俠氣，則是他作品的一貫風格。戴拉克魯瓦的體質頗弱，每日只進一餐，胸口又常不適，但是他的面貌，在戈提耶的形容之下，是「黑髮如波，目光銳利如鷹隼」，而一旦工作起來，精力卻旺盛而持久。他在著手「但丁之舟」一類巨製之前，準備工夫往往不遺餘力，會畫上無數草稿，但眞正動筆之際，他就把一切都拋開，只憑他瑰麗熾熱的驚人想像。他的畫，是千錘百鍊的行家捕到的淋漓靈感，所以常給人即興之作的自然之感。爲了追求繆思，專業繪畫，他終身不娶。爲了在畫風上獨樹一幟，他終身不去意大利，反而回轉頭去，北上英國，率先肯定康斯太保和龐寧頓的價値。當時法國的畫壇方奉羅馬爲神明而鄙倫敦爲無畫之都，戴氏的反潮流作風，最需要先見與毅力。

然而眞正的豪情，畢竟在眼前的這些畫裡，歷百年而不朽。戴氏的作品，從長不滿尺的水彩如「阿剌伯人坐姿」到長達二十六、七呎的巨幅壁畫如「亞波羅屠蟒圖」，莫不節奏明快，色調鮮活，戲劇的動感之中迸發著或是盤旋著一股強勁撼人的力量。他確是一位富有氣魄、氣勢的陽剛天才。站在他史詩一般的巨畫之下，我耳邊震盪著華格納的音樂。「但丁之舟」在戴拉克魯瓦的名畫裡，只是中型之作；巍然懸在它旁邊的「凱奧斯大屠殺」，「沙當那巴勒斯之死」，「自由女神率民而戰」等作品，都比它更大。例如「沙當那巴勒斯之死」便長達十六呎，高達十三呎，篇幅約爲「但丁之舟」的四倍，普通的牆壁根本掛不下。我在「沙當那巴勒斯之死」右下角，背著那執刀的力士和那引頸受戮的裸女，請英德爲我照了一張像。畫中的人比眞人還要大些，我覺得比眞人也要生動些。如果我是羅浮宮的守衛，天天伴著這些畫中人，日子久了，只怕會把這些幻影當作眞人，交了朋友，而把川流不息的觀眾，當作過眼的煙雲了。不知道，每到夜裡，博物館緊閉的重門之後，這些畫中人會不會眼睛一轉，姿態一變，全動了起來？想想看，暗中有多少眼珠在轉動？

最能吸引我的一組作品，是那些人與獸爭，或是獸與獸鬥的壯烈場面。「阿刺伯騎士被獅所襲」，「野豹襲騎士」，「獵虎」，「阿刺伯二馬鬥於廄中」等圖，都是我百看不厭的傑作。馬，應該是世界上最英俊最矯健的動物了，牠那修頎挺拔的輪廓，配上飄鬃揚尾的奔勢，是畫家最難抗拒的誘惑。但在戴氏的畫裡，牠更在騎士和猛獸之間惶駭掀騰，益增人獸之鬥的聲勢與波瀾。在「獵虎」之類的畫裡，前景騷然的殊死決鬥，獸牙與矛尖針鋒相對，人既瀕險，獸亦臨危，在絕境的掙扎裡，誰勝誰負，立刻便見分曉。戴氏的畫面往往就攫住了這前一刹那，蓄勢待發，果然是雄奇極了的壯觀。一時之間，人、馬、獸、交纏錯雜的肉搏，在巾袍飄舉，爪蹄翻飛之中，形成了一個光影，線條，色彩相逐的漩渦，把一切都捲向渦心。

在這一類畫裡，我尤其喜歡那幅「聖喬治屠龍圖」。聖喬治是基督教的大武士，他爲解少女之厄而屠猛龍，正象徵基督徒降魔伏惡。這傳說免不了有許多畫家拿來入畫，最有名的該推拉菲爾的一幅（其實拉菲爾不止畫了一幅）。我雖然震於拉菲爾的盛名，卻一直不佩服他這幅名作，甚至在華盛頓國立藝廊瞻仰了眞蹟，也不感動。等到看了戴氏的這一幅，我才發現是什麼原因。兩位大師同題的作品，都畫全身披掛的耶教武士，馳馬舉矛，正向地上蟠蜒的惡龍奮力搠去，那可憐的少女則出現於背景。拉菲爾的白馬，周身光潔滑溜，有如瓷器，肌腱不像在動員，也不見出汗；而尤其可笑的是，馬眼不注意地下的敵人，卻轉睛含笑地去望著牠背上的武士。武士的坐姿看不出他是否在使勁，兩臂的姿勢十分侷促，也不可能使出多少勁來。地下那條龍軀體猥小，怪則有之，駭人卻未必：這樣滑稽的一條小怪物，老實說，聖喬治勝之也不武。背後的樹林和天色，是一片明麗幽靜，宜於郊遊，卻不宜鏖戰。

戴拉克魯瓦則把戰場放在兩面峭壁之間，岩石蒼鬱而凝重，已經給人心理的壓力。反襯在峽壁之間的，是一匹雄俊驍健的赤馬，正抖擻著亂鬣和修尾，驚舉前蹄，駭怪地弓著長頸，瞋視地上的妖物。馬背上的武士昂著鷹盔（其狀比拉菲爾畫中武士戴的鴨舌形圓盔威武得多），揚著紅巾，左手握韁，右手高舉到極限，護臂甲冷冷的反光之中，鐵手套裡正握著一柄長矛，矛尖朝下，不偏不倚，眼看著數寸之近，就要奮其神勇，猛搠進那妖物的口中。那怪獸周身長著墨綠黏膩的韌皮，長約兩丈，像一條巨蟒而有虎豹的四肢，爪大如盆，正在地上蟠蜿翻滾，張牙伸舌，作勢要攫人和馬。你覺得，這麼一大盤兇邪的頑龍，才配護教的大武士來殺戮。你更覺得，武士，駿馬，妖龍三者緊張的視線，在下刺的矛尖和仰噬的龍口之間，正交於一點：這果然是一場當眞的廝殺。而背景的受難少女，也正緊張地張揚著雙臂在壁上觀戰，她的目光也投向人獸之間。戴畫的細節不像拉菲爾的那麼多，物象的線條和輪廓也不像拉菲爾的那麼清楚細緻，但他粗獷猛捷的筆觸卻造成了瞬息千變的動感，給人臨場觀戰的幻覺。拉菲爾的畫中，武士的矛尖已經刺入龍背，也不如戴畫的刺而未中那麼緊張。戴氏是近代畫中善用色彩的大師，尤其善用紅與黃金。拉菲爾的馬用白色，也許是要象徵善，以對照其黑龍之惡；戴氏的馬作赤紅色，不但反比了妖龍的暗綠色，也反比了峭壁的蒼青，何況紅色本來就熱鬧，宜於戰鬥。加上武士肩頭所披的紅巾一直迎風迴旋，飄曳至於腰際，兩紅呼應，更見畫面的激盪，眞是壯觀。拉菲爾的武士披的偏又是青巾，加上癡肥的白馬，畫面就更冷了。

歷來的藝評家推崇拉菲爾這幅「聖喬治屠龍圖」，總是說它的構圖主脈呈X形，也就是交叉的雙斜線，這麼一交叉，就把動作遍佈到畫的四角，而生力滿全畫之效。此畫之白馬從畫左斜到右下角，武士與龍藉長矛的貫串則從右上角斜入左下角，再加以樹石的延接作用，結果誠然十分堅實。但高明的結構並不能保證一切，我仍然嫌此畫太冷，太靜。看得出來，戴拉克魯瓦來畫這一幕時，當然事先研究過前人的名作；其實他的構圖也近似拉菲爾的安排，只是他把拉菲爾畫中人獸的位置倒過來，連那女子和長矛也都移到畫面的斜對角去。這一搬家，搬得十分巧妙，眞可謂神偷，和「但丁之舟」善師「女妖號之筏」，簡直異曲同工。不過，戴氏利用拉菲爾，也僅止於構圖一端，他如造形，用色，和全圖奔放的氣勢，卻是他獨創的。戴氏的畫面運動也呈X形，但馬的斜背接上了石壁的斜坡，那渾然一體的氣魄，眞沛然難當。也許古典的寧靜和浪漫的奔放，可用前後這兩幅屠龍圖來對比印證。拉菲爾是文藝復興全盛期三大師之一，在西方藝術史上的地位應該在戴拉克魯瓦之上，可是就畫論畫，戴氏這幅屠龍圖卻遠比拉菲爾的生動得多。戴氏的人妖之鬥，我可以全神投入，而面對拉菲爾的呢，我只能旁觀。

就這麼和英德邊看邊談，有時以名畫爲背景照一張像（例如蒲善的「詩人之靈感」），累了，便一起坐在皮椅子上，默對著那一張張裸陳在壁上的靈魂，一個短暫的下午，就這麼在永恆的面前度過了。這些畫在創作的當日，在畫家的生前，全是「沒有用」的東西，即使到了今日，除了在拍賣和保險時身價百倍，不，萬倍，而使唯利是圖的外行聳然動容之外，仍然說不出有什麼「用」。這些畫，飢不能食，寒不能衣，在能源恐慌的年代，也不能拿來當能源。可是對於千千萬萬敏感的心靈——敏於美感，敏於歷史感，敏於文化感的心靈——這些畫便是視覺生命中不可磨滅的形象，某一線條，某一輪廓，某一特具意義的色彩，往往會浮現在他們的心中，像某一個難忘的旋律。往往，當他們想起歷史，想起文化，想起人類的許多遭遇，許多經驗，許多憧憬和許多惡夢，這些畫面就成爲可資印證、可以從容指認的面貌；若是不幸失去這些壯麗的形象，則無論人類的文明有多發達，我們也只能算是「失憶症」的病人，夢遊於沒有歸宿的「現在」。

戴拉克魯瓦常說，自然只是一部字典。我們翻查自然、人生、社會這部大字典，是要去找合用的字，查其字源，字義，和用法，但是字典並不是作品，只會抄字典的人也絕非作家。如何去找合用的字，重新加以組織，甚至賦以新的意義，新的生命，有賴眞正的藝術家。同樣是使用一部大字典，卻產生多采多姿的各殊作品。我們欣賞，投入，甚至認同這些名作，等於向不同的天才學習如何使用這部大字典；許多自以爲看慣了看熟了的字，在他們的指點甚至暗喻下，都展示了新面貌，新生機。原來同一部字典，其大小深淺，是因人而異的。藝術之爲「用」在此。

我們走到「摩娜・麗莎」的那一室，只見世界最有名的畫像前面正擁擠著一大群觀眾。我跟英德根本無福親近，只能從人潮洶湧的偶然空隙，從時胖時瘦的頸項和肩臂之間，一瞥那迷人，蠱人，祟人的微笑。她究竟爲什麼笑成那表情？這千古之謎大概也只能像「錦瑟」一樣，任無數的智士解而不決了。至於摩娜・麗莎她自己呢，將永遠俯視著陌生的人潮來去，眾目睽睽，一代又復一代，只有她留了下來，對無盡無止的後人，意味深長地淺淺笑著。

幾種法國人

懷著弔古的依依之情從羅浮宮出來，我們回到當代的巴黎，舊磚砌道的里伏利街上，已是初暮的景色了。我望著漆黑鍍金的一排排鐵欄，想起尼采的一句話來：「藝術家在歐洲無家可歸，除了巴黎。」今年夏天，不少中國藝術家從巴黎回到台北去開畫展和攝影展，有人乃笑稱台北爲小巴黎。只要看今日在歐洲的中國畫家，有多少仍暫居或長居在巴黎，就知道尼采的話仍然存眞。例如我今天的嚮導英德，就是以藝術家的身分受到法國政府的認可與照顧，而定居在巴黎的。心雄萬夫、傲氣蓋世的尼采，以一位日爾曼的天才而如此美譽巴黎，法國人也實在足以自豪了。

法國人足以自豪嗎？那要看是那一種法國人。我所知道的高盧種有限，但也似乎有好幾種。法國的古典音樂輸給德國，但有了杜布西之後，法國的現代音樂已足自豪。文學的成就，法國絕對不遜於德國，卻可惜推不出像歌德那樣的代表人物。至於現代藝術，則法國可謂獨步西方，甚至像梵谷，夏高，米羅，畢卡索，莫地里安尼等外國人，也是在法國的藝術氣候裡長大成器的：法國，誠然是歐洲甚至世界的藝術家之家。戴拉克魯瓦，莫內，雷努瓦，羅丹……我在羅浮宮，印像館裡瞻仰的這些藝術大師，正是我最熟悉也最欽佩的一些法國人。

血肉之軀的法國人我認識的很少，兩度在法國，停留的日子也太短，不足以識這文雅的國家。我的幾位法國朋友給人的印象都很斯文可親。在巴黎，我住在英德和彌彌的家裡，他們的鄰居也都十分親善。我和允達從巴黎坐火車去里昂，到站的時候，我把照相機忘掉在車上。允達爲我向站長報失，並請他通知下一站注意尋查。不料站長室裡赫然已放著那黑色相機，原來是我旁座的法國青年已及時將失物交給了里昂站。

這次去法國，是參加國際筆會的第四十五屆大會。會址在里昂，地主國法國的筆會主辦一切事務，表現得相當草率而怠慢——開會誤時，午餐不便，會場沒有茶點和郵政的服務，安排的宴會索價又偏高等等，使魯芹，東濱，允達和我不時以「法帝」的辦事效率爲笑謔的話柄。

但還有一種法國人，也許是他們國內少見的。一九三九年初，正是抗戰的第三個年頭，我隨母親從上海法租界乘船過香港去安南，然後從海防坐火車去昆明，再改搭貨車去重慶和父親團圓。那時安南還是法國的殖民地，不叫越南。事隔四十多年，我還記得清清楚楚，我們從海防登岸入境，在海關檢查行李。法國的官員叫中國旅客站成一排，由他逐一來搜查，凡佩了鋼筆的，他都一一拔去，凡帶了熱水瓶的，也都給沒收，無須說明理由。可憐的中國人懾於權威，又苦於不會法文，欲辯無由。到現在我還記得有一個中年男人，又氣又怕，急得都幾乎要哭了。這樣的殖民政府當然不得人心，也難怪十五年後，奠邊府不堪一擊，三色旗也就降下來了。

自由，平等，博愛，那原來是美麗標記的三色旗。我走在巴黎黃昏的街頭，橘紅色的布遮下，人群正在咖啡座上閒賞著暮色。這裡不但是藝術之都，也曾是現代民主的搖籃，自由女神的塑像便是從這裡送去紐約的。然而當年，侵略並統治安南的，也正是法國大革命的子孫。他們解放了巴斯地獄，卻遠來印支半島建一座新的牢獄。難道自由，平等，博愛，只是西方人之間的事，不適於對東方人嗎？

我在里昂開了四天筆會，每天都見到中國大陸的代表。巴金卻令人感到失望。他在揭幕典禮上應邀致詞，只講了三、四分鐘話，不是用法語，甚至也不是用國語，而是用濃重的四川鄉音。我和我存都是「抗戰的兒女」，四川話入耳倒是很親切的。對於文革期間飽經滄桑的巴金，我也有一份對前輩作家的同情和起碼的敬意。他今年已經七十七歲，步伐遲緩而困難，進出都要女兒相扶。可是那天，他的致詞平淡空洞，一點文采也沒有。我知道有一群法國文化人一直致力推他去競逐諾貝爾獎。那天，法國筆會的會長介紹他時，說他是「當代中國最偉大的作家」。這榮譽對巴金未免太溢美了。巴金多產，名氣也不小，可惜他小說的藝術成就配不上他的盛名。以實際成就而言，我甚至懷疑他能否列入今日中國前幾名的小說家。

離開巴黎的那天下午，英德伉儷送我去戴高樂機場。法航的七四七呼嘯凌空，飛向東南，不久綠盡白起，便是瑞士的一簇簇雪峰了，駕駛員報告說，再前去便是南斯拉夫。我逸興遄飛地倚在雙層小窗上，仙人一般俯瞰藍色多瑙河在金陽與碧野裡，像一道旋律，向東又向南蜿蜒流去，河邊的公路白而直，迎來一盤又一盤美麗的市鎮。最後迎來的是暮色，再待我俯認土耳其時，歐亞兩洲都已蒼茫。

——一九八一年十二月

破畫欲出的淋漓元氣

梵谷逝世百週年祭

不朽的元氣

一百年前，荷蘭大畫家梵谷在巴黎西北郊外的小鎮奧維，寫信給故鄉的妹妹維爾敏娜，說他為嘉舍大夫畫了一張像，那表情「悲哀而溫柔，卻又明確而敏捷——許多人像原該這樣畫的。也許百年之後會有人為之哀傷。」

梵谷寫這封信時，在人間的日子已經不到兩個月了。到那時候，他只賣掉一幅油畫，題名「紅葡萄園」，而論他的畫評也只出現了一篇。在那樣冷漠的歲月，他的奢望也只能寄託在百年之後了。可是他絕未料到，一百年眞的過去後，他的名氣早已超過自己崇拜的戴拉克魯瓦，而他的地位也已凌駕米勒而直追本國的前輩冉伯讓。絕未料到，他的故事會拍成電影，唱成歌調，他的書信會譯成各國文字，他的作品有千百位學者來撰文著書，為之解說。絕未料到，生前無人看得起，身後無人買得起，他的畫，在拍賣場中的叫價，會壓倒全世界的傑作，那天文數字，養得活當年他愛莫能助的整個礦區。絕未料到，從他的生辰（三月三十日）到他的忌日（七月二十九日），以「梵谷畫作回顧展」爲主的百年祭正在他的祖國展開，熱浪洶湧，波及了全世界的藝壇，包括東方。更未料到，安貧樂道的藝術苦行僧，在以畫證道、以身殉道之餘，那樣高潔光燦的一幅幅傑作，竟被市場競相利用，淪爲裝飾商品的圖形。

荷蘭曾經生他、養他、排斥過他再接納他。法蘭西迷惑過他又開啓過他，關過他又放過他，最後又用她的沃土來承受他無助的倦體。如果在百年的長眠之後，那倦體忽然醒來，面對這一切歌頌與狂熱，面對被自己的向日葵與麥浪照亮的世界，會感到欣慰呢還是愕然，還是楞楞地傻笑？

其實那一具疲倦的軀殼，早已沒有右耳，且被寂寞掏空，被憂傷蠶食，被瘋狂的激情燒焦，久已還給了天地。他的生命，那淋漓充沛的精神，早已一燈傳遍千燈，由燃燒的畫筆引渡到一幅又一幅的作品上去了。想想看，這世界要是沒有了阿羅時期那些熱烘烘的黃豔豔的作品，會顯得多麼地貧窮。用一個人的悲傷換來全世界的喜悅，那犧牲的代價，簽在每一幅傑作上面，名叫文生。直到一九四八年，美國大都會美術館的修畫師皮士（Murray Pease），在檢查梵谷的「柏樹」組畫時，還發現其中的一幅顏料並未乾透，用指甲一戳，仍會下陷。這當然還是指的物質現象。但是在精神上，梵谷的畫面蟠蜿淋漓，似乎仍溼著十九世紀末那一股元氣。

梵谷的生平

一八五三年三月三十日，文生．梵谷（Vincent van Gogh），生在荷蘭南部布拉班特省的小鎮崇德（Zundert, Brabant），接近比利時的邊界。父親西奧多勒斯是一位不很得意的牧師，父子之間也不很親近。文生的孺慕毋寧是寄在母親的身上，可是他覺得母親對他不夠關懷。在他前面還有個哥哥，也叫文生，比他整整大一歲，也生在三月三十日，一生下來就死了。母親慟念亡兒，心有所憾，對緊接的下一胎據說就專不了心。這感覺成了梵谷難解的情結，據說還經常在他的畫面浮現。

在兩個弟弟和三個妹妹之間，跟文生最親的是二弟西奧，三妹維爾敏娜。此外他對家庭並不十分眷戀，對父親更是心存抗拒。叔伯輩裡有三個畫商，生意做得不小，和文生卻有代溝。

儘管如此，梵谷一生的作為仍然深受家庭的影響。身為牧師之子，他的宗教熱忱可說其來有自，廿二歲起便耽於聖經，廿四歲更去阿姆斯特丹準備神學院的入學考試，未能通過。他立刻又進布魯塞爾的福音學校，訓練三個月後，勉強派去比利時的礦區傳道。從一八七八年的十一月到翌年七月，他和礦工同甘共苦，不但宣揚福音，而且解衣推食，災變的時候更全力救難，成了左拉聽人傳說的「基督再世」。從一八七五年到七九年，梵谷的宗教狂熱高漲了四年，終於福音教會認為他與賤工打成一片，有失體統，開除了他。

在失業又失意之餘，梵谷將一腔熱血轉注於藝術，認眞學起畫來。他開始素描礦工，臨摹米勒，自修解剖與透視。也就在這時，任職於巴黎古伯畫店的弟弟西奧（Theo），被他說動，開始按月寄錢給文生，支持他的創作生涯。

從宗教的奉獻到藝術的追求，一八八〇年是梵谷生命的分水嶺，但其轉變仍與家庭背景有關。梵谷是牧師之子，也是三個畫商的侄兒，曾在海牙、布魯塞爾、倫敦、巴黎的古伯畫店工作，接觸藝術品從十六歲就開始了。最直接、最重大的因素當然還是有西奧這麼一個弟弟，從一八八〇到一八九〇，整整十年一直在巴黎的古伯分店任職，不但匯錢，還寄顏料及畫具給他。何況那時的巴黎，藝壇繽紛多姿，眞是歐洲繪畫之都，西奧在這一行，當然得風氣之先，大有助於哥哥的發展。要不是弟弟長在巴黎，梵谷也不便在巴黎長住。要不是弟弟在畫店工作，梵谷也很難廣交印象派以至後期印象派的中堅分子。而沒有了巴黎這兩年的經驗，沒有了這轉型期間的觀摩、啓發與貫通，他就不可能順利地接生阿羅的豐收季。

梵谷一生匆匆，只得三十七年。後面的十五年都在狂熱的奉獻中度過：前五年獻給宗教，後十年獻給藝術。二十七歲那年他放棄宗教而追求藝術，表面上是一大轉變，本質上卻不盡然。他放棄的只是教會，不是宗教，因爲他對教會灰了心，認爲憑當時腐敗的教會實在不足以傳基督之道。他拿起畫筆，是想把基督的精神改注到藝術裡來；隱隱然，他簡直以基督自許。他在給西奧的信裡說：「米勒有福音要傳；我要請問，他的素描與一篇精采的佈道詞有什麼兩樣呢？」梵谷對基督的仰慕見於給西奧的另一封信：「他活得安詳，比一切的藝術家更成其爲大藝術家；他不屑使用大理石、泥土、顏料，只用血肉之軀來工作。」梵谷自覺和基督相似，不但一生的事業起步較晚，而且大限相迫，來日無多。基督傳教，三十歲才開始。梵谷在那年齡竟對弟弟宣稱：「我這一生不但習畫起步恨晚，而且可能也活不了多久……也許是六到十年。」他果眞僅僅再活了七年。這不是一語成讖，而是心有所許。在藝術和身體之間，他寧可犧牲身體，因爲身後還有藝術。所以他告訴弟弟說：「誰要是可惜自己的生命，終會失去生命，但是誰要不惜生命去換取更崇高的東西，他終會得到。」

梵谷是現代藝壇最令人不安的性情中人。傳記家、藝術史家紛紛窺探他的童年，想用佛洛伊德的顯微鏡找出什麼「病根」或「夙慧」。結果：「與常童無異」。幾乎所有的傳記都不得不從二十歲開始，因爲直到那時他的生活才「出了狀況」，性情才開始「反常」，那是在一八七三年夏天，梵谷在古伯畫廊的倫敦分店工作。他單戀房東太太的女兒愛修拉．羅葉，求婚被拒，失意之餘，情緒轉惡，乃自放於社會之外，在畫店的工作也失常起來。其後兩年之中，他兩度被調去巴黎分店。一八七六年初，他終於被店方解僱，結束了七年的店員生涯。

這時梵谷的宗教亢奮已經升起，從一八七五到七九，四年之間信心高揚。開始他去英國的小鎭藍斯蓋特與艾爾華斯教學童，並且間歇佈道。然後回到荷蘭，去艾田（Etten）的新家探望家人，又去多特勒支任書店的夥計。一八七七年五月到次年七月，爲了阿姆斯特丹神學院的入學試，他苦讀了幾近一年半；落榜之後，又去布魯塞爾的福音學校受訓，終於一八七八年底去比利時南部的礦區做了牧師。

梵谷在號稱「黑鄉」的礦區一年有半，先是摩頂放踵，對礦工之家的佈道、濟貧、救難全心投入，眞有救世主的擔當。後來見黜於教會，宗教的狂熱便漸漸淡了下來。滿腔的熱血在藝術裡另找出路，就地取材，便畫起礦工來。這時正是一八八〇年，也是梵谷餘生十年追求畫藝的開始。

這十年探索的歷程，以風格而言，是從寫實的摹仿自然到象徵的重造自然；以師承而言，是從荷蘭的傳統走向法國的啓示而歸於自我的創造；以線條而言，是從凝重的直線走向強勁而迴旋的曲線；以色彩而言，則是從沉褐走向燦黃。但是若從地理著眼，則十年間的行程就像一記加速的回力球，自北而南，從荷蘭打到巴黎，順勢向下飛滾，猛撞阿羅之後，折射聖瑞米，再一路反彈到奧維，勢弱而止。這過程，一站短似一站：荷蘭是五年，巴黎是兩年，阿羅是十五個月，聖瑞米整整一年，奧維，只有兩個多月。

荷蘭時期（一八八一年四月迄一八八六年一月）是他的成長期，爲時最久。在這期間，他從炭筆、鋼筆等的素描，水彩、石版，一直摸索到油畫。題材則人像與風景並重，也有靜物；人像最多農人、漁人、礦工、織工、村婦等的貧民，絕少「體面人物」。手法則筆觸粗重，色調陰沉，輪廓厚實而樸拙，在荷蘭寫實的傳統之外，更私淑法國田園風味的巴比松派，並曾受到他姐夫名畫家安東·莫夫的指點。一八八五年的「食薯者」是此期的代表作。

五年之中，梵谷先後住在艾田、海牙、德倫特（Drenthe）、努能（Nuenen），和比利時的安特衛普（Antwerp）。他需要愛情，跟女人卻少緣分，談過兩次愛，都不成功。前一次在艾田，是追求守寡的表姐凱伊，被拒。後一次則是在努能，帶點被動地接受鄰家女瑪歌的柔情，但在家人的反對下瑪歌險些自殺而死，以悲劇收場。中間還夾著一個妓女克麗絲丁，做他的模特兒並與他同居，幾達兩年之久，終於在西奧的勸告下分了手。他跟父親的關係始終不和；一八八五年初，以他為憾的父親突然去世。

巴黎時期（一八八六年二月迄一八八八年二月）是梵谷的過渡期，也是他藝術的催化劑。不經過這階段，梵谷就不能毅然揮別荷蘭時期的陰鬱沉重與狹隘拘泥，而沒有這兩年的準備與調整，忽然投身於法國南部的燦麗世界，就會手足無措，不能充分發揮自己的潛能，來接生這光華逼人的壯觀。一八八六年的巴黎，印象主義已近尾聲，使用點畫技巧的新印象主義繼之興起。調色板的革命使北方陰霾裡闖來的紅頭傻子大開眼界，不久他的色彩與線條也明快起來。憑了西奧的人緣，梵谷結交了印象派與後期印象派的主要畫家，而與羅特列克、高敢、秀拉等最有往還，也頗受他們的啓發。高敢用粗線條強調的輪廓和大平面凸出的色彩，秀拉用不同原色並列而不交融的繁點技巧，日後對梵谷的影響很大。另一方面，筆簡意活而著色與造形都趨於抽象的日本版畫，這時已經風行於法國畫壇，也提供他新的手法，甚至供他臨摹。「老唐基」、「梨樹開花」

等作都可印證。

在巴黎的兩年，面對紛然雜陳的新奇畫風，梵谷忙於吸收與消化，風格未能穩定，簡直提不出自成一家的代表作。一八八八年二月，他接受了羅特列克的勸告，擺脫一切，遠走南方的阿羅（Arles）。這一去，他的藝術生命才煥發成熟，花果滿樹，只待他成串去摘取：八年的鍛鍊，準備的就是爲此一刻。

阿羅是普羅汪斯的一座古鎮，位於隆河三角洲的頂端，近於地中海岸，離馬賽和塞尙的故鄉艾克斯也不遠。普羅汪斯的藍空與烈日、澄澈的大氣、明豔的四野，在在使梵谷亢奮不安，每天都要出門去獵美，欲將那一切響亮的五光十色一勞永逸地擒住。這是梵谷的黃色時期：黃騰騰的日球，黃滾滾的麥浪，黃豔豔的白日葵，黃熒熒的燭光與燈暈，耀人眼睫，連他在拉馬丁廣場租來的房子也被他漆成了黃屋，然後對照著深邃的藍空一起入畫。有時在人像畫的背景上，例如「阿羅女子」，也渲染了整片武斷的鮮黃。有時，爲了強調黃色，更襯以鄰接的大藍，一冷一熱，極盡其互相標榜。有時意有未盡，更夜以繼日，把蠟燭插在草帽上出門去作畫。在這時期，他一共作了兩百張畫，論質論量，論生命律動的活力，都是驚人的豐收。

然而阿羅時期不幸以悲劇告終。梵谷對人熱情而慷慨，常願與人推心置腹，甘苦相共，然而除了弟弟之外，難得有人以赤忱相報。他的愛情從不順利。在同性朋友，尤其是畫友之間，他一直渴望能交到知己。在巴黎的時候，他曾發起類似「畫家公社」的組織，好讓前衛畫友們住在一起，互相觀摩，售畫所得則眾人共享。這計畫當然沒能實現，可是梵谷並不死心。他在阿羅定居之後，再三力邀高敢從布列塔尼南下，和他共住黃屋，同研畫藝。高敢個性外傾，自負而專橫，善於縱橫議論，對梵谷感性的藝術觀常加挖苦。梵谷性情內向，不善言辭，雖然把高敢當作見多識廣的師兄來請教，卻也堅持自己的信念，爲之力爭。這樣不同的兩種個性，竟然在同一屋頂下共住了兩個月，怎麼能不爭吵？梵谷的癲癇症醞釀已久，到此一觸即發。一天夜裡，他手執剃刀企圖追殺高敢，繼又對鏡自照，割下右耳，去送給一個妓女。

結果是高敢回了巴黎，梵谷進了醫院。這是一八八八年耶誕前後的事。弟弟從巴黎趕來善後，但不久癲狂又發了兩次，在鎮民的敵對壓力下，梵谷同意搬到二十五公里外聖瑞米鎮的聖保羅寺去療養。於是從一八八九年五月迄次年五月，展開了梵谷的聖瑞米（Saint Rèmy）時期。

他在山間那座修道院療養了整整一年，其間發病七次，長者達兩個月，短者約僅一週。清醒的日子他仍努力作畫，題材包括病院內景，以柏樹爲主的院外風景，自畫像等等，並且臨摹了冉伯讓、戴拉克魯瓦、米勒、杜米葉等的三十幅作品。此時他創作不輟，固然是爲繼續追求藝術，也是爲了對抗病魔，藉此自救。一八九〇年一月，青年評論家奧里葉（Albert Aurier）在《法國水星雜誌》上發表短文，稱頌梵谷的寫實精神和對於自然與眞理的熱愛。同時西奧也生了一個男孩，並且追隨伯伯，取名文生。三月間，梵谷在阿羅所作的畫「紅葡萄園」在布魯塞爾的「二十人畫展」中售得四百法郎，買主是畫家之妹安娜．波克。這些好消息都令梵谷振奮。同年五月，他北上巴黎。經西奧的安排，他去巴黎西北郊外三十公里的小鎮奧維（Auvers-sur-Oise），接受嘉舍大夫（Dr. Paul-Fernand Gachet）的看顧。

奧維時期從五月二十一日到七月二十九日，充滿了回聲、尾聲。梵谷仍然打起精神勉力作畫，但是昔日在普羅汪斯的衝動卻已不再：畫面鬆了下來，色彩與線條都不再奮昂掙扎了。餘勢依然可見——「嘉舍大夫像」、「奧維教堂」、「麥田群鴉」三幅為本期代表作，也都是公認的傑作。七月一日他曾去巴黎小住，探看弟弟、弟媳和侄兒文生，並會見老友羅特列克與為他寫評的奧里葉。回到奧維，他的無奈和憂傷有增無已，只覺得心中的畫已經畫完，癲癇卻依然威脅著餘生，活下去只有更拖累弟弟。七月二十七日下午，他在麥田裡舉槍自殺，彈入腰部，事後一路顛躓回到拉霧酒店。嘉舍大夫無法取出子彈。次日西奧聞耗趕來，守在哥哥的床邊。文生並未顯得怎麼劇痛，反而靜靜抽他的煙斗。第三天凌晨，他才死去。臨終的一句話，一說是「人間的苦難永無止境」，一說是「但願我現在能回家去」。

文生．梵谷是死了，但是兩兄弟的故事尚未完結。文生死後，西奧悲傷過度，百事皆廢。他唯一關心的是如何宣揚哥哥的藝術，便去找奧里葉，請他為文生寫傳。奧里葉欣然答應，尚未動筆，兩年後卻生傷寒夭亡，才二十七歲。西奧為了文生的回顧展到處奔走，事情未成，卻和古伯畫店的僱主發生爭吵，憤然辭職。突然，他也神經失常起來。開始還只是糊塗，後來瘋得厲害，不得不加囚禁。其間他一度清醒，太太帶他回去荷蘭，他又陷入深沉的抑鬱，不再恢復。一八九一年一月二十五日，哥哥死後還未滿半年，弟弟也隨之而去，葬於荷蘭，年才三十三歲。又過了二十三年，遺孀約翰娜讀《聖經》，看到這麼一句：「死時兩人也不分離」，乃將丈夫的屍體運去奧維，跟他哥哥葬在一起。

在現實生活上，西奧這一生全被哥哥連累，最後的十年，除了按月得寄一百五十法郎的津貼給哥哥之外，還不時要供應畫具、顏料及刊物之類。文生寄給他的畫，都得保存、整理，並且求售。文生對自己的信心，大半靠他的鼓舞來支持。文生每次出事，也只有等他迢迢奔去，善後一切。甚至在婚後加重了家累，也是如此。可是他受而甘之，從無怨言，甚至在哥哥身後，仍念念不忘為這位埋沒的天才傳後。這樣的弟弟啊那裡去找？

天生梵谷，把生命獻給藝術，又生西奧，把生命獻給哥哥。否則世上縱有梵谷其人，必無梵谷其畫。今日面對「向日葵」和「星光夜」的神奇燦亮，全世界感動的觀眾，都要領西奧的一份情。

梵谷的書信

梵谷留給後世的兩樣東西，一是畫，二是信。他的畫不消說，早經公認為現代藝術的神品。他的信傳後的也有七百多封，傳記家可以從中發掘資料，考證日期，評論家可以探討思想和技巧的發展，一般讀者也可以從中摸到一顆敏感而體貼的熱心。像這麼親切的自白，在文藝史上成為重要文獻的，在梵谷之前還有戴拉克魯瓦的《日記》，之後則有勞倫斯的信札。

梵谷為人木訥，拙於言辭，卻勤於寫信，在現實的挫折與寂寞的壓力之下，把一腔情思都訴之函札。傳說中的梵谷，舉止唐突而情緒不穩，但是在信中他卻溫文爾雅，娓娓動人。七百五十多封信裡，寫給西奧的多達六百五十二封，足見他這弟弟真是他的第一知己。寂寞的人最需要的，是一只關切的耳朵。在舉世背對著他的時候，幸有西奧的耳朵向他開放，否則在繪畫之外我們將少了一條直入他心靈的捷徑。其餘的約一百封則是寫給畫友與家人，計有給梵哈巴（Van Rappard）的五十八封、給貝爾納（Emile Bernard）的廿一封、給高敢的一封、給妹妹維爾敏娜的廿三封。在阿羅時期，梵谷的畫質高而量多，平均每週畫三張。同時信也寫得最勤，平均每週寫兩封半。兩者相加，足見心智活動之盛。如果減去三次發狂住院的兩個多月，則清醒的日子就更忙碌了。

梵谷的繪畫

書信雖然直說，卻是次產品與旁證。主產品當然是繪畫。那畫，不落言詮卻言之親切、懇切、痛切，廣義上也是一封信，不是寫給一個人，而是寫給全世界。

梵谷一生匆匆，起步習畫又晚，創作只得十年，比起狄興或畢卡索來，不到七分之一。但是這十年的貢獻，論質，不下於任何現代畫家，論量，就更形多產了。從一八八〇年夏天到一八九

○年夏天，整十年裡荷蘭（包括在比利時礦區與安特衛普）佔五年半，法國僅得四年半。在法國時期，僅計油畫便有六百張以上。僅計狂疾發作到自殺的那一年半，產量竟逾三百張，更多的素描還不在內。

梵谷的油畫在人像、風景、靜物各方面都很出色，也都留下了代表作。而無論如何分類，他的作品，尤其是在阿羅以後，線條則夭矯遒勁，律動不已，色彩則此呼彼應，相得益彰，輪廓則巧拙互補，氣勢流暢，整個畫面有一股沛然運轉的節奏感。許多畫家的光都是外來的，取自現實，梵谷的光卻發自內裡，像是發自神靈的光源。

人像畫在他的藝術裡分量既重，成就亦高。除了「食薯者」、「阿羅病院」等少數例外，他的人像都是單像而非群像。這似乎是一個限制，但是他要捕捉的毋寧正是個性與寂寞。從早期的礦工到後期的嘉舍大夫，他的像中人多爲中下層階級，不見美女貴人。他一生自放於江湖，見棄於社會，又窮得僱不起模特兒，乃成爲小人物的造像者。他無需也無意取悅像中人，所以求眞重於求美，眞了，當然就美。他的人物可能是俗稱的醜人，卻因性格的力量，心靈的流露，生命的經歷而蛻變，成就了藝術之美。另一方面，梵谷的人像用色虛實相應，武斷而有效，背景往往一掃現實，不是用滿幅抽象的鮮黃（如「阿羅女子」）或淺青（如「郵差魯蘭」），便是索性放在星空下面，襯著永恆，例如「詩人巴熙」。這麼一來，他的人物便自現實釋放出來，變得獨特而有尊嚴，甚至超凡入聖了。

梵谷的自畫像很多，變化亦富。在荷蘭畫家之中，他和冉伯讓前呼後應，成爲多作自畫像的兩大例外。其實比起一切人像畫家來，梵谷的這類作品皆可謂多得出奇。這說明他有多麼寂寞，卻又多麼勇於自省。除了俊男妍女，誰喜歡注視鏡中的自我呢？然而梵谷的自畫像，正如前輩冉翁，卻嚴於反觀自顧，往往是透過「醜」的外表來探審內在的眞情，並不企圖美化。那許多自畫像，激烈肅峻之中帶著溫柔，有時戴帽如紳士（巴黎時期），有時清苦如禪師（阿羅中期）、有時包著右耳的傷口（阿羅後期）、有時失神落魄如白痴（阿羅後期）、有時咬緊牙關睥睨如烈士（最後的一張），形形色色，其面目恐怕是觀眾印象最深的畫家了。

最奇異的景象是從巴黎時期起，他的自畫像在背景上出現了光圈。聖徒或天使頭頂的光圈，被梵谷分解成點畫派手法的色彩漩渦，一層層騷動的同心圓，一股股疾轉的斷續圓弧，把人像圍供在中央。評論家指認這是梵谷自命基督的意象，出現率之高令人可信。有時他在畫別人的像中也頂以光輪。他自認這畫法是一大貢獻，並說「我想把男女畫得都帶點永恆，就是以前用光圈來象徵的那東西。」

梵谷對前輩的大師經常臨摹，而效法最多的仍是人像。戴拉克魯瓦的「聖母慟子圖」、杜瑞的「監獄內院」及米勒的「播種者」、「收割者」等都是佳例。最可惜也最不解的，是這位人像大家竟未爲自己的好弟弟畫一張像。

風景畫也是梵谷的重要作品，其中尙有不少變化。論風格，早期的風景，例如「斯開文寧根海岸」，色調陰沉，比較拘泥於寫實。巴黎時期的，例如「蒙馬特崗花圃」，開始學印象派甚至點畫派。進入阿羅時期之後，才建立了自己的風格：一種是畫面開曠平靜，多為遠景，比較寫實，例如「平疇秋收」和「桃樹果園」；另一種是畫面波動甚至旋轉，地面起伏，眾樹迴舞，連天上的風雲也流動響應，就比較寫意，也即所謂象徵了，例如「橄欖林」和「星光夜」。後面這一種寫意風景不但人格化，簡直神格化了，頗有頌歌的意味。把以往罕見入畫的群星，寫意成花朵、成漩渦、成迴流、成一叢金黃的太陽，眞是匪夷所思，天眞得入神。柏樹扭旋成綠色的火焰，在嚮往升天。麥浪掀起整幅的鮮黃，在地上洶湧。連大地本身也在蠢動，甚至一條平凡的村道或是田間的阡陌，也翻翻滾滾，像河水一樣流來。莫內的風景雖美，仍在人境，梵谷的風景卻入於宗教了。對於梵谷，黃色屬於土地，既生萬物，亦葬眾生。

梵谷的靜物亦超越現實而具有象徵，被內在的光所照亮。早期的「皮鞋」和巴黎時期的「靜物與鯖魚」雖已顯示出眾的感性，但是要到阿羅時期的「向日葵」、聖瑞米時期的「白玫瑰」和「鳶尾花」，才終於別創一格。尤其是那一組十二幅的「向日葵」，十四五朵矯健而煥發的摘花，暖烘烘地密集在一隻矮胖的陶瓶子裡，死期迫近而猶生氣盎然。除了綠莖、綠萼、綠蕊的對照之外，花、瓶、桌、壁，一切都是豔黃，從檸檬黃、土黃、金黃到橘黃，簡直是黃的變奏。色調之和諧絢爛，像是在安慰視覺的神經。

爲了求變、求全，梵谷慣於反覆探討同一主題，所以常見同題異畫，有時還很多張，而精麤也有參差，賞者不可不察。無論人像、風景、靜物，都有這現象。例如「郵差魯蘭」便有兩張都是半身，一張及胸，背景多花，另一張及膝，背景無花。「食薯者」除了有許多頭像草稿之外，全畫也有正副兩張，副張比正張要差很多。

如果把家具也歸入靜物，則此類佳作至少還得一提阿羅時期的「梵谷的臥室」、「梵谷之椅」、「高敢之椅」。「梵谷的臥室」已很有名，但是那一對扶手椅賞者不多，未免錯過眼福。而「高敢之椅」尤其華麗之中透出神奇，構圖、配色、造形都臻於至善。這是黃色時期的顚峰，此圖在繽紛錯錦之中仍讓黃色稱王。上面的深綠壁面反托出暖黃的吊燭台，下面的椅墊上也有一台插燭，金黃的光焰正在飄動。加上兩本書反光的封面，和綠椅墊上密密的金線，眞是十分耐看。

除了油畫，梵谷的素描也十分可觀。這些副產品有的獨立自足，有的只是吉光片羽，爲正規的油畫作證，有的甚至隨手勾在信紙上，便於說明。早期的素描多用炭筆，作風奔放，後期兼用鋼筆，有的畫得十分精緻，透視井然。有些評論家甚至認爲他始終是一位素描家，畫起油畫來也還是素描技法，也就是說，以線條爲主。

代表作舉例

限於篇幅，梵谷的傑作不勝枚舉，但是綜觀概論又嫌空泛，以下挑出幾幅代表作來，略加賞析。

「食薯者」（The Potato-Eaters）——作於一八八五年五月，是荷蘭時期的結論。梵谷爲這幅力作投注了很多心血。他曾屢次爲畫中人素描了個別的頭像和手像，其後在三月間才爲群像畫了一幅草稿，四月間畫了油畫的初稿，五月間才畫出今日我們眼熟的完稿。素描、草稿、初稿都畫於現場，梵谷在不滿之餘，發現自己太貼近對象了。完稿是回去畫室，憑著記憶一氣呵成的。

畫中人是梵谷故鄉布拉班特的農家，姓德格魯特。一家人在煤油燈下圍著桌子叉食薯塊，在田裡鋤土挖薯的，也就是這些筋骨暴露的糙手。槎枒的樑木、煙薰的舊牆、蒸薯的熱氣、汗穢的桌布，和上面咖啡杯的陰影，配合著一家人各就各位默默共餐的神情，烘托出一片又無奈又溫馨的氣氛。整個畫面似乎用馬鈴薯的色調染成。梵谷傳記《塵世過客》（*Stranger on the Earth*: by Albert Lubin）的作者魯賓說：「這是梵谷對荷蘭統治階級漠視農民的證詞。」我覺得就畫論畫，與其說那上面是對於當道的憤恨，不如說是對農家的關心。

不過魯賓另有一說倒不妨參考。據他說，梵谷的父親在此畫繪成之前二月突然去世，所以作畫時梵谷的心底隱然潛動著老家的回憶。表面上圍坐的是德格魯特家人，其實是他自己的家人。左手坐的是梵谷自己，要是你仔細看，他的椅背上正簽著Vincent之名。右手是他母親，貌似專心在倒咖啡，其實是心慟亡兒，不願接受他的關注。背對觀眾站在文生和母親中間的，正是文生前一胎的那亡兒，所以不見面目。當中面向觀眾的兩人，左邊是文生的妹妹維爾敏娜，右邊是父親。妹妹一向是在文生一邊；父親舉杯向母親，母親卻不理會。文生的頭頂，畫的左上角是一座掛鐘，正指著七點。其右是一幅畫，隱約可見基督在十字架上，也正透露文生的基督意識。

「老唐基」（Peré Tanguy）——作於一八八七年，畫中人是巴黎的小畫商，也是印象派畫家的死黨，爲人熱情忠厚，也曾善待梵谷。看得出，在色彩的處理上，此畫已受到色拉點畫法的引導，但是鬚眉、衣褲的線條已經有自己的技法。最觸目的是背後掛的日本版畫，不但顯示這些畫當時在巴黎多麼流行，也說明梵谷多麼喜歡這風格。像「老唐基」這樣的人像，日後到阿羅，在「郵差魯蘭」等作品裡表現得更爲生動。

「夜間咖啡座」（Café Terrace at Night）——爲一八八八年作品，確是梵谷夜間在現場所繪。梵谷在信中曾說：「我常認爲夜晚比白晝更有活力、更富色彩」；又說：「第二幅畫的是一家酒店的露天座，夜藍之中一盞大煤氣燈照亮了座台，還有一角繁星的藍空。」色彩的對照沒有比此畫更豔麗饜目的了。燈光的鮮檸檬黃，佐以座台的暖橘色，氣氛熱烘烘的，連卵石的街道也有微明的反光。反襯這中央亮色的，是上面樓房的灰紫和下面街道的碎紫，門框和星夜的深藍左右對峙，背景更襯以深巷的暗邃。也沒有任何夜景比此畫更富詩意的了。整幅畫的視覺美感簡直就是一曲夜色頌。單看星空下的深巷，就足以令人出神入畫，目迷於星燦如花，遠遠近近，都閃著顫顫的光暈，近的一些眼看著就逼近巷底的樓頂了。那神祕而黑的樓影，卻有隱約的燈火橘黃，從狹細的窗口漏出。百年前普羅汪斯的星光夜，就這麼被一雙著魔的眼睛捉住，永遠逃不掉了。

「星光夜」（The Starry Night）——作於一八八九年，屬於聖瑞米時期。梵谷對於星空異常神往，甚至用來做人像的背景，例如那張「詩人巴熙像」，似乎把像中人提升到星際而與永恆同在了。這種渴慕星空的宗教熱情，到了癲狂發作後的聖瑞米時期，迸發而爲「星光夜」一類的夜景，有時畫面更見星月交輝。這一幅「星光夜」，人間寂寂而天上熱烈。下面的村莊果然有星月的微輝，但似乎都已入夢了，只有遠處教堂的尖頂和近處綠炬一般的柏樹，互相呼應，像誰的禱告那樣，從地面升向夜空。而那夜空浩浩，正展開驚心動魄的一大啓示，所有的星都旋轉成光之漩渦，銀河的長流在其間翻滾吞吐，捲成了迴川。有些人熟視此畫會感到暈眩。這正是梵谷的感受，在此之前，他久已苦於暈眩，並向貝爾納承認自己有懼高症。在巴黎，他的症狀嚴重得甚至不慣於爬樓，且說感到「陣陣的暈眩，像在作惡夢」。難得的是別人也許因此而自困，梵谷卻把自己的病症轉引成藝術，帶我們去百年前也是永遠的星空。

「鳶尾花」（Field of Irises）——是一八八九年聖瑞米時期作品。正如在阿羅畫了十二幅向日葵，梵谷在聖瑞米所畫鳶尾花也不止一幅。另有一幅是插瓶，構圖與向日葵相似。這一幅卻是花圃所生，也就是近日以高價拍賣而舉世注目的一幅。在希臘神話裡Iris原爲彩虹之女神，在紋章譜裡據說鳶尾花也是法國王徽fleur-de-lis圖案之所本。梵谷未必用此聯想。他後期畫中的花卉，無論是向日葵、鳶尾花、白玫瑰，無論莖葉或花朵，都生命昂揚，在婀娜之中透出剛健，和印象派畫花的嫵媚不同。這滿園的鳶尾昂昂然破土而出，莖挺而葉勁，勃發的生機沛然向上，似乎破土還不夠，更欲破畫而去。藍紫色的花朵襯以三五紅葩，繁而不亂，豔而不俗。左角上伸過來的白葩使整個畫面爲之一亮，而免於過分密實；沒有這白葩，就失之單調了。一簇簇的長葉挺拔如劍，葉尖的趨勢使畫面形成欣然向上的動感。布局上最突出的地方，便是只有近景，不留餘地，予人就在花前之感。

「嘉舍大夫」——進入了奧維時期，作於一八九〇年六月。梵谷在奧維的十個星期裡，一共畫了七十張油畫，三十二張素描：其中十二張是人像，包括嘉舍大夫和他的家人。梵谷去那小鎮，原來是要就醫於嘉舍，不料醫生竟然比病人還要憂鬱，而且坐立不安。嘉舍是業餘畫家，當代的大畫家幾乎都接受過他的招待，因此家中藏畫很多。他一見到梵谷的「向日葵」，就斷定是不朽之作。梵谷爲他畫了這幅像後，他驚喜之極，要求梵谷再畫一幅完全一樣的送他。梵谷不但再作一幅，還用水彩又畫了一遍。仍以這正本最爲傳神，色調也最完美。正如梵谷在信中所云，這畫像的神情「悲哀而溫柔，卻又明確而敏捷」。嘉舍左手按著一枝指頂花（Foxglove），右手托頭的姿勢，顯示他有多憂煩、多疲倦。天的悶藍、山的鬱藍，加上翻領外套的灰紫，呼應身軀的傾斜無奈、臉上的怔忡失神，眞是梵谷人像中的神品。梵谷死時，嘉舍守在病床邊爲他畫了一張瞑目的遺像，也算是無奈的報答了吧。

「麥田群鴉」（Crows over the Wheatfield）——作於一八九〇年六月，幾乎是在自殺的前夕。許多人以爲這是梵谷的最後作品，其實「一八九〇年七月十四」那幅才是。不過「麥田群鴉」

確是他一生藝術的迴光返照，劇力之強前所未見。就在六月間他曾寫信告訴弟弟和妹妹：「迄今我又已畫了三幅大畫。都是騷動的天色下廣闊的麥田，我根本不用特別費事，就能夠畫出悲哀與無比的寂寞。」

藍得發黑的駭人天穹下，洶湧著黃滾滾的麥浪。天壓將下來，地翻覆過來，一群不祥的烏鴉飛撲在中間，正向觀者迎面湧來。在放大的透視中，從麥浪激動裡三條荒徑向觀者，向站在畫前，不，畫外的梵谷聚集而來，已經無所逃於天地之間了。畫面波動著痛苦與焦慮，提示死亡正苦苦相逼，氣氛咄咄祟人。這種壓迫感跟用色的手法頗有關係，因爲梵谷用短勁的線條把不同的色彩相疊在一起。

評論家夏比洛（Meyer Schapiro）認爲畫中充滿絕望，魯賓卻另有一說。他說，那絕望是用基督的口氣來說的。基督釘上十字架而解脫了痛苦。梵谷在想像中以基督自任，也上了十字架，所以「黑暗佈滿了大地」。那兩條橫徑就是十字架的橫木，而中間的斜徑正是十字架縱木的下端。基督之頭，亦即畫家之頭，卻在畫外仰望著天國。

寂寞身後事

梵谷死後的十年間，巴黎、阿姆斯特丹等地有過六次的梵谷畫展，其中的兩次分別由他的畫友貝爾納和弟媳婦約翰娜所促成。這些個展並未引起多少注目，但是到了第七次，在巴黎伯爾海二世畫廊展出時，卻吸引了不少文藝界的精英。三十七歲的奧地利詩人霍夫曼希塔爾，觀後深爲感動，且在信中告訴朋友：「這位畫家叫文生·梵谷。從目錄所列的年分頗近看來，他應該還在人世……年紀不會比我大吧。」足見時人對他的存歿都不清楚。但是馬蒂斯、德漢、佛拉曼克，未來的野獸派要角，卻在這次畫展的揭幕禮上相逢，而且佛拉曼克還叫道：「我愛梵谷勝過愛父親！」

從畫展的頻率，也可以看出梵谷作品普及的歷程。西歐各國接受他最早：一九〇五年，他的畫展先後在巴黎、阿姆斯特丹、德勒斯登、多特勒支舉辦了四次。另一高潮是在一九二七年，分別展出於巴黎、海牙、伯恩、布魯塞爾。二次大戰之後，梵谷熱又顯著升高。從一九四五到一九五三，歐美各地一共有十二次畫展，會場遍及十七個都市：高潮是一九四七的四次，一九四八的三次。一九三五至三六，梵谷以巡迴展方式首入美國；一九四九至五〇又巡迴於紐約的大都會與芝加哥的藝術館。最有意義的一次巡迴展，是一九五一年在法國南部，起站是里昂，終點竟然是阿羅與聖瑞米。六十年後，紅頭瘋子的靈魂又回到受難的舊地，眞有基督復活之歎。梵谷地位之經典化，當在四十、五十年代之交。

梵谷早經公認爲後期印象派（Post—Impressionism）四位大師之一，但是他的作品特具精神的內容，尤其是宗教的情操，與高敢的神祕象徵或有相通之處，但與塞尙、秀拉的技巧革命卻不一樣。他那民胞物與的博愛胸懷，透過線條的波盪、色彩的呼喚，最富於人文的感召力，所以對文學家最能吸引，也較能感動廣大的觀眾。

在藝術界，梵谷對後世的影響不如塞尚之廣，卻自有傳人。論性靈的悸動、精神的張力、著魔的表情，他對北歐的畫家最多啓示，尤其是對日爾曼族的表現派畫家諾爾德（Emil Nolde）、貝克曼（Max Beckmann）、柯柯希卡（Oskar Kokoschka）。比利時的安索（James Ensor）、挪威的孟克（Edvard Munch）可以算是他的師弟。孟克那幅祟人如魔的石版畫「狂呼」，連梵谷見了也要大吃一驚。柯柯希卡那些人像的眼神與手勢，尤其是那幅情人相擁而飛旋於虛空的「暴風雨」，可謂梵谷式焦灼的變本加厲。貝克曼的名作「家人」，畫一家六口同室而寂寞的群像，也是燭光在中間，左邊的人望著右邊的人，右邊的人卻垂目不應，也是一女子背著觀眾：構圖太像「食薯者」了。

論技巧，則在南方，一任形體變態、色彩騷動以解放本能的野獸派，也是梵谷的傳人。馬蒂斯傾向秩序與冷靜，較受高敢的影響，但是佛拉曼克與德漢，則繼承梵谷的粗曲線與亮色較多。另有一位獨來獨往的俄裔畫家，無論人像、風景、靜物，在用色、布局和風格上都接近梵谷，名叫蘇丁（Chaim Soutine，1894—1943）。

至於曲線裝飾的「新藝術」（Art Nouveau）和象徵風格的「先知派」（The Nabis），也受了梵谷的間接影響。但是高敢的粗曲線輪廓和寫意色彩對他們的啓示，比梵谷更大。

就廣義而言，站在梵谷這一切瑰麗熾烈的傑作之前，一百年後的我們，感動而又感恩之餘，

余光中《從徐霞客到梵谷》

又有誰不是梵谷的信徒呢？因爲這位超凡入聖的大畫家，從教會的傳道者變成藝術的傳道者，最後更慷慨成仁，做了藝術的殉道者。

——一九九〇年三月

梵谷的向日葵

梵谷一生油畫的產量在八百幅以上，但是其中雷同的畫題不少，每令初看的觀眾感到困惑。例如他的自畫像，就多達四十多幅。阿羅時期的「吊橋」，至少畫了四幅，不但色調互異，角度不同，甚至有一幅還是水彩。「郵差魯蘭」和「嘉舍大夫」也都各畫了兩張。至於早期的代表作「食薯者」，從個別人物的頭像素描到正式油畫的定稿，反反覆覆，更畫了許多張。梵谷是一位求變、求全的畫家，面對一個題材，總要再三檢討，務必面面俱到，充分利用為止。他的傑作「向日葵」也不例外。

早在巴黎時期，梵谷就愛上了向日葵，並且畫過單枝獨朵，鮮黃襯以亮藍，非常豔麗。一八八八年初，他南下阿羅，定居不久，便邀高敢從西北部的布列塔尼去阿羅同住。這正是梵谷的黃色時期，更為了歡迎好用鮮黃的高敢去「黃屋」同住，他有意在十二塊畫板上畫下亮黃的向日葵，作為室內的裝飾。

梵谷在巴黎的兩年，跟法國的少壯畫家一樣，深受日本版畫的影響。從巴黎去阿羅不過七百公里，他竟把風光明媚的普羅旺斯幻想成日本。阿羅是古羅馬的屬地，古蹟很多，居民兼有希臘、羅馬、阿剌伯的血統，原是令人悠然懷古的名勝。梵谷卻志不在此，一心一意只想追求藝術的新天地。

到阿羅後不久，他就在信上告訴弟弟：「此地有一座柱廊，叫做聖多芬門廊，我已經有點欣賞了。可是這地方太無情，太怪異，像一場中國式的惡夢，所以在我看來，就連這麼宏偉風格的優美典範，也只屬於另一世界：我真慶幸，我跟它毫不相干，正如跟羅馬皇帝尼羅的另一世界沒有關係一樣，不管那世界有多壯麗。」

梵谷在信中不斷提起日本，簡直把日本當成亮麗色彩的代名詞了。他對弟弟說：

「小鎮四周的田野蓋滿了黃花與紫花，就像是——你能夠體會嗎？——一個日本美夢。」

由於接觸有限，梵谷對中國的印象不正確，而對日本卻一見傾心，誠然不幸。他對日本畫的欣賞，也頗受高敢的示範引導；去了阿羅之後，更進一步，用主觀而武斷的手法來處理色彩。向日葵，正是他對「黃色交響」的發揮，間接上，也是對陽光「黃色高調」的追求。

一八八八年八月底，梵谷去阿羅半年之後，寫信給弟弟說：「我正在努力作畫，起勁得像馬賽人吃魚羹一樣；要是你知道我是在畫幾幅大向日葵，就不會奇怪了。我手頭正畫著三幅油畫……第三幅是畫十二朵花與蕾插在一只黃瓶裡（三十號大小）。所以這一幅是淺色襯著淺色，希望是最好的一幅。也許我不止畫這麼一幅。既然我盼望跟高敢同住在自己的畫室裡，我就要把畫室裝潢起來。除了大向日葵，什麼也不要……這計畫要是能實現，就會有十二幅木版畫。整組畫將是藍色和黃色的交響曲。每天早晨我都乘日出就動筆，因爲向日葵謝得很快，所以要做到一氣呵成。」

過了兩個月，高敢就去阿羅和梵谷同住了。不久兩位畫家因爲藝術觀點相異，屢起爭執。梵谷本就生活失常，情緒緊張，加以一生積壓了多少挫折，每天更冒著烈日勁風出門去趕畫，甚至晚上還要在戶外借著燭光捕捉夜景，疲憊之餘，怎麼還禁得起額外的刺激？耶誕前兩天，他的狂疾初發。耶誕後兩天，高敢匆匆回去了巴黎。梵谷住院兩周，又恢復作畫，直到一八八九年二月四日，才再度發作，又臥病兩周。一月二十三日，在兩次發作之間，他寫給弟弟的一封長信，顯示他對自己的這些向日葵頗爲看重，而對高敢的友情和見解仍然珍視。他說：

如果你高興，你可以展出這兩幅向日葵。高敢會樂於要一幅的，我也很願意讓高敢大樂一下。所以這兩幅裡他要那一幅都行，無論是那一幅，我都可以再畫一張。

你看得出來，這些畫該都搶眼。我倒要勸你自己收藏起來，只跟弟媳婦私下賞玩。這種畫的格調會變的，你看得愈久，它就愈顯得豐富。何況，你也知道，這些畫高敢非常喜歡。他對我說來說去，有一句是：「那……正是……這種花。」

你知道，芍藥屬於簡寧（Jeannin），蜀葵歸於郭司特（Quost），可是向日葵多少該歸我。

足見梵谷對自己的向日葵信心頗堅，簡直是當仁不讓，非他莫屬。這些光華照人的向日葵，後世知音之多，可證梵谷的預言不謬。在同一封信裡，他甚至這麼說：「如果我們所藏的蒙提且利那叢花值得收藏家出五百法郎，說眞的也眞值，則我敢對你發誓，我畫的向日葵也值得那些蘇格蘭人或美國人出五百法郎。」

梵谷眞是太謙虛了。五百法郎當時只值一百美金，他說這話，是在一八八八年。幾乎整整一百年後，在一九八七年的三月，其中的一幅向日葵在倫敦拍賣所得，竟是畫家當年自估的三十九萬八千五百倍。要是梵谷知道了，會有什麼感想呢？要是他知道，那幅「鳶尾花圃」售價竟高過「向日葵」，又會怎麼說呢？

一八九〇年二月，布魯塞爾舉辦了一個「二十人展」（Les Vingt）。主辦人透過西奧，邀請梵谷參展。梵谷寄了六張畫去，「向日葵」也在其中，足見他對此畫的自信。結果賣掉的一張不是「向日葵」，而是「紅葡萄園」。非但如此，「向日葵」在那場畫展中還受到屈辱。參展的畫家裡有一位專畫宗教題材的，叫做德格魯士（Henry de Groux），堅決不肯把自己的畫和「那盆不堪的向日葵」一同展出。在慶祝畫展開幕的酒會上，德格魯士又罵不在場的梵谷，把他說成「笨瓜兼騙子」。羅特列克在場，氣得要跟德格魯士決鬥。眾畫家好不容易把他們勸開。第二天，德格魯士就退出了畫展。

梵谷的「向日葵」在一般畫冊上，只見到四幅：兩幅在倫敦，一幅在慕尼黑，一幅在阿姆斯特丹。梵谷最早的構想是「整組畫將是藍色和黃色的交響曲」，但是習見的這四幅裡，只有一幅是把亮黃的花簇襯在淺藍的背景上，其餘三幅都是以黃襯黃，烘得人臉頰發燠。

荷蘭原是鬱金香的故鄉，梵谷卻不喜歡此花，反而認同法國的向日葵，也許是因爲鬱金香太秀氣、太嬌柔了，而粗莖糙葉、花序奔放、可充飼料的向日葵則富於泥土氣與草根性，最能代表農民的精神。

梵谷嗜畫向日葵，該有多重意義。向日葵昂頭扭頸，從早到晚隨著太陽轉臉，有追光拜日的象徵。德文的向日葵叫Sonnenblume，跟英文的sunflower一樣。西班牙文叫此花爲girasol，是由girar（旋轉）跟sol（太陽）二字合成，意爲「繞太陽」，頗像中文。法文最簡單了，把向日葵跟太陽索性都叫做soleil。梵谷通曉西歐多種語文，更常用法文寫信，當然不會錯過這些含義。他自己不也追求光和色彩，因而也是一位拜日教徒嗎？

其次，梵谷的頭髮棕裡帶紅，更有「紅頭瘋子」之稱。他的自畫像裡，不但頭髮，就連絡腮的鬍鬚也全是紅焦焦的，跟向日葵的花盤顏色相似。至於一八八九年九月他在聖瑞米瘋人院所繪的那張自畫像（也就是我中譯的《梵谷傳》封面所見），鬍子還棕裡帶紅，頭髮簡直就是金黃的火焰；若與他畫的向日葵對照，豈不像紛披的花序嗎？

因此，畫向日葵即所以畫太陽，亦即所以自畫。太陽、向日葵、梵谷，聖三位一體。

另一本梵谷傳記《塵世過客》（*Stranger on the Earth:by Albert Lubin*）詮釋此圖說：「向日葵是有名的農民之花；據此而論，此花就等於農民的畫像，也是自畫像。它爽朗的光彩也是仿自太陽，而文生之珍視太陽，已奉為上帝和慈母。此外，其狀有若乳房，對這個渴望母愛的失意漢也許分外動人，不過此點並無確證。他自己（在給西奧的信中）也說過，向日葵是感恩的象徵。」

從認識梵谷起，我就一直喜歡他畫的向日葵，覺得那些擠在一隻瓶裡的花朵，輻射的金髮，豐滿的橘面，挺拔的綠莖，襯在一片淡檸檬黃的背景上，強烈地象徵了天真而充沛的生命，而那深深淺淺交交錯錯織成的黃色暖調，對疲勞而受傷的視神經，眞是無比美妙的按摩。每次面對此畫，久久不甘移目，我都要貪饞地飽飫一番。

另一方面，向日葵苦追太陽的壯烈情操，有一種知其不可為而為之的志氣，令人聯想起中國神話的夸父追日，希臘神話的伊卡瑞斯奔日。所以在我的近作〈向日葵〉一詩裡我說：

你是掙不脫的夸父
飛不起來的伊卡瑞斯

每天一次的輪迴
從曙到暮
扭不屈之頸，昂不垂之頭
去追一個高懸的號召

——一九九〇年四月

壯麗的祭典

梵谷逝世百年回顧大展記盛

1

就國際藝壇而言，一九九〇當仁不讓是梵谷年。梵谷逝世百年的回顧大展，在四個月內吸引了一百二十五萬觀眾，平均每天超過一萬人。他一生留下的遺跡，因畫而著，也有多情的腳步去臨景憑弔，一一追蹤。單以他臨終前住過十個星期而且終於落葬的奧維來看，便可見其盛況。梵谷定居該鎮，是一世紀前的五月二十日至七月二十九。今年同一時段湧入該鎮去弔梵谷之墓的觀眾，根據法新社的報導，有十萬人；七月二十九那天，更有四百人參加了追弔的典禮。吾妻我存、吾女幼珊，和我三人，也在那一百二十五萬觀眾與十萬弔客之列。我們從荷蘭提回來好幾公斤的梵谷畫冊，和琳瑯滿目的視覺長留。一九九〇年對於我家，眞是壯麗無比的梵谷年。

我的梵谷緣，早在女兒出世前就開始了。甚至早在婚前，就已在我存那裡初見梵谷的畫冊。

向日葵之類，第一眼就令人喜歡，但是其他作品，要從「逆眼」看到「順眼」，從「順眼」看到「悅目」，最後甚至於「奪神」，卻需要經過自我教育的漫長歷程。其結果，是自己美感價值的重新調整，並因此跨入現代藝術之門。於是我譯起史東的《梵谷傳》來。

當時我才二十七歲，對西洋繪畫的興趣大於知識，好在英文已有把握，遇到繪畫問題，肯下苦功遍考群籍。梁實秋先生聽我自述大計，欣然讚許，因爲他剛巧也讀過這部奇書，可是覺得書太長了，勸我不如節譯算了。我不爲所動，認定一本書既然值得翻譯，就該全譯，否則乾脆不譯。一旦動手，而且在《大華晚報》上連載，當然欲罷不能，十個月的光陰就投進去了。我不但在譯一本書，也在學習現代繪畫，但更重要的是，在認識一個偉大的心靈，並且藉此考驗自己，能否在他的感召之下，堅持不懈，完成這樁長期的苦工。

初譯《梵谷傳》的那年，我自己還是慘綠少年，無論身心，都正陷於苦惱的困境。但是譯動了頭之後，有所寄託，心境漸趨安定，久而至於澄明，甚至身體也奇妙地恢復了康泰。面對著「紅頭瘋子」坎坷的一生，我的小災難消失在他的大劫之中，像一星泡沫捲入了一盤漩渦，隨其浮沉。譯到梵谷自殺的時候，譯者卻反而得救了。

當時我的譯文是在無格的白紙上橫寫，改正之後，寄給在崁子腳中紡幼稚園任教的我存，由她謄清在有格的稿紙上，再寄回給我。就這麼，三十多萬字的譯文全靠她陸續謄清，才能送去報社發表。爲求簡便，我寄譯文給她時，往往也就在稿紙背面匆匆寫信，所以那一大疊譯稿，附有不少舊信，因爲尚在婚前，更有情書的意味。在我們早年的回憶裡，梵谷其人其畫，都是不可缺少的一份。苦命的文生早已成了我家共同的朋友。

《梵谷傳》的中譯本出版三十多年以來，影響深遠，也爲譯者贏得不少朋友。直到最近，我才發現陳錦芳十四歲就讀了《梵谷傳》，林懷民更早，十二歲就讀了。足見這本書不但感動了譯者，也影響了許許多多傑出的心靈。

今年四月，《中國時報》、荷蘭航空公司、台北市立美術館合辦「梵谷逝世百週年教育展」，主要的活動是展出荷蘭攝影名家保羅．霍夫（Paul Huf）追尋梵谷足跡所拍的一百五十幀照片。那些鏡頭展示了百年前畫家取景的所本，與名畫對比而觀，不但有互相印證之趣，更可窺探梵谷改造自然是如何不拘形跡，眞應了李賀所說的「筆補造化天無功」。霍夫先生的攝影藝術把我們帶到當日許多名畫的「現場」，告訴我們，哪，梵谷的魔術就是從這裡變起的！於是我們覺得更親近梵谷了。

那時正是四月中旬，荷蘭的梵谷大展，揭幕已有半月。參觀的門券雖然只要荷幣廿元一張，卻必須趁早預購。等到我七月去荷蘭時，大展已近尾聲，手中無票，怕只能過屠門而大嚼了。荷航總公司的公共關係主任封德林克（R.C.J.Wunderink）也是一位詩人，問明我準備訪荷的日期，對我保證，到阿姆斯特丹後儘管去找他，自有招待券送我進場。

我終於看到了梵谷大展。

梵谷一生的作品，據最新的統計，油畫接近九百張，素描爲一千一百張。各式各樣的複製品我看過很多，但是說到原作，在這次去荷蘭之前，我親眼看過的，把芝加哥、紐約、巴黎幾處美術館加在一起，不會超過三十張。複製品與原畫之間的差異，尤其是色彩繁富之作，往往大得離奇，有時簡直面目全非。一般的畫冊或明信片，不是太濃豔，便是太淡薄。總要等親睹原貌之後，知道了好歹，才能放心。梵谷的翻版雖然風行天下，要捉摸他的「原貌」卻比其他畫家更難，因爲他慣於把同一人物、同一風景畫上幾遍，而每一遍都有不同，不是構圖有出入，便是色調有變化，所以觀者往往覺得似曾相識，其實卻是另一幅畫。這次在荷蘭，各國館藏的梵谷精華集於一堂，終於放目恣覽，反覆比照，一日之內遍賞梵谷最美的「原貌」，那種視覺的豪奢饜飫，直到此刻還大堪舔饞。

2

一九九〇年的梵谷大展，規模之大，展期之長，罕見其匹。一九五三年，爲了慶祝梵谷誕生一百週年，阿姆斯特丹的國立梵谷美術館（Riyksmuseum Vincent van Gogh, Amsterdam），和奧特羅的國立克洛勒．穆勒美術館（Riyksmuseum Kröller-Müller, Otterlo）曾經聯合舉辦了一次展覽，展品皆爲兩館自藏。這一次逝世百週年紀念的大展，向外國借來的油畫多達四十七幅，佔全部油畫展品的三分之一，而出借的國家也多達十六個。最值得注意的，是蘇聯、東德、捷克、匈牙利等共產國家的美術館也慨然贊助。在歐美以外，日本也借出兩幅，一幅是私人所有，一幅是廣島美術館所藏。美國各館借出十幅，法國的奧賽新館借出八幅，皆多於他國。另有一點值得注意的是：私人手中的梵谷作品仍然不少。僅以這次大展而言，一百三十三幅油畫裡，向私人借展的就佔了二十四幅。這些「私畫」非但眞蹟平時難見，就連複製品也遠不及「公畫」的那麼流行。五月十五日，正當大展高潮，梵谷末期的名畫「嘉舍大夫」在紐約克麗絲蒂公司，以八千二百五十萬美元售出。那便是一張私畫，現在轉到日本富豪手裡，仍是私藏。名畫身價高漲，固然是畫家的光榮，但是轉來轉去始終落在豪門之內，當作奇貨可居，卻與觀眾無緣。對於這件事，梵谷未必高興。可是這一次梵谷大展能集這麼多私畫於一堂，卻是觀眾難得的眼福。

百年大展之勝，不但在規模之大，也在設計之精。梵谷作品上千，究竟該展出那些呢？在組織龐大的展覽委員會之下，由梵蒂爾波格（Louis van Tilborgh）與梵德福克（Johannes van der Wolk）兩位專家分別負責油畫與素描的選擇與目錄的編排。選畫的原則，取決於梵谷對自己作品的評價，也就是說，入選之作，都是他在寫給弟妹和畫友的信中津津樂道的那些。因此這百年的回顧大展，等於經畫家自己選定，很像作家的自選集。

至於大展現場出售的所謂目錄（Catalogue），簡直是兩本巨著，加起來有六百多頁，不但把展出的三百八十一幅畫全部彩色印出，而且詳加分析，間或佐以考證，附以其他黑白圖片，作爲比較。最有趣的是一些名畫的草稿，往往還不止一張，附在完稿的旁邊，顯示畫家的意匠如何從混沌演變到清明，也可見梵谷用功之勤。

大展籌備之嚴謹，在展覽館中處處可見。首先是掛畫的次序，在年代的先後順序中兼顧主題的發展，縱橫並進。油畫的排列，依次是海牙一幅，努能十一幅，巴黎二十二幅，阿羅五十幅，聖瑞米三十三幅，奧維十六幅，恰如其分地顯示每一時期的比重。

更可貴的，是將同一時期描繪共同主題的一組作品並列而掛，以便觀眾就近比較。梵谷生前屢次強調，說他的作品不要一張張分開來，應該合而觀之，才能算是他的oeuvre（作品）。他對自己的要求很嚴，且又富於探討求全的精神，每次找到重要的新主題，都不甘只用一次就輕易放過，總在素描草稿之後，就造形、著色，甚至肌理各方面，再三試驗，務求盡善盡美，而窮極人情物態。這種苦究主題的毅力與功力，在人像、風景、靜物三方面都有見證。

梵谷沒有錢多僱模特兒，獨立特行既難見容於世，罕有的畫風也往往不為愛畫者所喜，因此他在人像畫上的不凡成就分外可驚。大展場中，早如「農婦果迪娜」（Portrait of Gordina de Groot），晚如「郵差魯蘭的太太」（La Berceuse, Portrait of Madame Roulin），都是大同小異的兩張畫像並列。最可驚的是「吉奴太太」的畫像，又稱「阿羅的婦人」（L'Arlésienne, Portrait of Madame Ginoux）。梵谷在阿羅時期為她畫了兩張像，均為左手支頤，眼神低垂而若有所思，但臉色和背景的顏色則有差異，因此在色調上一則青冷，一則黃暖。到了聖瑞米時期，他又根據高敢素描的吉奴太太像，作了五張油畫，但色調及線條都比阿羅時期那兩張淡遠，其中的三張排成一排掛在大展的會場。阿羅時期那兩張則並列在另一面牆上。

這是同類的並列。另一種則是對比的並列：最惹眼的是一排三張互異的人像，從左到右是「農人艾思卡烈」（The Peasant, Portrait of Patience Escalier）、「詩人巴熙」（The Poet, Portrait of Eugène Boch）、「情人米烈」（The Lover, Portrait of Paul-Eugène Milliet）。這三張像中的人物，身分與表情各不相同，色調也大異其趣，掛在一起，正好說明梵谷風格變化之多。

風景畫裡，最明豔的莫過於四張並列的果樹，依次是「粉紅果樹園」、「白色果樹園」、「梨樹開花：紀念莫夫之死」、「梨樹開花」。這四張畫不但主題相近，甚至色感也互相呼應，都是在白雲藍天的背景上經營開花的枝椏，要做到繽紛而不亂，實非易事。這些美景全是阿羅時期的傑作，一眼望去，只覺雲蒸花熱，暖了臉頰，把整幅牆壁都照亮了。

靜物或內景（interior）也有不少並列，最著名的該是一對椅子和三間臥室。「高敢之椅」和「梵谷之椅」形成發人深思的對照，令畫評家詮釋紛紛。至於黃屋時期的名作「臥室」，原是梵谷最滿意的傑作，我在芝加哥美術館早已看過，不料這次大展場中一排三張都叫做「臥室」，構圖幾乎完全一樣，變化的只是色彩。畫的是安靜而整潔的臥房，幾乎所有的線條都是直線，看不出是什麼異常之人所居。這三張「臥室」，除了芝加哥借來一張之外，另外兩張分別是國立梵谷美術館自藏和巴黎的奧賽美術館所借，若非這次大展刻意安排，怎能如此方便地合而觀之。

除了廣借名畫按題並列之外，大展另一特色是考證畫題，詳加標識。其根據仍然在梵谷自己的書信，凡信中自述作品所用的題目，都加採用，例如吉奴太太的畫像，一般的畫冊只簡稱爲「阿羅的婦人」，而無姓名。又如魯蘭太太的畫像，通常也只題爲「搖椅」（La Berceuse）。

梵谷的畫既已過了百年，有些畫面不免失去了當初的光澤。所以爲了這次大展，館方還請了修畫師來刮垢磨光，還名畫本來的面目。西洋油畫的傑作，若要長保其「不朽」，必須及時去汙，這就是修畫師（restorer）的工作。梵谷的油畫著色最濃，強調的地方簡直堆砌若浮雕，術語所謂impasto，但要去汙也倍加困難。經過仔細檢查，發現保護畫面的假漆（varnish）下面潛伏了一層有點遮光的灰色，損害鮮麗的顏彩效果，原來是當年梵谷用來滌畫的蛋白。此外，以往滌洗時留在畫面的，還有漿水、樹脂、白膠等等，因此清潔的工作非常複雜。加以百年前所用的顏料，有一些不很牢靠，所以去汙溶劑的酸度要經常調整。眞正動手時，更得使用立體顯微鏡及其他特備儀器。若非經過這一道整容的功夫，梵谷作品的「麗質」只怕要見棄於無情的時間，而觀眾面對發黃的名畫，未免太掃興了。展覽的場刊特別把去汙到一半的「粉紅果樹園」印出，有圖爲證，舊畫面的混沌和新畫面的煥發，對比可驚。

畫面的這些異質還可以掃除，無奈的是原畫自己會逐漸褪色，有的因爲顏料本就不好，有的是受到樹脂和白膠的侵略。不但幾幅春和景明的果園圖都已減豔，就連那幅「夜間酒店」的彈子桌也不再鮮綠了。幾幅「向日葵」裡的黃色，是用鉻黃所畫，當日的色澤必更亢烈剛強，今日漸漸收斂，幸而變成溫柔妥貼的黃金。梵谷當日也預見顏料之難久，在信中對弟弟說：「印象派採用而流行的顏料，全不可靠。所以我們更應該放手去著色……自有歲月來把那些顏色馴得服服貼貼。」回顧大展的苦心經營，甚至可見於畫框。原來美術館把梵谷的作品都裝在直板板的木條畫框裡，被畫評家倪浩司譏爲「三流的葬禮」。十年前館方改用了鍍金的畫框，結果並不理想，因爲框邊太花俏，裡面的畫會顯得沉重，而金邊也往往與畫中的色調不合。爲了百年大展，館方再改新框。本來我早就覺得花邊的金框太富古典的裝飾趣味，跟現代畫格格不入。幸好梵谷作品的新框不但拋棄了舊習，而且參考了梵谷自己的意見。這又是勤於寫信的好處了。

梵谷對戴拉克魯瓦的色彩見解十分傾倒，在完成初期的傑作「食薯者」之後，就依戴氏之見，認定畫面既然這麼慘綠鬱藍，畫框就該鍍金。他把畫寄給弟弟。吩咐暫勿裝框，如要示人，只須在背後襯上黃赭色紙。這安排當然仍不脫古典品味。但是去阿羅後，他變了，認定橙色吃重的兩幅「朗格魯瓦之橋」應裝寶藍色的框子。他把聖瑞米時期的「柏樹林與二女人」送給爲他寫評的青年藝評家奧里葉，吩咐他說，既然樹色黛綠而天色淺藍，就應裝「十分單純而平直的亮橙色框架」。

展覽場中的新框，最動人的是阿羅時期的「拉克浩豐收」。畫面是晴日的平野，滿田的熟麥金黃照眼，大氣裡充盈著寧靜的幸福。畫框是亢亮的橙紅色，板條平直，確是上選。框邊若是波動起伏，就會干擾畫中的平靜。展覽場刊用對照兩頁並列此畫在舊框與新框裡的色感。舊框是土黃色的木條，近於木質的原色，幾乎和畫面的麥田混在一起。但是同一張「拉克浩豐收」，放在橙紅的框子裡，一經反托，天就顯得更亮藍，田也顯得更金黃，神氣多了。

3

我和家人從紐約飛抵阿姆斯特丹的席波機場，是七月十日的清晨。在巴比松中心的黃金鬱金香旅館住定後，我立刻打電話給荷航總公司的公關主任封德林克。他不在國內，幸好行前已把我的事交代了祕書。一小時後，專差送來梵谷大展的三張招待門券。我們立刻步行去國立梵谷美術館，從中午一直看到下午七點半，才帶著滿足的疲倦出來。梵谷十年的心血，我只有一下午可以饕餮。三層樓的畫廊加起來不過半公里路，在我，卻成了左顧右盼的山陰道，美不勝收。那一下午我心中的感觸，多而且快，若要一起道來，可以成書一卷。以下只能記其著者。

不用說，有名的傑作前面，總是人頭纍集。第一張吸引觀眾爭睹的，是排在第七號的「食薯者」。梵谷習畫五年才成就此畫，自許爲第一張正式的油畫，而以前的作品只能算是草稿。爲了總結自己對農家生活的寫照，他立意要完成這幅集體人像；但在正式成畫之前，他試繪過很多張素描，有的是群像，有的是個像，最後，卻是拋開他寫生的眞人，回到畫室裡憑記憶一揮而就的。梵谷對此畫十分重視，自認是去巴黎前的最好作品，不但常在信中提起，甚至在臨終前的幾個月，心裡還有一股衝動，想把這情景再畫一遍。在阿羅時期，他檢討新完成的力作「夜間酒店」，更與此畫相提並論，說這些都是他「最醜的作品」。此地所謂的「醜」，當然是指反叛了傳統美感。當日巴黎的畫商普瓦提葉就說，此畫的慘綠色調又像鏽銅，又像肥皂。其實荷蘭的傳統原就習用濃重的褐色來反托少許的光，冉伯讓的畫就往往如此。「食薯者」正是梵谷荷蘭時期的結論，也是一個告別手式，因爲巴黎的七色光譜在喊他。至於我，早在二十幾歲，第一眼見到此畫便受其震撼，像面對一場揮之不去卻又耐人久看的古魘。

梵谷自稱醜陋的另一幅畫，是「農人艾思卡烈」。像中的老農夫穿著寬大的藍衫，戴著闊邊的草帽，雖然鬚髮已白，目光卻很矍鑠。背景反托著藍衫和淺檸檬的帽子，是一片暖厚的土黃色：那對照，正是普羅旺斯的天藍與地黃。此畫久爲私人收藏，眞貌難睹，所以倍覺珍貴。

農夫畫像的右邊是尺碼相近的另二幅畫像：「詩人巴熙」和「情人米烈」。這兩幅畫在阿羅時期，也就是一百零二年以前，早就並排掛在梵谷黃屋的臥室了。後來巴熙的像先入了網球場畫廊（Galerie du Jeu de Paume），再入新建的奧賽美術館（Musée d'Orsay），但是米烈的像卻終於被奧特羅的美術館收藏。分開了這些年，同一隻右手所生，當年那麼親近的「畫鄰」，不，「畫胞」，終於重聚一壁。我常想，每一張名畫跟人一樣，都有一個曲折多變的故事。當初怎麼誕生，怎麼被遺在世上，怎麼轉的手，掛在怎樣的房裡，怎麼換的框，怎麼險遭不測，又怎麼倖傳到今；畫若能言，娓娓道來，一定動人極了。

巴熙本非詩人，而是比利時的畫家，當時住在阿羅附近。梵谷本意要畫一位詩人，並以但丁爲典型。但丁面長而瘦，顴骨高，顎骨突，隆準鷹鉤，和高敢有幾分相似。梵谷原就佩服高敢，因此有意用高敢做模特兒，但是一八八八年九月高敢還在法國北部，沒有南下。巴熙三十三歲，看來有點但丁的味道，又有點像高敢，正合梵谷之用。卡萊爾在《英雄與英雄崇拜》裡說但丁心中擁有無限，所以梵谷就把畫像的背景畫成星空。他在信中說：「在他腦後我畫上無限，我給它一個單純的背景，用最深厚最強烈的藍色畫成。」

至於米烈，乃是駐防阿爾及利亞的法軍少尉，才二十五歲，比梵谷小十歲。米烈年輕瀟灑，很得女人歡心，所以梵谷有意把他畫成一個情人。但是他畢竟仍是軍人，所以梵谷畫他胸前佩著參加東京遠征（Tonkin expedition）而獲頒的勛章。畫像右上角的新月抱星圖案，則是米烈所屬蘇阿夫兵第三團的旗徽。這位青年軍官的藝術觀相當保守，因此梵谷爲他繪像時，不敢像處理那幅「蘇阿夫兵」那麼奔放，手法比較寫實。他對梵谷的藝術也評價不高：四十多年，有位記者到他家去租房子，一眼就認出他的尖翹長髭；那時他已是退休的中校了，問起梵谷送他的畫像，則早已不知去向。梵谷十分豔羨他的女人緣分，但是在信裡對弟弟說：「米烈豔福不淺，無論他要多少阿羅的女人，都能到手，可是他沒有辦法畫她們；若是他做了畫家呢，那就得不到她們。」

這三幅畫像：農人、詩人、情人，從左到右一排，並列在牆上，吸引了不斷的人潮。畫中的來龍去脈、背景象徵等等，恐怕只有專家才知道，但是畫中人的生命，尤其是透過灼灼的眼神，只要是敏感的觀者，總逃不過的。愛上一張畫，正如愛上一首歌，是直接的感受。事後才得知的背景、資料等等，只能加強、加深那感受，卻不能代替它。沒有人能夠僅憑注解就投入一件藝術品。

這三幅人像都是一八八八年初秋在阿羅的作品，此時梵谷的用色，無論是色彩的象徵或眾色的對照，都已成熟。三畫並列，就可以看出不但前景的主色與背景的輔色相互輝映，其間還有一個中介的第三色作爲對照。農夫的藍衫襯著橘色的黃昏，又有皮膚的血色與領巾、袖口的朱紅依違其間。詩人的黃衫背負著邃藍的夜穹，卻有綠髮綠鬚來連接夜色與衫色。至於情人米烈，則以墨藍的戎裝反托黛綠的背景，色感濃密，卻以豔紅的軍帽來突破那壓力。那一片鮮明而多變的繽紛虹彩，遠遠望去，令人目醉而心迷，半天都不忍移步。

另一組人潮擁聚的名作，是主題相似而色感淺明的開花果園，前文已有略述。其中一幅畫梨花盛開，清麗柔美，滿溢著早春的氣息，左下角寫著「紀念莫夫」（Souvenir de Mauve）。那是一八八八年三月，梵谷聽到他的姐夫，也是他一生僅有的老師、莫夫之死，便在畫上題字簽名，寄贈給莫夫的未亡人。其實兩年之後他自己也就死了。生命苦短，梵谷尤然，他不過晚走那麼一步而已。

我一路看過去，苦了雙腿，卻饜足了眼睛，疲倦而且興奮。大半的畫我都熟悉，喜歡的程度卻有差異，也有少數並非一見傾心。我停步在「星光夜」（The Starry Night）的前面，對著既非天文也非地理卻是超凡入聖的宗教幻景，像是一場睜眼的美夢，又像是眾神的嘉年華會；魯賓說那是梵谷患了懼高症的現象，果眞如此，又是多壯麗的暈眩！光之漩渦一盤又一盤，如果是天國的奇蹟，則坡上的柏樹旋轉向上，正是人間的祈禱。這幅畫我初看並不喜歡，只覺得目迷心慌，有點難受，因爲那時我拘於寫實，未能脫俗。直到最近，才眞正投入其中，並且認爲它是梵谷最饒象徵心境的傑作，也是梵谷後期畫中一切星光月暈交輝的結論。

我向前巡禮，心中充滿了感激，終於發現自己竟然置身於阿羅時期的三幅傑作之間。左邊牆上掛的是「夜間酒店」，右邊牆上是「露天咖啡座」，後面牆上是「黃屋」。這三幅代表作都畫於一八八八年九月，正是梵谷靈感勃發的全盛期。

「夜間酒店」無論在技巧上或主題上都堪稱他的力作。他所追求的，是「一種只能用色彩來表達的象徵語言」；草綠、赭赤、菊黃，三種強烈的主色在畫面鬥爭，摩擦出高亢的噪音，連彈子檯的陰影都顯得燥熱，令人不安。畫面是一間通宵營業的酒店，專門招待住不起旅館或者醉得旅館拒收的夜遊族。梵谷認爲這種地方不但是醉鬼和流浪漢的收容所，也是他這種失意畫家放浪形骸的去處。他在給弟弟的信裡說：「在這種地方一個人會墮落、發狂，不然便犯罪。」所以他要用極端的色彩來表現人類可怕的激情，並烘托出一種氣氛，類似魔鬼的鎔爐，氤氳著淡淡的硫磺。梵谷不常在畫上簽名，但是在這幅畫上不僅簽了，還在「文生」之下加注了「夜間酒店」（le café de nuit）四個字，足見他對此畫有多得意。

「露天咖啡座」（Café Terrace on the Place du Forum）的氣氛卻大不相同。此畫作於梵谷到阿羅的半年之後，和「黃屋」一樣，都是他畫該鎮街景的最早作品。畫的是晴朗的夏夜，咖啡館外的平台上顧客正三三兩兩在桌前交談，遮陽篷下溢滿了暖黃的燈光。深巷裡，一輛驛馬車正沿著卵石街道轔轔駛來，巷口也走動著行人。巷底的夜色已濃，襯得人家的窗戶裡，橘色的燈火更加暖亮，而屋頂上的星光更加燦繁。那一簇簇星光，有的遠如流螢，有的近如白葩，紛然交輝，眞給人隱隱閃動的視覺。這是梵谷畫的第一幅星夜，雖然比不上次年五月那幅「星光夜」那麼神奇壯麗，但是出手已自不凡，光暈之幻異迷離，抒情效果之飽滿無憾，有若魔助。這時正是他黃色時期的開始。他勤習畫論，也勤於實驗色彩的組合，發現眾色的冷與暖端在對照。在這幅夜景圖中，遮陽篷下橘黃燈暈所以顯得分外暖目動人，正賴四周或深或淺或整或散的藍調來襯托。從深巷的藍黑到卵石道的碎紫，益以窗扉的藍條與門框的藍邊，梵谷的布局實在不簡單。在素描的草稿上，右上角原無樹枝掩蔽。油畫裡加上了那一片綠蔭，不但增加了縱深，也點明了季節。這時梵谷也開始夜間作畫，「露天咖啡座」正是夜間現場的寫生。

「黃屋」也是畫於此時。梵谷住的是中間那棟黃屋的右半邊，雖然五月已經起租，但是爲了添置家具，直到九月才搬了進去。他對這黃屋期望很高，把它當成一座「藝術家之屋」（maison d'artiste），願與其他畫家共享。自從住進去後，凡他所畫的一切作品，包括那一組「向日葵」，用意都在爲黃屋裝飾。他甚至把自己的臥室畫了三次，可見眷戀之深。文生苦於單身漢的流浪已久，眞想定居南部，而以這黃屋爲家；沒有料到高敢來後，兩人因爲性情和畫觀的差異，對立之勢愈演愈烈，終於觸動了文生的發作。在進入聖瑞米的瘋人院之前，文生的黃屋之居只得七個多月。黃屋之中兩大畫家之爭吵，在畫面的兩色對立裡似乎已有預兆：酷藍的天空之下，硫磺色的街屋和道路分外豔明，而文生所住的那一棟，更以門窗的深藍色與天色裡應外合，對照的效果眞是剛烈之極。

我站在這三幅名畫之間，興奮而感動，連呼吸都覺得十分名貴。三幅畫是同一隻右手所創造，生產的時間也很接近，都是一八八八年的九月，但百年後的歸宿則天各一方，大展一結束立刻又要分手了，再聚，難道是二〇九〇年嗎？「露天咖啡座」與「黃屋」分屬奧特羅與阿姆斯特丹的美術館，還在一國之內，可是「夜間酒店」卻要回到大西洋的對岸，掛回耶魯大學的藝廊裡去。

這「夜間酒店」的身世特別曲折，必須一述。梵谷一生的作品全屬於他的弟弟，但弟弟在哥哥死後半年也發瘋死去，那許多畫便悉由弟媳婦約翰娜保管。約翰娜不但忠於丈夫，也熱愛文生，對於促成文生身後的畫展，促進文生身後的聲譽，不遺餘力。文生的書信成綑成堆，她不但加以整理，而且把三分之二譯成了英文。等到文生的聲譽漸起，她便把手頭的五百十五幅油畫及成百的素描售去若干，一來爲了養家，二來也爲了推廣文生的藝術。就這麼，一九〇八年在莫斯科的「金羊毛展」上，這幅「夜間酒店」賣給了莫洛若夫（J.A.Morozov），後來經莫斯科現代藝術館收藏，終於又落入紐約的私人手中。再易手時，就爲今日的耶魯大學所有。

我的巡禮接近尾聲，最後來到「嘉舍大夫」的面前。梵谷爲這位醫生一共畫了兩張像，都是戴著白色的水手帽，穿著深藍的外套，而以右手支頤，左手扶桌，至於表情，則都有點愁眉苦臉，正如他在信中對高敢所說，是「當代憂鬱的面容」。梵谷此畫的風格不是寫實，而是表情、寫意，也就是高敢標榜的所謂「綜合主義」（Synthetism）。例如畫的是同一個人物，穿的是同一件外套，臉色卻有灰青與土黃之別，外套卻有藍黑與暗紫之異，甚至背後的山色、天色也明暗不同：可見畫家的用意是心境的探討，而非僅僅外貌的描摹。

第一張像在前景的桌上有兩本書，還有瓶供的兩枝指頂花（digitalis）。那兩本黃皮的書，是法國自然主義作家龔古爾兄弟合著的小說《熱米妮．拉綏德》和《瑪奈特．沙洛門》，用來暗示荒涼可悲的現代。至於指頂花，又名毛地黃，卻是提煉強心劑的原料，可以象徵紓解和希望。到了第二張像裡，那兩本小說不再出現，而指頂花也不再供於瓶中，而是平放在桌上。梵蒂爾波格認爲梵谷所以改變主意，是相信僅憑指頂花的安慰已經足夠表達。何況畫中人一手支腮而置書案頭的構圖，和「吉奴太太畫像」也未免太像了。

大展會場所掛的，是沒有兩本小說的第二張「嘉舍大夫」，借自巴黎的奧賽美術館。至於第一張，原是私人所藏，已於五月中旬高價拍賣給日本的財閥了，否則也可以並展比較。

4

大展場中除了可以重溫名作之外，還可以初睹不少罕見的「新畫」，令人如得意外之財。那些「冷門畫」當然不是什麼新作，可是因爲平常看不見，甚至也沒有複印爲之流傳，就有新奇之感了。

畫評家津津樂道梵谷後期的傑作，正如詩評家特別重視葉慈的晚作。我卻覺得梵谷早年的作品，儘管沒有後期的那麼壯麗宏偉，卻另具一種堅實苦拙之美，接近原始而單純的生命，十分耐看。除了代表作「食薯者」之外，諸如「農夫與種薯的婦人」、「農婦果蒂娜畫像」、「靜物與聖經」等幾幅也非常動人。「農夫與種薯的婦人」開拓出春耕的寬闊景色，背景幾乎是空無一物，在淺蘋果綠的天空下，一頭棕白相間的花牛在前面曳犁而耕，一個農夫揮鞭掌犁跟在後面，而跟在他背後的農婦則穿著木鞋，低著頭，彎著腰，一手扶著布袋，另一手則播苗入土。天地之間，一畜二人的行列，與其單純而有力的姿態，簡直是農家生活的縮影，一首重複而又苦澀的村歌。

畫像中的果蒂娜，在寬闊的女帽下面露出濃眉大眼，隆鼻厚脣，除了一對單純的耳環之外，毫無裝飾，但是眸中滿含活力，臉上泛出自然而煥發的光輝，那女性的動人之處，並不遜於雷努瓦姣好的淑女。至於「靜物與聖經」一幅，畫於一八八五年十月，正是梵谷父親死後半年。反襯著漆黑的背景，桌上攤開一本厚重而有光彩的老《聖經》，旁邊的燭台上有一截已熄的殘燭，這些當然是悼念做牧師的爸爸。而與此對照的，是《聖經》下端的一本小書，黃色封面上的書名是左拉的《生之喜悅》，那便是影射他自己了。他對左拉此書的詮釋是：「若是認眞生活，就必須工作而且擔當一切。」如果我們細看那《聖經》，則翻開的地方正是以賽亞的五十三章，大意是說先知宣稱，神的僕人將要到來，並受世人的鄙棄。這又似乎是梵谷對自己前途的擔憂。

「亞歷山大．瑞德畫像」（Portrait of Alexander Reid）作於一八八七年春天，是巴黎時期所畫。瑞德是蘇格蘭的畫商，在巴黎結識了梵谷兄弟。梵谷爲他畫了兩張像，一張是全身，另一張就是大展會場所掛，半身。這張半身像的表情，在端凝肅靜之中略露不耐，相當傳神，堪稱佳作。瑞德自己卻似乎不太喜歡此畫，未曾保留，幸好目前是歸格拉斯哥的美術館收藏。巴黎的兩年是梵谷的過渡時期，此畫一望便知是採用了當時新印象主義的點畫技巧，主要是紅綠兩色的斑點與短線織成。儘管如此，梵谷的取法仍然筆勢縱橫，富於律動之感，不同於色拉（Georges Seurat）所營的靜態。畫中人背後湧動的紅潮，純然是象徵的寫意，已經開始試驗「光輪的漩渦化」了。

給我更大驚喜的是一幅小號的海景，叫做「海上漁舟」，作於一八八八年六月。那是梵谷定居普羅汪斯後的三個多月，他去阿羅西南方地中海岸的小漁村聖瑪麗（Les Saintes-Maries-de-la-Mer）住了三天，結果畫了九張素描，三張油畫，十分興奮。三張油畫都是海景，其中「聖瑪麗海灘的漁舟」畫四條色彩鮮麗的漁舟拖靠在沙灘，另有四條由近而遠則正在波上，十分有名，一般畫冊上常見翻印。這一幅是梵谷國家美術館自藏，在大展會場當然掛出。令我初見而乍喜的，是掛在它旁邊的「海上漁舟」：因爲「海上漁舟」不但浪勢奔放，色彩大膽，而且是莫斯科的普希金美術館借來，以前絕難看到。這「海上漁舟」共有二幅，另一幅只有漁舟三艘，但是浪勢更開闊，線條與色彩更見活力，我更喜歡。會場所掛的這幅，遠遠近近的船多達十艘，錯落有致；水平線提得很高，拍岸的浪脊捲得很長，浪頭向右捲，而近船的帆尖向左翹，也對照得形成張力，仍頗耐看。兩張「海上漁舟」都有Vincent的簽名，顯然畫家自覺相當滿意。

另一幅令行家喜出望外的傑作，是「綠葡萄園」(The Green Vineyard)。畫面是一個晴朗的秋日，滿園的葡萄正待秋收，雖有馬曳的拖車等在田裡，摘工卻未見忙碌，倒是幾位婦人衣裙翩然，持著豔紅的陽傘在畦間穿行，像是趁著秋晴出來散步。那一片富足而踏實的滿足感，令人聯想到更曠遠更安詳的「拉克浩豐收」，可是這幅「綠葡萄園」另有一股生生不息的活力，強烈地鼓動著我。隔著開闊的地平線，長空變幻的雲影與大地葡萄藤縱橫的走勢互相呼應，主宰了整個畫面的節奏。蟠蜿強勁的枝藤，挾著黛綠與青紫的叢葉，覆蓋了全部的前景，但枝葉疏處卻又任其大片的留白，眞是奇觀。梵蒂爾波格說，疏處見白，乃是沙地，又說這種不計寫實後果的筆法，乃是師承法國畫家蒙提且利(Adolphe Monticelli, 1824—86)。就算是沙地吧，但其用色之淡渾似無物，所以覺得滿園的枝藤都像虛懸而架空，視覺效果非常奇特。

「綠葡萄園」之所以引人注目，另一原因是由於「紅葡萄園」是它的姐妹作。梵谷生前只賣掉一幅油畫，便是他死前四個月送去布魯塞爾「二十人畫展」參展的「紅葡萄園」，售價四百瑞士法郎，買主安娜·巴熙正是梵谷爲之畫像的詩人巴熙之妹，本身也是畫家。梵谷的一切傳記甚至簡介裡，一定會提到這幅「紅葡萄園」，但是誰也沒有見過此畫，連畫冊上也從未複印。「綠葡萄園」作於一八八八年十月，「紅葡萄園」作於同年十一月初，成爲梵谷試驗色調對比的姐妹作。他對兩幅作品相當重視，而且每每相提並論，甚至有意把這主題變奏成組畫，可惜關進了聖瑞米病院之後，附近不見葡萄園，便作罷了。原來「紅葡萄園」輾轉賣去了蘇聯，今日藏於莫斯科的普希金美術館，不知何故，這次大展卻未借出。

到了奧維時期，通常認爲梵谷已呈才竭之象，其實不然。除了「奧維教堂」、「嘉舍大夫」、「麥田群鴉」等傑作之外，他在這十星期中完成的七十幅油畫裡，仍有一些風格獨造之作。大展場中所見、編號一二九的「奧維古堡」(Field with Trees,the Chateau of Auvers）便是一例。梵谷絕少繪畫古蹟，這幅畫裡的古堡也只是樹影背後的遠景。畫面呈現的，主要是黃昏降臨的暮色，由滿天金燦燦的晚霞和背光的樹影對比形成，色調十分逼眞。一條村道從前景沒入遠方，迎著夕照，路面也有淡幻的反光。整幅畫面那種逡巡欲逝的夕暮感，強烈祟人。這時離他的死期已不足二月，眞可視爲他生命的迴光返照了。

另一幅耐看的奇畫距他的死期更近，就是掛在「麥田群鴉」旁邊而主題也相近的「陰雲下的麥田」。梵谷在信中告訴他弟弟說，這一組畫都是「不安的天色下開闊的麥田」，而他要表現的是其間的「不快與極端寂寥」。這幅畫的形象與色調極其單純也極其有力：天色藍得沉重而遲滯，冷漠地面對著淺黃淡綠的曠野，上上下下都是空的，中間也沒有任何動靜。沒有演員也沒有故事，這空洞的戲台是設給神看的還是人看的呢？寂寞的主題呈現得如此原始而單純，已經近乎抽象畫了。「陰雲下的麥田」富於樸素之美，是梵谷末期的特異之作，允當與「麥田群鴉」並列而無愧。大展場中，我在遠處只消一瞥，就斷定這是一幅奇畫，立刻列入我的上選之中。

5

梵谷逝世百年大展由荷蘭的兩所國立美術館聯合舉辦，不但設計周詳，內容豐富，能夠教育觀眾，同時便利專家，即連附帶的服務項目也做得有聲有色，可補大展本身之不足。以美術館樓下的販賣部爲例，觀眾看過樓上的展品，若感意猶未盡，大可進去採購一番。各式各樣的複製品，或是大幅的單張，或是小幅的卡片，或是選輯成畫冊，或是做成了幻燈片與錄影帶，或是設計成奪目的海報，來滿足觀眾不同的需要。如果要更深入研究，當然還有許多專書可供挑選。僅傳記一項，在史東的《梵谷傳》之後，至少就有半打以上的新著，用各國文字寫成，可供參考。我買了英國作家史維曼（David Sweetman）今年剛出版的梵谷新傳《博愛萬物》（The Love of Many Things），迫不及待，就先讀了它的末章，對梵谷身後聲名如何漸起作品如何轉手，特別注意追蹤。館方爲大展編印的兩大冊目錄，我當然不會錯過，立刻買了；回到高雄一稱，足足有七磅重。至於一九八〇年紐約出版的侯司克所編《梵谷油畫素描速寫全集》(Jan Hulsker, The Complete Van Gogh: Paintings, Drawings, Sketches)，卷帙更加浩繁沉重，我就只好頹然放棄了。

梵谷的素描代表作二四八幅，同時在國立克洛勒·穆勒美術館展出。館在阿姆斯特丹東南約九十公里的小鎮奧特羅，深入林間，風景幽美。我們三人專程去觀賞了一個下午，對克洛勒穆勒夫人搜購梵谷作品的苦心不勝欽敬，對梵谷素描用功之勤，探討之深，益增了解，更加領悟他的成就絕非倖致。但這些說來話長，只好留待下一篇文章了。

——一九九〇年十月

莫驚醒金黃的鼾聲

1

今年七月，初訪荷蘭，不爲風車，也不爲運河，爲的是梵谷逝世百週年的回顧大展。一連兩天，在阿姆斯特丹和俄特羅的美術館長廊裡，仰瞻低徊，三百八十幅的油畫和素描，盡情飽覽，入神之狀，簡直有若梵谷的聖靈附身。

七月十四日，我們又去了巴黎。巴黎不能算是梵谷的城市，但他的聯想卻是難斷的，尤其是近郊的奧維，因爲他就葬在該處。梵谷之旅不甘就此結束，第二天中午我們又抱著追看悲劇續集的心情，去訪奧維。

五年前在巴黎小住，熊秉明先生曾經帶我去憑弔米勒在巴比松的故居，田園的意趣宛然猶在。有一次心血來潮，想就地印證一下莫內那些帆影弄波的河景，便和我存約了文嫻、懷文去訪阿讓得衣（Argenteuil），不料塞納河上杳無片帆，對岸更有工廠的煙囪矗起，掃興而歸。

奧維的全名是Auvers-sur-Oise，意爲瓦斯河畔的奧維。可以想見叫奧維的法國小鎮不止一個，所以再用河名來區分。這瓦斯河是塞納河的支流，由東北向西南，蜿蜒流經奧維與蓬圖瓦斯，注入主河。奧維鎮小，人口只有五千，甚至在法國公路的行車詳圖上，屢用放大鏡來回搜尋也找不到。不過它在巴黎北郊並離蓬圖瓦斯不遠，是可以確定的。於是我們坐地鐵去火車北站，果然在路線牌上找到了奧維。

我們上了火車，西北行至蓬圖瓦斯（Pontoise，瓦斯河橋之意），要等兩小時才有車轉去奧維。那天是星期天，又是法國國慶的次日，鎮上車少人稀，商店處處關門。天氣卻頗乾燥，晴空一片淨藍，正是下午兩點半，氣溫約莫攝氏二十七、八度。這在巴黎說來，要算天熱的了，不過乾燥無汗，陰地裡若有風來，尙有涼意。

我們沿著頗陡的石級，一路走上坡去，手裡分擔提著水果和礦泉水。我們一共是五人，除了我們夫妻、幼珊、季珊之外，還有痙弦的女兒小米。季珊和小米都在法國讀書，一個在翁熱（Angers），一個在貝桑松（Besançon），雖然法語尙未意到舌隨，卻也義不容辭，好歹都得負起法國通的嚮導之責。荷蘭的梵谷大展她們未能觀賞，但是就近去弔畫家之墓，也不失爲一程「感性教育之旅」吧。

終於到了坡頂，再一轉彎，就是聖克路教堂了。一進去，裡面便是中世紀的世界，深邃、安靜、陰涼。在歐洲旅行，教堂不論大小，通常可以推門而入，到另一個時光裡去歇腳，由你閉上倦目，冥冥入神。我把兩枚十法郎的硬幣分給季珊和小米，讓她們投入捐獻櫃裡，並且各取一枝白燭，向聖母像前接火點亮。我們順著側廊一間間巡禮過去，到了最後一間，被上下兩層的雕像深深感動，瞻仰了許久。都是大理白石的雕刻：下層是耶穌被二徒抱下十字架，另有四人在下接應，聖母也在其中，那面容，低首垂目，悲切之中透出慈愛，加上女性的包容與溫婉，眞令世上的人子不勝其孺慕之眷眷。雕刻家不知是幾世紀前的人了，但是那深厚眞摯的敬愛之情，仍從栩栩的頑石裡透出，一波波襲來，攫住我，一個過客與異教徒，攫住我，在那難忘的下午。上層則是耶穌復活了，從棺中立起，羅馬兵四人驚視於兩側，並有天使翩然爲耶穌開道。

2

梵谷早年在比利時的礦區傳道，摩頂放踵，推食解衣，儼然有基督之風。後來他在教會受挫，把一腔博愛轉而注入藝術，化成了激動的線條，熱烈的色彩，因而分外感人。萬物在他的畫裡，不但人格化，甚且神格化了。梵谷所以感人，在於他的畫「情溢於詞」，最具宗教與文學的精神。他的某些自畫像，用斷續的弧線，把基督的光圈「解構」爲急轉的漩渦，戴在頭上，隱然仍以基督受難自許。在自殺前的一年之內，他兩度臨摹戴拉克魯瓦的「聖慟圖」（Pietà），但圖中的基督不但紅髮紅鬚，就連面貌也像梵谷自己，而張臂要俯抱基督的聖母，更狀似梵谷的母親。臨摹他人的畫而將自己代入，正是基督意識與戀母情結的綜合浮現……在蓬圖瓦斯去奧維的火車上，望著滾滾西去的瓦斯河水，我從聖克路教堂的雕像想到梵谷的畫面。

忽然火車在一個小站停下。奧維到了。

在梵谷的藝術生命上，奧維不是最重要的一站，卻是最令人感傷的尾聲，因為他就是在這裡告別人間的：餘音嫋嫋從這裡開始。從五月二十日到七月二十九，梵谷最後的十個星期在此地度過，而且有七十幅油畫作品在此完成，其中「嘉舍大夫」、「奧維教堂」、「麥田群鴉」並經公認為傑作。而最具感情分量的，是梵谷的墳墓。一八六一年，早在梵谷來此定居之前，法國畫家杜比尼（Charles Daubigny, 1817—1878）已經在這裡築屋闢園，經營畫室。後來塞尚和畢沙洛也在此住過、畫過，也都不足以把此地「據為己有」。最後來了梵谷，變色的長空，波盪的麥田，紛飛的群鴉，一時都繞著他旋轉起來，屬於他了。砰然的一聲響後，他的血滴進了七月的麥田，染紅了麥香的沃土，於是奧維永遠成為梵谷，屬於荷蘭。

出了小火車站，我們沿著房屋稀疏的長街向西走去，已斜的太陽照個滿懷。米黃色的兩層樓市政廳前，掛著梵谷百年前用黑粉筆所畫的此屋，供人比較，看得出變化不大。斜對面的街上也都是整齊的兩層樓屋，其中有一座戴著淺綠色的三角形屋頂，二樓的兩扇窗都開著褐色的窗扉，下面的橫布條上，褐底白字，大書La Maison de Van Gogh，正是畫家當年的寓所，那時叫做拉霧酒店，每天房租是三個半法郎。我們走去對街，發現大門鎖住了，想是星期天的關係。只好再走過來，隔街打量一番。一百年前，那個勞碌而苦命的肉體，帶著血腥的傷口，殘缺的耳朵，在子彈頭尖銳的噬痛下，真的就死在那窗子裡嗎？而今窗扉寂寞，早已是人去樓空了，只留下絡繹來望樓的人。

我們終於回過身去，沿街東行，經過了梵谷公園。見有行人出入其間，便也進去巡了一圈。草地上豎立著一尊塑像，有一個半人高，把梵谷的身材拉高削瘦，背著畫架，很有賈可梅蒂雕刻的風格。一百年前，奧維村民眼中的紅頭畫家，背著畫具在田埂上每天走過，大概就是這樣子吧？

出了公園，繼續朝東走。過了車站，坡勢漸陡，我們順勢左轉，努力爬到半坡，不由得站定下來。一座樸素的小教堂屏於道左，正是梵谷畫過的那座哥德式教堂，正堂斜脊的上面更聳起聯鳴鐘樓的尖頂。我們面對的是教堂的背後，也正是當日梵谷所取的角度，怪不得此畫的複製品貼在路邊的牌子上，供人就地比較。整整一世紀後，奧維教堂的外貌大致未變，只是鐘樓的排窗拆空了，背後的薔薇圓窗下也加了防盜鐵條。是的，一切都仍舊觀，只是眼前的教堂如此安詳而鎮定，那裡像畫裡的教堂，蠢蠢然若在蠕動，而且岌岌乎傾向一邊，尤其是上面的鐘樓，簡直有比薩斜塔下壓之勢。屋後的一角草地和兩側的黃沙土路，也平平靜靜，毫無異狀，但到了梵谷的畫裡，看哪，卻中了魔，草地劇烈地起伏如波，土路流成了兩股急湍，向我們奔瀉而來。上面的天空更是風起雲湧，漫天的陰霾捲成了漩渦，藍中帶紫，紫中帶著慘白，騷動得令人不安。應和著下面惴惴然怔怔然的危樓歪屋，整個畫面神祕而奇詭，似乎有所啓示。尤其是那天色，比起艾爾．格瑞科的「托雷多風景」來，雖無其激動變幻，卻更爲深邃陰沉。那天色，在阿羅時期的「綠葡萄園」裡已經露過臉了，到了奧維時期更變本加厲，簡直成了具體的心情，又像一幅龐大逼人的不祥預言，懸在扭動不安的大地之上。有誰，只要一瞥過他臨終前的「麥田群鴉」，能不被那驚駭的天色所祟呢？

但是此刻，頭頂的晴空虛張著淡淡的柔藍，被偏西的豔陽烘上一層薄金，風光是明媚之至，很難想像，一世紀前一個受苦受難的敏感心靈，怎樣把這一片明媚逼迫成寓言，釀成悲劇。同樣是一雙眼睛，爲什麼從杜比尼看到塞尙，從奧維的景色裡就看不出什麼危機和熬煉呢？足見畫家所見，莫非他心中所有。比起客觀寫實的印象派來，梵谷眞是一位象徵大師，一位先知。

3

這麼想著，我的目光停留在鐘樓的鐘面上，發現已經快六點了。還有公墓要去憑弔呢。一行五人仰面再走上坡去。到得坡頂，眼界一寬，左邊望不盡的平疇，一畝畝的麥香連接到天涯，麥已熟透，穗芒蓬鬆，垂垂重負的密實姿態，給人豐收的成就感、滿足感。那無窮無盡的金黃，在七月下午的烈陽下，分外耀人眼目，暖人臉頰。可惜那天乾熱無風，否則麥浪起伏必然可觀。這正是梵谷一生阡陌來去畫之不饜的麥田，教人看了，格外懷念畫它的人。右邊是石砌的矮牆，上面蓋著橘黃的瓦頂，一路把絡繹的行人引到公墓的門口。

剛才在半坡上打量那教堂，此刻零零落落進入公墓，懷著虔敬與感激，要把這一齣悲劇追蹤到落幕的，除我們之外，還有好幾十位香客。墓地平坦寬大，想必百年來村民葬者漸多，所以墓碑相接，亡魂頗密。一時之間，大家的心頭沉重起來，明知墓中人死了已整整一世紀，但走近了他的血肉之軀，就算血已枯肉已化，仍然令人不由得要調整呼吸，準備接受那可畏的一瞬。

儘管如此，眞走到墓前時，目光和石碑一觸，仍然不由得一震。因爲不是一座碑，而是兩座。都是兩尺半高，橫列成一排，哥哥的碑比弟弟的稍微超前兩寸。上圓下方的白石上面，黑字寫著「文生．梵谷在此安息，一八五三——一八九〇」。另一塊是「西奧．梵谷在此安息，一八五七——一八九一」。一百年前，也是這樣的七月，七月二十七，也是在麥熟穗垂的田裡，砰地一聲槍響，哥哥便拖著殘破的倦體，掙扎著，回到鎭上那家，我們剛才去張望過的，拉霧酒店。兩天之後，他就在那小樓上死去。弟弟把他葬在這裡，就是我正踏著的這片土，種得出滿田麥香來的，同樣的這片土。但不久，弟弟也失神落魄，一似夢遊於世間，終於也瘋了。半年之後，弟弟也死了，葬在荷蘭。過了二十三年，西奧之妻約翰娜讀到《聖經》裡的這麼一句：「死時兩人也不分離」，心有遺憾，便將弟弟的遺骸運來奧維，葬在哥哥身邊。

綠油油的常春藤似乎也懂得約翰娜的心意，交藤接葉，把兩座小墳覆蓋成一張翠氈，一直結纏到碑前，象徵著文生的藝術長青，而兄弟之情不朽。一個日本人走過來，恭恭敬敬，向墓地行了一鞠躬。又來了一對夫妻模樣的北歐人，把手持的麥穗輕輕放在常春藤上，那樣輕柔，像是怕驚醒墓中的酣睡。再細看時，那一片鮮綠之上，早已撒了好幾莖黃穗。

石碑坐北朝南。我擅自站到兩碑之間，俯下身來，一手扶著一碑，央我存爲我照了張像。幻想之中，我的手似乎應該發燙。誰敢介入這兩兄弟之間呢，甚至約翰娜？我未免太僭越了。但是地下的英靈，知道了我是《梵谷傳》早年的譯者，心香一瓣，千里迢迢來頂禮這一抔黃土，恐怕也就諒解了吧。

雙墓的兩側都是高大而堂皇的石墓，碑飾也富麗得多，當然也是後人的一片孝心。法國政府好像也不刻意要美化或神化梵谷的墳墓。這樣的樸素其實更好：眞正的偉大何需裝飾？我曾經站在華滋華斯的墓前，那石碑比這塊更古拙，更不起眼。梵谷死時，他似乎一無所有。但是百年過去，他似乎擁有了一切。我不是指「鳶尾花」、「嘉舍大夫」拍賣的高價，而是全世界向此地投來的、愉悅而感恩的目光，和不分國別無論老少、那許多敬愛的手帶來的那許多麥芒。

4

從北邊的側門走出公墓的短牆，卻走不出梵谷的畫。牆外的麥田遠連天邊，在西傾而猶熾的驕陽下，蒸騰著淡香誘鼻的午夢，幾乎聽得見金黃的鼾聲。大地的豐盈膨脹到表面張力，我們走在沃土的田埂上，像踏著地之脈，土之筋。也是七月的下午，也是盛夏的太陽，也就是在這樣的麥田裡，文生仰面，舉槍，對著自己生命最脆弱的地方，扣動扳機的嗎？

成熟的麥田永遠號召著梵谷。他畫裡的人物不是古典的貴族，也不是印象派的中產仕女，而是匹夫匹婦，尤其是農人。他從法國南部回到巴黎，只住了三天，就不堪其擾地逃來這鄉野的小鎮。他曾告訴畫家貝爾納（Emile Bernard）說，原始而健康的農村畫題與波特萊爾眼中的巴黎景色，截然不同。在給妹妹維爾敏的信中他說：「我無妻無子，只能凝視一片片的麥田，要我長住在城裡，可活不下去。」接著他又用聖經式的比喻說：「一個人想起人間的萬事而想不通時，除了望著麥田之外，還能怎樣呢？我們靠麵包過活，自己不也很像麥子嗎？等我們像麥子一樣長熟，就要給收割了。」

早在巴黎時期，梵谷已經畫過一幅麥田，風來田裡，吹起一頭雲雀，但麥穗半青半黃，尚未熟透。阿羅時期的「豐收」，平疇開闊，舒展著熟麥的金色，野景寧靜而安詳，是觀眾愛看的名作。「夏日黃昏的麥田與落日」一幅，已經有滿田的麥浪含風，隱隱開啓了後來的風格。到了聖瑞米時期，在「麥田與柏樹」一類的畫裡，鮮黃的麥浪滔滔更成了亢揚的主調。在瘋人院後面圍牆內的麥田裡，他看到一個農夫在陽光下收割，非常感動，一連畫了三幅「收割者」：鮮黃而稠密的麥田佔了大半個畫面。他意猶未盡，更師米勒的原作，另畫了一幅「收割者」，而以人物獨佔其前景，稠密的麥株蔽其背景。

他寫信告訴弟弟說：「我看到那收割者——一個夢幻的身影在火旺旺的烈日下，為了趕工，像魔鬼那樣出力——我在他身上看到死亡的象徵，也就是說，他收割的麥子正是人類。」

收割的寓言，早在《新約》的〈路加福音〉與〈約翰福音〉裡就有了；莎士比亞在〈十四行詩〉中也說：玫瑰色的嘴唇與臉頰，終究被時間的鐮刀割去。可是梵谷在信中談到收割者，語調並不哀沉；他說：「這件事發生在大白晝，當太陽把萬物浴在純金的光中……它是死亡的象徵，我們在自然的大書中都讀到——我所追尋的卻是『近乎微笑之境』。」最後這一句乃是影射浪漫派大師戴拉克魯瓦（Eugène Delacroix）。戴氏「腦中懸日，心中馳騁暴風雨」，臨終的表情據說「近乎微笑」。梵谷對他十分崇敬，並且熟讀他的日記。

「麥田群鴉」是梵谷臨終前迴光返照的驚駭傑作。畫面上但見天色深藍而黑，陰霾四合而將壓下，似日又似雲之物迸破成幾團灰白，旋轉不已。滿田的麥浪掀起驚惶的驚黃的掙扎，其上則紛飛飄忽的鴉群舞著零碎而又祟人的片片黑影，其下則土紅的歧路絕望地伸著，更無出路。不，這不是「近乎微笑之境」。梵谷自殺，就在這樣的太陽下，這樣豐收待割的麥田裡，並且是在禮拜天，基督徒敬神而休息的日子，但是他心中有許多遺憾，對人間的留戀仍多。即使孔子將死，也不免悲歎「泰山壞乎！梁柱摧乎！哲人萎乎！」孔子病重，尚且倚門等子貢來見最後一面。釋迦寂滅，舉行火葬，棺木卻不能燃燒，也是爲了等弟子大迦葉波。後來他母親摩耶夫人趕到，釋迦更從棺中坐起，合掌向慈母慰問。梵谷一生，隱隱以基督自許，這意識在他的畫中時時得到見證。就連基督死時，也不免「四境黑暗」，而基督悲呼道：「神啊神啊，爲何你棄我而去？」

梵谷短促的生命裡，最後的十週在此地度過。一來奧維，他就愛上這恬靜的小鎮了。他是荷蘭南部的鄉下人，一向喜歡深入村野，赤坦坦面對自然。他那麼傾倒於米勒，絕非偶然。在信中他曾讚美奧維洋溢著色彩，有一種莊嚴之美，甚至「空氣裡充滿了幸福」。可是他的心靈找不到寧靜，只找到「嘉舍大夫」的憂鬱，「奧維教堂」的不安，最後是「麥田群鴉」的騷動與不祥。他面對死亡，要尋找「近乎微笑之境」，卻未能臻及，終於在他熱愛的麥穗與陽光中舉起手來，收割了自己。

他的肉軀少有寧日，就這麼匆匆地收割了。但是心靈的秋收多麼豐富啊，簡直是美不勝收。世界各地的美術館都因他而充實，變成了豐收的倉庫，變成了成畝的麥田，一走進去就是撲鼻的麥香。所有的眼睛都被他的向日葵照亮。

一行五人終於走過了麥田，停在一大片向日葵田的前面，有的歡呼，有的喃喃像是在祈禱，爲了這麼多壯麗，這麼龐沛而稠密地一下子出現在眼前。麥田之美，無邊無際的金黃，是單純的。向日葵田的色調，翠萼反托著金瓣，那美，卻對照而來，因此特別明豔。一朵還好對付，千葩萬朵的亮麗密集成排、成行、成陣，全部都轉過身來跟你照個正面，那萬目睽睽蝟聚你一身的焦點感，就算你是唯美的教徒，啊，也承當不起。何況向日葵比麥稈高出一倍，挺直的株幹燈柱一般把花盤托舉到高處，每一盞金碧輝煌都那麼神氣，滿田呢，就更具集體而盛大的氣象。那樣天眞的健美與壯觀，活力與自信，那樣毫無保留地凝望著你也讓你瞪視，令人感到既興奮，又喜悅，又不禁有點好笑。對比之下，麥穗的負重垂首就顯得謙遜多了。

梵谷的藝術生命因南部的豔陽而成熟，而燦放。梵谷、麥穗、向日葵花，都是太陽之子。也許向日葵是太陽專寵的女兒，在法文裡甚至跟爸爸同名，所以也得到梵谷的眷顧，繪畫成人人寵愛的傑作。在一九九〇的梵谷年，向日葵嬌豔健美的形象，從荷蘭的五十元鈔票到名酒的標籤，女人的衣飾，處處惹眼。這一切，滿田天真的葵花當然不知道，只知道烈日已經偏西，不勝曝曬，千千萬萬的葵花竟全部別過臉去，望著東邊，正是梵谷墓地的方向。一隻肥碩的蜜蜂正營營振翅，起落頻頻地忙著向我面前的一朵大花盤採蜜，令人懷疑梵谷的靈魂，此刻，究竟是懸在阿姆斯特丹美術館的牆上，還是逡巡在這一片葵花田裡。

直到一聲汽笛從坡下傳來，火車駛過瓦斯河邊，說晚餐正在巴黎等著我們。

——一九九〇年八月

中文的常態與變態

1

自五四新文化運動以來，七十年間，中文的變化極大。一方面，優秀的作家與學者筆下的白話文愈寫愈成熟，無論表情達意或是分析事理，都能運用自如。另一方面，道地的中文，包括文言文與民間文學的白話文，和我們的關係日漸生疏，而英文的影響，無論來自直接的學習或是間接的潛移默化，則日漸顯著，因此一般人筆下的白話文，西化的病態日漸嚴重。一般人從大眾傳媒學到的，不僅是流行的觀念，還有那些觀念賴以包裝的種種說法；有時，那些說法連高明之士也抗拒不了。今日的中文雖因地區不同而互見差異，但共同的趨勢都是繁瑣與生硬。例如中文本來是說「因此」，現在不少人卻愛說「基於這個原因」；本來是說「問題很多」，現在不少人卻愛說「有很多問題存在」。對於這種化簡為繁、以拙代巧的趨勢，有心人如果不及時提出警告，我們的中文勢必越變越差，而道地中文原有的那種美德，那種簡潔而又靈活的語文生態，也必將面目全非。

中文也有生態嗎？當然有。措詞簡潔、語法對稱、句式靈活、聲調鏗鏘，這些都是中文生命的常態。能順著這樣的生態，就能長保中文的健康。要是處處違拗這樣的生態，久而久之，中文就會汙染而淤塞，危機日漸迫近。

目前中文的一大危機，是西化。我自己出身外文系，三十多歲時有志於中文創新的試驗，自問並非語文的保守派。大凡有志於中文創作的人，都不會認爲善用四字成語就是創作的能事。反之，寫文章而處處仰賴成語，等於只會用古人的腦來想，只會用古人的嘴來說，絕非豪傑之士。但是，再反過來說，寫文章而不會使用成語，問題就更大了。寫一篇完全不帶成語的文章，不見得不可能，但是很不容易；這樣的文章要寫得好，就更難能可貴。目前的情形是，許多人寫中文，已經不會用成語，至少會用的成語有限，顯得捉襟見肘。一般香港學生目前只會說「總的來說」，卻似乎忘了「總而言之」。同樣地，大概也不會說「一言難盡」，只會說「不是一句話就能夠說得清楚的」。

成語歷千百年而猶存，成爲文化的一部分。例如「千錘百鍊」，字義對稱，平仄協調，如果一定要說成「千鍊百錘」，當然也可以，不過聽來不順，不像「千錘百鍊」那樣含有美學。同樣，「朝秦暮楚」、「齊大非偶」、「樂不思蜀」等語之中，都含有中國的歷史。成語的衰退正顯示文言的淡忘，文化意識的萎縮。

英文沒有學好，中文卻學壞了，或者可以說，帶壞了。中文西化，不一定就是毛病。緩慢而適度的西化甚至是難以避免的趨勢，高妙的西化更可以截長補短。但是太快太強的西化，破壞了中文的自然生態，就成了惡性西化。這種危機，有心人都應該及時警覺而且努力抵制。在歐洲的語文裡面，文法比較單純的英文恐怕是最近於中文的了。儘管如此，英文與中文仍有許多基本的差異，無法十分融洽。這一點，凡有中英文互譯經驗的人，想必都能同意。其實，研究翻譯就等於研究比較語言學。以下擬就中英文之間的差異，略略分析中文西化之病。

2

比起中文來，英文不但富於抽象名詞，也喜歡用抽象名詞。英文可以說「他的收入的減少改變了他的生活方式」，中文這麼說，就太西化了。英文用抽象名詞「減少」做主詞，十分自然。中文的說法是以具體名詞，尤其是人，做主詞：「他因為收入減少而改變生活方式」，或者「他收入減少，乃改變生活方式」。

中文常用一件事情（一個短句）做主詞，英文則常用一個名詞（或名詞片語）。「橫貫公路再度坍方，是今日的頭條新聞」，是中文的說法。「橫貫公路的再度坍方，是今日的頭條新聞」，就是英文語法的流露了。同理，「選購書籍，只好委託你了」是中文語法。「書籍的選購，只好委託你了」卻是略帶西化。「推行國語，要靠大家努力」是自然的說法。「國語的推行，要靠大家的努力」卻嫌冗贅。這種情形也可見於受詞。例如「他們杯葛這種風俗的繼續」，便是一句可怕的話。無論如何，「杯葛繼續」總嫌生硬。如果改成「他們反對保存這種風俗」，就自然多了。

英文好用抽象名詞，其結果是軟化了動詞，也可以說是架空了動詞。科學、社會科學與公文的用語，大舉侵入了日常生活，逼得許多明確而有力的動詞漸漸變質，成爲面無表情的片語。下面是幾個常見的例子：

apply pressure: press
give authorization: permit
send a communication: write
take appropriate action: act

在前例之中，簡潔的單音節動詞都變成了含有抽象名詞的片語，表面上看來，顯得比較堂皇而高級。例如press變成了apply pressure，動作便一分爲二，一半馴化爲靜止的抽象名詞pressure，一半淡化爲廣泛而籠統的動詞apply。巴仁（Jacques Barzun）與屈林（Lionel Trilling）等學者把這類廣泛的動詞叫做「弱動詞」（weak verb）。他們說：「科學報告不免單調而冷淡，

影響之餘，現代的文體喜歡把思路分解成一串靜止的概念，用介詞和通常是被動語氣的弱動詞連接起來。」（註一）

巴仁所謂的弱動詞，相當於英國小說家歐威爾所謂的「文字的義肢」（verbal false limb）（註二）。當代的中文也已呈現這種病態，喜歡把簡單明瞭的動詞分解成「萬能動詞+抽象名詞」的片語。目前最流行的萬能動詞，是「作出」和「進行」，惡勢力之大，幾乎要吃掉一半的正規動詞。請看下面的例子：

（一）本校的校友對社會作出了重大的貢獻。

（二）昨晚的聽眾對訪問教授作出了十分熱烈的反應。

（三）我們對國際貿易的問題已經進行了詳細的研究。

（四）心理學家在老鼠的身上進行試驗。

不管是直接或間接的影響，這樣的語法都是日漸西化的現象，因為中文原有的動詞都分解成上述的繁瑣片語了。前面的四句話本來可以分別說成（一）本校的校友對社會貢獻很大。（二）昨晚的聽眾對訪問教授反應十分熱烈。（三）我們對國際貿易的問題已經詳加研究。（四）心理學家用老鼠來做試驗。（或：心理學家用老鼠試驗。）

巴仁等學者感慨現代英文喜歡化簡為繁、化動為靜、化具體為抽象、化直接為迂迴，到了

「名詞成災」（noun-plague）的地步。學問分工日細，各種學科的行話術語，尤其是科學與社會科學的「夾槓」，經過本行使用，外行借用，加上「新聞體」（journalese）的傳播，一方面固然使現代英文顯得多彩多姿，另一方面卻也造成混亂，使日常用語斑駁不堪。英國詩人格雷夫斯（Robert Graves, 1895-1986）在短詩〈耕田〉（Tilth）裡批評這現象說：

Gone are the sad monosyllabic days
When "agricultural labour" still was tilth;
And "100% approbation", praise;
And "pornographic modernism", filth—
And still I stand by tilth and filth and praise.

「名詞成災」的流行病裡，災情最嚴重的該是所謂「科學至上」（scientism）。在現代的工業社會裡，科學早成顯貴，科技更是驕子，所以知識分子的口頭與筆下，有意無意，總愛用一些「學術化」的抽象名詞，好顯得客觀而精確。有人稱之爲「僞術語」（pseudo-jargon）。例如：明明是first step，卻要說成initial phase；明明是letter，卻要說成communication，都屬此類。

中文也是如此。本來可以說「名氣」，卻憑空造出一個「知名度」來，不說「很有名」，卻要迂迴作態，貌若高雅，說成「具有很高的知名度」，眞是酸腐可笑。另一個僞術語是「可讀性」，同樣活躍於書評和出版廣告。明明可以說「這本傳記很動人」，「這本傳記引人入勝」，或者乾脆說「這本傳記很好看」，卻要說成「這本傳記的可讀性頗高」。我不明白這字眼怎麼來的，因爲這觀念在英文裡也只用形容詞readable而不用抽象名詞readability。英文會說：The biography is highly readable，卻不說The biography has high readability。此風在臺灣日漸囂張。在電視上，記者早已在說「昨晚的演奏頗具可聽性」。在書評裡，也已見過這樣的句子：「傳統寫實作品只要寫得好，豈不比一篇急躁的實驗小說更具可看性？」

我實在不懂那位書評家何以不能說「豈不比一篇……更耐看（更動人）？」同理，「更具前瞻性」難道眞比「更有遠見」要高雅嗎？長此以往，豈不要出現「他講的這件趣事可笑性很高」一類的怪句？此外，「某某主義」之類的抽象名詞也使用過度，英美有心人士都主張少用爲妙（註三）。中國大陸的文章很愛說「富於愛國主義的精神」，其實頗有語病。愛國只是單純的情感，何必學術化爲主義？如果愛國也成主義，我們豈不是也可以說「親日主義」、「仇美主義」、「懷鄉主義」？其次，主義也就是一種精神，不必重複，所以只要說「富於愛國精神」就夠了。

名詞而分單數與複數，是歐洲語文的慣例。英文文法的複數變化，比起其他歐洲語文來，單純得多。請看「玫瑰都很嬌小」這句話在英文、法文、德文、西班牙文、義大利文裡的各種說法：

The roses are small.
Les roses sont petites.
Die Rosen sind klein.
Las rosas son chiquitas.
Le rose sono piccole.

每句話都是四個字，次序完全一樣，都是冠詞、名詞、動詞、形容詞。英文句裡，只有動詞跟著名詞變化，其他二字則不分單、複數。德文句裡，只有形容詞不變。法文、西班牙文、義大利文的三句裡，因爲做主詞的名詞是複數，其他的字全跟著變化。

幸而中文的名詞沒有複數的變化，也不區分性別，否則將不勝其繁瑣。舊小說的對話裡確有「爺們」、「娘們」、「ㄚ頭們」等複數詞，但是在敘述的部分，仍用「諸姐妹」、「眾ㄚ鬟」。中文要表多數的時候，也會說「民眾」、「徒眾」、「觀眾」、「聽眾」，所以「眾」也有點「們」的作用。但是「眾」也好，「們」也好，在中文裡並非處處需要複數語尾。往往，我們說「文武百官」，不說「官們」，也不說「文官們」、「武官們」。同理，「全國的同胞」、「全校的師生」、「所有的顧客」、「一切乘客」當然是複數，不必再畫蛇添足，加以標明。不少國人惑於西化的意識，常愛這麼添足，於是「人們」取代了原有的「人人」、「大家」、「大眾」、「眾人」、「世人」。「人們」實在是醜陋的西化詞，林語堂絕不使用，希望大家也不要使用。電視上也有人說「民眾們」、「觀眾們」、「聽眾們」、「球員們」，實在累贅。尤其「眾、們」並用，已經不通。

中文名詞不分數量，有時也會陷入困境。例如「一位觀眾」顯然不通，但是「觀眾之一」卻嫌累贅，也欠自然。「一位觀者」畢竟不像「一位讀者」那麼現成。所以，「一位觀眾來信說……」之類的句子，也只好由它去了。

可是「……之一」的氾濫，卻不容忽視。「……之一」雖然是單數，但是背景的意識卻是多數。和其他歐洲語文一樣，英文也愛說one of my favorite actresses, one of those who believe……, one of the most active promoters。中文原無「……之一」的句法，現在我們說「觀眾之一」實在是不得已。至於這樣的句子：

劉伶是竹林七賢之一。

作爲竹林七賢之一的劉伶……

目前已經非常流行。前一句雖然西化，但不算冗贅。後一句卻是惡性西化的畸嬰，不但「作爲」二字純然多餘，「之一的」也文白夾雜，讀來破碎，把主詞「劉伶」壓在底下，更是扭捏作態。其實，後一句的意思跟前一句完全一樣，卻把英文的語法as one of the Seven Worthies of Bamboo Grove, Liu Ling……生吞活剝地搬到中文裡來。所以，與其說「作爲竹林七賢之一的劉伶以嗜酒聞名」，何不平平實實地說「劉伶是竹林七賢之一，以嗜酒聞名」？其實前一句也儘有辦法不說「之一」。中文本來可以說「劉伶乃竹林七賢之同儕」；「劉伶列於竹林七賢」；「劉伶躋身竹林七賢」；「劉伶是竹林七賢的同人」。

「竹林七賢之一」也好，「文房四寶之一」也好，情況都不嚴重，因爲七和四範圍明確，同時邏輯上也不能逕說「劉伶是竹林七賢」，「硯乃文房四寶」。目前的不良趨勢，是下列這樣的句子：

紅樓夢是中國文學的名著之一。

李廣乃漢朝名將之一。

兩句之中，「之一」都是蛇足。世間萬事萬物都有其同儔同類，每次提到其一，都要照顧到其他，也未免太周到了。中國文學名著當然不止一部，漢朝名將當然也不會祇有一人，不加上這死心眼兒的「之一」，絕對沒有人會誤會你孤陋寡聞，或者掛一漏萬。一旦養成了這種惡習，只怕筆下的句子都要寫成「小張是我的好朋友之一」，「我不過是您的平庸的學生之一」，「他的嗜好之一是收集茶壺」了。

「之一」之病到了香港，更變本加厲，成爲「其中之一」。在香港的報刊上，早已流行「我是聽王家的兄弟其中之一說的」或者「大衛連一直以來都是我最喜歡的導演其中之一」這類怪句。

英文複數觀念爲害中文之深，由此可見。

這就說到「最……之一」的語法來了。英文最喜歡說「他是當代最偉大的思想家之一」，好像眞是精確極了，其實未必。「最偉大的」是抬到至高，「之一」卻稍加低抑，結果只是抬高，並未眞正抬到至高。你並不知道「最偉大的思想家」究竟是幾位？四位嗎？還是七位？所以彈性頗大。兜了一個大圈子回來，並無多大不同。所以，只要說「他是一個大名人」或「他是赫赫有名的人物」就夠了，不必迂而迴之，說什麼「他是最有名氣的人物之一」吧。

3

在英文裡，詞性相同的字眼常用and來連接：例如man and wife, you and I, back and forth。但在中文裡，類似的場合往往不用連接詞，所以只要說「夫妻」、「你我」、「前後」就夠了。同樣地，一長串同類詞在中文裡，也任其並列，無須連接：例如「東南西北」、「金木水火土」、「禮樂射御書數」、「柴米油鹽醬醋茶」皆是。中國人絕不說「開門七件事，柴、米、油、鹽、醬、醋以及茶。」誰要這麼說，一定會惹笑。同理，中文只說「思前想後」、「說古道今」，英文卻必須動用連接詞，變成「思前和想後」、「說古及道今」。可是近來and的意識已經潛入中文，到處作怪。港報上有過這樣的句子：

在政治民主化與經濟自由化的發展道路，臺北顯然比北京起步更早及邁步更快，致在政經體制改革的觀念、行動、範圍及對象，更爲深廣更具實質……

這樣的文筆實在不很暢順：例如前半句中，當做連接詞的「與」、「及」都不必要。「與」還可以說不必要，「及」簡直就要不得。後半句的「更爲深廣更具實質」才像中文，「起步更早及邁步更快」簡直是英文。「及」字破壞了中文的生態，因爲中文沒有這種用法。此地一定要用連接詞的話，也只能用「而」，不可用「及」。正如slow but sure在中文裡該說「慢而可靠」或者「緩慢而有把握」，卻不可說「慢及可靠」或者「緩慢與有把握」。「而」之爲連接詞，不但可表更進一步，例如「學而時習之」，還可表後退或修正，例如「國風好色而不淫，小雅怨誹而不亂」，可謂兼有and與but之功用。

目前的不良趨勢，是原來不用連接詞的地方，在and意識的教唆下，都裝上了連接詞；而所謂連接詞都由「和」、「與」、「及」、「以及」包辦，可是靈活而宛轉的「而」、「並」、「而且」等詞，幾乎要絕跡了。

4

介詞在英文裡的用途遠比中文裡重要，簡直成了英文的潤滑劑。英文的不及物動詞加上介詞，往往變成了及物動詞，例如look after, take in皆是。介詞片語（prepositional phrase）又可當作形容詞或助詞使用，例如a friend in need, said it in earnest。所以英文簡直離不了介詞。中文則不盡然。「揚州十日、嘉定三屠」兩個片語不用一個介詞，換了英文，非用不可。

「歡迎王教授今天來到我們的中間，在有關環境汙染的各種問題上，爲我們作一次學術性的演講。」這樣不中不西的開場白，到處可以聽見。其實「中間」、「有關」等介詞，都是畫蛇添足。有一些《聖經》的中譯，牧師的傳道，不顧中文的生態，會說成「神在你的裡面」。意思懂，卻不像中文。

「有關」、「關於」之類，大概是用得最濫的介詞了。「有關文革的種種，令人不能置信」；「今天我們討論有關臺灣交通的問題」；「關於他的申請，你看過了沒有？」在這些句子裡，「有關」與「關於」完全多餘。最近我擔任「全國學生文學獎」評審，有一篇投稿的題目很長，叫〈關於一個河堤孩子的成長故事〉。十三個字裡，「關於」兩字毫無作用，「一個」與「故事」也可有可無。

「關於」有幾個表兄弟，最出風頭的是「由於」。這字眼在當代中文裡，往往用得不妥：

由於秦末天下大亂，（所以）群雄四起。

由於好奇心的驅使，我向窗內看了一眼。

由於他的家境貧窮，使得他只好休學。

英文在形式上重邏輯，喜歡交代事事物物的因果關係。中文則不盡然。「清風徐來，水波不興」，其中當然有因果關係，但是中文只用上下文作不言之喻。換了是英文，恐怕會說「因爲清風徐來，所以水波不興」，或者「清風徐來，而不興起水波」。上列的第一句，其實刪掉「由於」與「所以」，不但無損文意，反而可使文章乾淨。第二句的「由於好奇心的驅使」並沒有什麼大毛病（註四），可是有點囉嗦，更犯不著動用「驅使」一類的正式字眼。如果簡化爲「出於好奇，我向窗內看了一眼」或者「爲了好奇，我向窗內看了一眼」，就好多了。第三句的不通，犯者最多。「由於他的家境貧窮」這種片語，只能拿來修飾動詞，卻不能當做主詞。這一句如果刪掉「由於」，「使得」一類交代因果的冗詞，寫成「他家境貧窮，只好休學」，反覺眉清目秀。

5

英文的副詞形式對中文爲害尚不顯著，但也已經開始了。例如這樣的句子：

他苦心孤詣地想出一套好辦法來。

老師苦口婆心地勸了他半天。

大家苦中作樂地竟然大唱其民謠。

「苦」字開頭的三句成語，本來都是動詞，套上副詞語尾的「地」，就降爲副詞了。這麼一來，文章仍然清楚，文法上卻主客分明，太講從屬的關係，有點呆板。若把「地」一律刪去，代以逗點，不但可以擺脫這主客的關係，語氣也會靈活一些。

有時這樣的西化副詞片語太長，例如「他知其不可爲而爲之地還是去赴了約」，就更應把「地」刪掉，代之以逗點，使句法鬆鬆筋骨。目前最濫的副詞是「成功地」。有一次我不該爲入學試出了這麼一個作文題目：〈國父誕辰的感想〉，結果十個考生裡至少有六個都說：「國父孫中山先生成功地推翻了滿清。」這副詞「成功地」在此毫無意義，因爲既然推而翻之，就是成功了，何待重複。同理，「成功地發明了相對論」、「成功地泳渡了直布羅陀海峽」也都是饒舌之說。天下萬事，凡做到的都要加上「成功地」，豈不累人？

6

白話文一用到形容詞，似乎就離不開「的」，簡直無「的」不成句了。在白話文裡，這「的」字成了形容詞除不掉的尾巴，至少會出現在這些場合：

好的，好的，我就來。是的，沒問題。

快來看這壯麗的落日！
你的筆乾了，先用我的筆吧。
也像西湖的有裡外湖一樣，麗芒分爲大湖小湖兩部分。（註五）
他當然是別有用心的。你不去是對的。

喜歡用「的」或者無力拒「的」之人，也許還有更多的場合要偏勞這萬能「的」字。我說「偏勞」，因爲在英文裡，形容詞常用的語尾有-tive, -able, -ical, -ous等多種，不像在中文裡全由「的」來擔任。英文句子裡常常連用幾個形容詞，但因語尾變化頗大，不會落入今日中文的公式。例如雪萊的句子：

An old, mad, blind, despised, and dying king——（註六）

一連五個形容詞，直譯過來，就成了：

一位衰老的、瘋狂的、瞎眼的、被人蔑視的、垂死的君王——

一碰到形容詞，就不假思索，交給「的」去組織，正是流行的白話文所以僵化的原因。白話文所以囉嗦而軟弱，虛字太多是一大原因，而用得最濫的虛字正是「的」。學會少用「的」字之道，恐怕是白話文作家的第一課吧。其實許多名作家在這方面都很隨便，且舉數例爲證：

（一）月光是隔了樹照過來的，高處叢生的灌木，落下參差的斑駁的黑影，峭楞楞如鬼一般；彎彎的楊柳的稀疏的倩影，卻又像是畫在荷葉上。（註七）

（二）最後的鴿群……也許是誤認這灰暗的淒冷的天空爲夜色的來襲，或是也預感到風雨的將至，遂過早地飛回它們溫暖的木舍。（註八）

（三）白色的鴨也似有一點煩躁了，有不潔的顏色的都市的河溝裡傳出它們焦急的叫聲。（註九）

第一句的「參差的斑駁的黑影」和「彎彎的楊柳的稀疏的倩影」，都是單調而生硬的重疊。用這麼多「的」，眞有必要嗎？爲什麼不能說「參差而斑駁」呢？後面半句的原意本是「彎彎的楊柳投下稀疏的倩影」，卻不分層次，連用三個「的」，讀者很自然會分成「彎彎的、楊柳的、稀疏的、倩影」。第二句至少可以省掉三個「的」。就是把「灰暗的淒冷的天空」改成「灰暗而淒冷的天空」，再把「夜色的來襲」和「風雨的將至」改成「夜色來襲」、「風雨將至」。前文說過，中文好用短句，英文好用名詞，尤其是抽象名詞。「夜色來襲」何等有力，「夜色的來襲」就鬆軟下來了。最差的該是第三句了。「白色的鴨」跟「白鴨」有什麼不同呢？「有不潔的顏色的都市的河溝」，亂用「的」字，最是惑人。此句原意應是「顏色不潔的都市河溝」（本可簡化爲「都市的髒河溝」），但讀者同樣會念成「有不潔的、顏色的、都市的、河溝」。

目前的形容詞又有了新的花樣，那便是用學術面貌的抽象名詞來打扮。再舉數例爲證：

這是難度很高的技巧。
他不愧爲熱情型的人。
太專業性的字眼恐怕查不到吧。

「難度很高的」是什麼鬼話呢？原意不就是「很難的」嗎？同理，「熱情型的人」就是「熱情的人」；「太專業性的字眼」就是「太專門的字眼」。到抽象名詞裡去兜了一圈回來，門面像是堂皇了，內容仍是空洞的。

形容詞或修飾語（modifier）可以放在名詞之前，謂之前飾，也可以跟在名詞之後，謂之後飾。法文往往後飾，例如紀德的作品La Symphonie pastorale與Les Nourritures terrestres，形容詞都跟在名詞之後；若譯成英文，例如The Pastoral Symphony，便是前飾了。中文譯爲「田園交響樂」，也是前飾。

英文的形容詞照例是前飾，例如前引雪萊的詩句，但有時也可以後飾，例如雪萊的另一詩句：One too like thee—tameless, and swift, and proud（註十）。至於形容詞片語或子句，則往往後飾，例如：man of action, I saw a man who looked like your brother。

目前的白話文，不知何故，幾乎一律前飾，似乎不懂後飾之道。例如前引的英文句，若用中文來說，一般人會不假思索說成：「我見到一個長得像你兄弟的男人。」卻很少人會說：「我見到一個男人，長得像你兄弟。」如果句短，前飾也無所謂。如果句長，前飾就太生硬了。例如下面這句：「我見到一個長得像你兄弟說話也有點像他的陌生男人。」就冗長得尾大不掉了。要是改為後飾，就自然得多：「我見到一個陌生男人，長得像你兄弟，說話也有點像他。」其實文言文的句子往往是後飾的，例如司馬遷寫項羽與李廣的這兩句：

籍長八尺餘，力能扛鼎，才氣過人。

廣為人長，猿臂，其善射亦天性也。

這兩句在當代白話文裡，很可能變成：

項籍是一個身高八尺，力能扛鼎，同時才氣過人的漢子。

李廣是一個高個子，手臂長得好像猿臂，天生就會射箭的人。

後飾句可以一路加下去，雖長而不失自然，富於彈性。前飾句以名詞壓底，一長了，就顯得累贅，緊張，不勝負擔。所以前飾句是關閉句，後飾句是開放句。

7

動詞是英文文法的是非之地，多少糾紛，都是動詞惹出來的。英文時態的變化，比起其他歐洲語文來，畢竟單純得多。若是西班牙文，一個動詞就會變出七十八種時態。中文的名詞不分單複與陰陽，動詞也不變時態，不知省了多少麻煩。〈阿房宮賦〉的句子：「秦人不暇自哀，而後人哀之。後人哀之而不鑑之，亦使後人而復哀後人也。」就這麼一個「哀」字，若用西文來說，眞不知要玩出多少花樣來。

中文本無時態變化，所以在這方面幸而免於西化。中國文化這麼精妙，中文當然不會拙於分別時間之先後。散文裡說：「人之將死，其言也善」；「議論未定，而兵已渡河。」詩裡說：「已涼天氣未寒時」（註十一）。這裡面的時態夠清楚的了。蘇軾的七絕：「荷盡已無擎雨蓋，菊殘猶有傲霜枝。一年好景君須記，最是橙黃橘綠時。」裡面的時序，有已逝，有將逝，更有正在發生，區別得準確而精細。

中文的動詞既然不便西化，一般人最多也只能寫出「我們將要開始比賽了」之類的句子，問題並不嚴重。動詞西化的危機另有兩端：一是單純動詞分解為「弱動詞＋抽象名詞」的複合動詞，前文已經說過。不說「一架客機失事，死了九十八人」，卻說「一架客機失事，造成九十八人死亡」，實在是迂迴作態。

另一端是採用被動語氣。凡是及物動詞，莫不發於施者而及於受者。所以用及物動詞敘述一件事，不出下列三種方式：

（一）哥倫布發現了新大陸。

（二）新大陸被哥倫布發現了。

（三）新大陸被發現了。

第一句施者做主詞，乃主動語氣。第二句受者做主詞，乃被動語氣。第三句仍是受者做主詞，仍是被動，卻不見施者。這三種句子在英文裡都很普遍，但在中文裡卻以第一種最常見，第二、第三種就少得多。第三種在中文裡常變成主動語氣，例如「糖都吃光了」，「戲看完了」，「稿寫了一半」，「錢已經用了」。

目前西化的趨勢，是在原來可以用主動語氣的場合改用被動語氣。請看下列的例句：

（一）我不會被你這句話嚇倒。

（二）他被懷疑偷東西。

（三）他這意見不被人們接受。

（四）他被升為營長。

(五)他不被准許入學。

這些話都失之生硬，違反了中文的生態。其實，我們儘可還原爲主動語氣如下：

(一)你這句話嚇不倒我。

(二)他有偷東西的嫌疑。

(三)他這意見大家都不接受。

(四)他升爲營長。

(五)他未獲准入學。

同樣，「他被選爲議長」不如「他當選爲議長」。「他被指出許多錯誤」不如「有人指出他許多錯誤」。「他常被詢及該案的眞相」也不如「常有人問起他該案的眞相」。

目前中文的被動語氣有兩個毛病。一個是用生硬的被動語氣來取代自然的主動語氣。另一個是千篇一律只會用「被」字，似乎因爲它發音近於英文的by，卻不解從「受難」到「遇害」，從「挨打」到「遭殃」，從「經人指點」到「爲世所重」，可用的字還有許多，不必套一個公式。

8

中文的西化有重有輕，有暗有明，但其範圍愈益擴大，其現象愈益昭彰，頗有加速之勢。以上僅就名詞、連接詞、介詞、副詞、形容詞、動詞等西化之病稍加分析，希望讀者能舉一反三，知所防範。

常有樂觀的人士說，語言是活的，有如河流，不能阻其前進，所謂西化乃必然趨勢。語言誠然是活的，但應該活得健康，不應帶病延年。至於河流的比喻，也不能忘了兩岸，否則氾濫也會成災。西化的趨勢當然也無可避免，但不宜太快、太甚，應該截長補短，而非以短害長。

頗有前衛作家不以杞人之憂為然，認為堅持中文的常規，會妨礙作家的創新。這句話我十分同情，因為我也是「過來人」了。「語法豈為我輩而設哉！」詩人本有越界的自由。我在本文強調中文的生態，原為一般寫作說法，無意規範文學的創作。前衛作家大可放心去追逐繆思，不用礙手礙腳，作語法之奴。

不過有一點不可不知。中文發展了好幾千年，從清通到高妙，自有千錘百鍊的一套常態。誰要是不知常態為何物而貿然自詡為求變，其結果也許只是獻拙，而非生巧。變化之妙，要有常態襯托才顯得出來。一旦常態不存，餘下的只是亂，不是變了。

——一九八七年七月

附註：

一、Follett, Wilson: *Modern American Usage*, ed. and completed by Jacques Barzun in collaboration with Lionel Trilling and others. New York: Warner Paperback Library, 1974, p.286. See also such items as "jargon," "journalese," "nounplague," and "scientism" in Chapter IV on Style.

二、Orwell, George: "Politics and the English Language"

三、Follett, Wilson: *Modern American Usage*, pp.236—237.

四、疑爲prompted by curiosity之直譯。

五、姚乃麟編《現代創作游記選》，臺北：新文豐出版公司，一九八二年，頁六十九，孫伏園〈麗芒湖上〉。

六、Shelley, P.B.: "England in 1819."

七、朱自清〈荷塘月色〉。

八、何其芳〈雨前〉。

九、同右。

十、Shelley, P.B.: "Ode to the West Wind."

十一、韓偓〈已涼〉。

白而不化的白話文

從早期的青澀到近期的繁瑣

半個世紀以來，盤據在教科書、散文選、新文學史，被容易滿足的人奉爲經典之作模範之文，一讀而再讀的，是二十年代幾篇未盡成熟，甚或頗爲青澀的「少作」。這眞是所謂新文學的一則神話。這些人裡面，有文藝青年，有文藝中年，說不定還有一些文藝老年。他們習於誦讀這些範文，久而不倦，一直到現在，還不肯斷五四的奶。

也許很多人都不曾留意，民初作家寫這些「範文」的時候，有多年輕。朱自清生於一八九八年，〈荷塘月色〉寫於一九二五年，當時作者是二十七歲。〈槳聲燈影裡的秦淮河〉更早兩年，是他二十五歲的作品。當時同遊的俞平伯也寫了一篇遊記，題名相同，而俞平伯比朱自清還小一歲。冰心寫〈山中雜記〉和〈寄給母親〉時，也只有二十四歲。徐志摩的〈我所知道的康橋〉寫得較晚，但作者當時也不過三十。其他的文體也有這現象，例如郁達夫的小說〈沉淪〉寫於二十五歲，聞一多的詩〈死水〉則爲二十七歲之作。從這些例子看來，課本和文選的新文學，幾乎全是「金童玉女」的天下。所以我在中文大學講「現代文學」，就時常提醒班上的同學說：「不要忘了，這些作家當時只比各位大四五歲。」

作家有夙慧，天才多早熟。少作當然不一定不如晚作。《古文觀止》的幾篇名作，像〈過秦論〉、〈滕王閣序〉、〈阿房宮賦〉、〈留侯論〉等，都是少作。蘇轍那封〈上樞密韓太尉書〉，寫於十九歲（按西方算法只有十八歲），是最早的了。可是他那篇〈黃州快哉亭記〉卻寫於四十五歲。他的哥哥天才蓋世，二十二歲就以〈刑賞忠厚之至論〉嚇了歐陽修一跳，可是像〈方山子傳〉、〈赤壁賦〉、〈石鐘山記〉等傑作都成於四十五歲以後。歐陽修的〈秋聲賦〉（五十二歲）、〈祭石曼卿文〉（六十一歲）、〈瀧岡阡表〉（六十四歲）等文，更是晚年之作。

有的作家早熟，但更多的是大器晚成，老而益肆。至少同一天才如果寫作不斷，當能變化風格，恢宏胸襟，層樓更上，而盡展所長。民初的作家裡面，絕少能像杜甫、陸游，或是西方的哈代、葉慈那樣，認眞寫作到老，當然大器晚成的機會也就不多。朱湘、徐志摩、梁遇春、陸蠡等人天不假年，固無機會。長壽如冰心，又愈寫愈退步。何況再長壽的作家，從反右一直沉默到文革，能保命已經不易，還想保筆，簡直是奢望了。半百而折的幾位，如朱自清和聞一多等，後期都做了學者，不再創作。朱自清在三十三歲所寫的〈論無話可說〉一文中說：「十年前我寫過詩，後來不寫詩了，寫散文；入中年以後，散文也不大寫得出了——現在是，比散文還要『散』的無話可說！」一班人過譽朱自清爲散文大師，其實他的文集不過薄薄的四冊（其中兩冊大半是詩，一冊有一半是序跋書評之類），外加兩冊旅遊雜記而已。他的最後一本散文集《你我》出版於一九三四年，正當作者三十六歲的壯年，可見文思筆力無以爲繼。試問韓柳歐蘇，或者約翰生、蘭姆、卡萊爾、羅斯金等等，有這種早竭的現象麼？

其他的作家也多有這種現象。以詩人爲例，聞一多一生只有薄薄兩本集子，不滿百首，三十二歲便告別了繆思。徐志摩年齡和拜倫相若，但詩的產量還不及拜倫的十分之一。戴望舒的作品總數是八十八首。辛笛的更少，只得四十六首。古典的大詩人中，李白全集有九百多首，杜甫的超過一千四百，白居易、蘇軾都在兩千以上，楊萬里有四千二百。陸游更多達九千二百餘篇。即使廿七歲便夭亡的李賀，也有二百四十多首。比起古人來，早期的新詩人眞是單薄。

作品貴精不貴多。少產的作家如果佳作頗多，則量之不足還有質來彌補。可是民初的那些名作，以白話文而言，每有不順、不妥、甚至不通的句子；要說這樣的文筆就能成名成家，那今日的台灣至少有五百位散文作者成得了家。請看朱自清的文句：「但一箇平常的人像我的，誰願憑了理性之力去醜化未來呢？我寧願自己騙著了。不過我的社會感性是很敏銳的；我的思力能拆穿道德律的西洋鏡，而我的感情卻終於被他壓服著……在眾目睽睽之下，這兩種思想在我心裡最爲旺盛。他們暫時壓倒了我的聽歌的盼望，這便成就了我的灰色的拒絕。」

這樣生硬晦澀的句子，就算是譯文，也不夠好。生硬的不看，且看流暢的吧。下面是朱自清另一名作〈匆匆〉的起首二段：

燕子去了，有再來的時候；楊柳枯了，有再青的時候；桃花謝了，有再開的時候。但是，聰明的，你告訴我，我們的日子爲什麼一去不復返呢？——是有人偷了他們罷：那是誰？又藏在何處呢？是他們自己逃走了罷：現在又到了那裡呢？

我不知道他們給了我多少日子；但我的手確乎是漸漸空虛了。在默默裡算著，八千多日子已經從我手中溜去；像針尖上一滴水滴在大海裡，我的日子滴在時間的流裡，沒有聲音，也沒有影子。我不禁頭涔涔而淚潸潸了。

這眞是憂來無端的濫情之作。一個人在世上過了八千多個日子，正是二十幾歲的青年，朝前看還來不及，何以如此惆悵地回顧，甚至到「頭涔涔而淚潸潸」的地步？這青年也未免太愛哭了。朱自清在〈背影〉哭了三次，我已經覺得太多了一點；不過那是親情之淚，總還算事出有因。但是〈匆匆〉裡的潸潸之淚，卻來得突兀而滑稽。如果歲月消逝就令人一哭，那年輕人的生日都應該舉哀，不該慶祝了。

古典詩文對時間素來最爲敏感，也表現得最出色，最動人。曹操的〈短歌行〉，王羲之的〈蘭亭集序〉，在這方面都很感人。曹丕的名句：「古人賤尺璧而重寸陰，懼乎時之過已。而人多不強力，貧賤則懾于飢寒，富貴則流于逸樂，遂營目前之務，而遺千載之功。日月逝于上，體貌衰于下，忽然與萬物遷化，斯志士之大痛也！」說得多麼沉鬱。再看李白〈日出入行〉的詩句：「日出東方隈，似從地底來。歷天又復西入海，六龍所舍安在哉？其始與終古不息，人非元氣，安得與之久徘徊？」說得有多驚心動魄。

〈匆匆〉這兩段還有別的毛病。朱自清像許多民初作家一樣，愛用代名詞，卻有許多用得全無必要。例如〈槳聲燈影裡的秦淮河〉末段，就有三十四個代名詞，其中「我們」佔了廿六個。西化的毛病很多，濫用代名詞是其一端。〈匆匆〉首段的句子「是有人偷了他們罷」，此地的「他們」指誰呢？從中文文法上根本找不出來，但就文意可知是指「日子」。因爲日子有八千多個，所以其代名詞要用表多數的「他們」。下面那句「是他們自己逃走了罷」，當然也是指八千多個日子。問題就在第二段又出現了一個「他們」，所指何物卻很曖昧。「我不知道他們給了我多少日子」：這第三個「他們」原應承接上文，指逝去的八千多個日子，但句意豈不等於「我不知道逝去的日子給了我多少日子」？這實在混亂不堪。而所以混亂，就是因爲濫用代名詞。

一定有人爲作者辯護，說何必這麼認眞呢，朱自清當時不過二十四歲，白話文當時也不過三歲（從五四算起），能寫到這樣，已經很不錯了。我也正是這個意思。民初作家年輕時用青澀的白話文寫出來的不很成熟的作品，値得全國青年當做經典範文，日習而夜誦嗎？民初的這幾位作家，停筆又早，作品又少，而寥寥幾篇不耐嚼咀不堪細析的少作，卻盤據課本和文選達數十年之久，這眞是一個怪現象。也難怪今天還有不少青年寫的是「她是有著一顆怎樣純潔的心兒呀」一類幼稚而夾纏的白話文。

二十年代白話文的生硬青澀，今日讀來，恍如隔世。五四初期，身受科舉之害或其遺風影響的文人學者，大半都反對文言。最激烈的一些，例如吳稚暉和錢玄同，更恨不得廢掉中國文字。另一方面，則對西文十分羨慕，於是翻譯主張直譯，創作則傾向西化。最淺俗的現象便是嵌用英文，於是S君，M城，W教授之類大行其道，魯迅也不能免。有時候會夾上整個英文字，甚至整句英文：郭沫若的詩、徐志摩的散文常常如此。有時退而求其次，就譯英文的音，從「梵婀玲」到「辟克匿克」，從「煙士披里純」到「德謨克拉西」，不一而足。可是這些「音不及義」的譯名，不能令人顧名思義，有時也嫌太長，所以大半都淘汰了。就連魯迅筆下的什麼「海乙那」（hyena），「惡毒婦」（old fool）等，也保不住。倒是林語堂譯音的「幽默」，並未隨潮流俱逝，連再三嘲諷他的錢鍾書，也不能不採用，眞是始料不及的反諷了。

錢玄同爲胡適的詩集作序，認爲「辟克匿克來江邊」一句並無不當。他說：「語言本是人類公有的東西，甲國不備的話，就該用乙國話來補缺：這『攜食物出遊，即於遊處食之的』意義，若是在漢文沒有適當的名詞，就可直用『辟克匿克』來補他。」錢玄同的主張若加貫徹，今天的中文豈不要平添千百個「德律風」，甚至「德律維生」之類的怪字？其實「辟克匿克」這件事，中文並不是全無說法：例如《桃花扇》就叫它做「花裡行廚」。今日「野餐」一詞早成定案，回頭再讀胡適這句詩，竟有打油的味道了。

一國的文字多用外來語，尤其是直接的使用，當然是消化不良的過渡現象。二十年代的作家要廢除文言，改寫白話，乃朝與文言相反的兩個方向探索：朝外的探索是西化，朝下的探索是俗化。俗化的現象有二，一是採用俚詞俗語，一是多用虛字冗詞。

俚詞俗語來自方言，民初既定北京話爲國語，當時的白話文就自然染上北京方言的色彩。從明代以來，中國的作家南方人越來越多，五四以來尤其如此。以楊牧所編的《中國近代散文選》爲例，入選的五十四人，從梁實秋到王孝廉，北方人只有十位，餘皆南方人。這本書不收近三十年來的大陸作家，南北之比當然更加懸殊。不過，即以林文月爲分水嶺，南北之比也是三十比六。二十年代在北方寫作、教書的名家多爲南方人，尤其是江浙人氏，可是筆下卻極力模仿北方土語，尤其是「花兒、蟲兒、魚兒、鳥兒」之類的兒化語。影響所及，可憐今日美國的大孩子還在牙牙學語地念「雞子兒」一類的土語，而我班上有些廣東大孩子還在寫「我獨個兒在校園躑躅著」之類文白夾雜刺耳的句子。

虛字冗詞的問題更大。所謂虛字，根據馬建忠《文通》的分類，包括介字、連字、助字、歎字，以別於代字、名字、動字、靜字、狀字組成的實字。這九種字的分類，相當於英文文法的九個詞類，只是大致說來，英文沒有「矣、焉、乎、哉」或「哩、嗎、呢、吧」之類的助字，而中文也不用或少用a, an, the之類的冠詞。平常都說「之、乎、者、也」是虛字，其實這四字已包括了介字、助字、代字。白話文廢了之乎者也，改用的了嗎呢，許多作家不知節制，以爲多用這些新虛字才算新文學。其實一切文學作品皆貴簡潔，文言如此，白話亦然。黃遵憲所說的「我手錄我口」，因爲從口到手，還有選擇、重組、加工等過程，即使出口成章的人，也不能免，否則寫作豈不等於錄音？有時在我演講之後，別人把記錄稿拿給我修改，記錄得愈忠實，愈令我驚訝，因爲「我口」太不像「我手」了。

虛字是文章的潤滑劑，可以調節實字之間的關係，助長文句的語氣和態勢。用得恰當，文句便周轉自如，用濫了，反而亂人耳目，造成淤塞：於是虛字比實字還要實了。例如「他講了老李的許多往事」，原是一句乾乾淨淨的話，改成「他講了許多有關於老李的往事」，便是濫用虛字，平添麻煩。五四以來，爲害最大的虛字，便是出現得最頻的那個「的」字。我常覺得，知道省用「的」字，是一切作家得救的起點。「荷塘月色」便有這樣的「的的句」：

> 月光是隔了樹照過來的，高處叢生的灌木，落下參差的斑駁的黑影，峭楞楞如鬼一般；彎彎的楊柳的稀疏的倩影，卻又像是畫在荷葉上。

短短一句話就用了七個「的」，文筆這麼冗贅，那裡稱得上範文？許多作家或出於懶惰，或出於無能，把形容詞和名詞的關係，一律交給「的」字去收拾。換了今日台港比較有心的作家，大概會這樣改寫：

月光隔樹照過來，高處叢生的灌木，落下參差而斑駁的黑影，峭楞楞如鬼一般；楊柳彎彎，稀疏的倩影卻又像畫在荷葉上。

至於冗詞，則品類繁複，不但包括許多礙手礙腳的虛字，還有一些不必要的實字。濫用代名詞便是常見的現象，尤其是所有格。試看何其芳〈哀歌〉裡的句子：「我們的祖母，我們的母親的少女時代已無從想像了……我們的姐妹，正如我們，到了一個多變幻的歧途。最使我們懷想的是我們那些年輕的美麗的姑姑……停止了我們的想像吧。關於我那些姑姑我的記憶是非常簡單的。」除了一路的的不絕之外，句中那些代名詞大半也可以省略。中文的代名詞及其所有格，往往可以由常情或上下文推斷，所以大半不用標明。例如「父親老了，要人陪伴」一句，當然就等於「我的父親老了，要人陪伴他」。世界上的東西無不彼此相屬，如果一一標明，豈不是自找麻煩？杜甫詩句：「絳脣珠袖兩寂寞，晚有弟子傳芬芳」，如果用虛冗的白話來寫，真可能變成「她的絳脣和她的珠袖，它們都消逝了呢；幸好在她的晚年還有她的弟子們繼續著她的芬芳。」白話文要是朝這方面發展，我實在看不出它有什麼理由取代文言。

二十年代的作家去古未遠，中文根柢仍厚，西化之病只在皮毛。逕嵌英文，或採音譯，不過像臉上生些小瘡。到了三十年代，像何其芳筆下的西化，就已經危及句法、語法，和思考方式了。另一惡性西化的顯例是艾青。下面的句子摘自他爲《戴望舒詩選》所寫的序言：

這個時期的作品，雖然那種個人的窄狹的感情的詠歎，依舊佔有最大的篇幅，但調子卻比過去明朗，較多地採用現代的日常口語，給人帶來了清新的感覺……不幸這種努力並沒有持續多久，他又很快地回到一個思想上紊亂的境地，越來越深地走進了虛無主義，對自己的才能作了無益的消耗……詩人在敵人的佔領的區域過著災難的歲月。他吞嚥著沉哀地過著日子，懷念著戰鬥的祖國。

魯迅筆下儘管也有C君、阿Q之類的皮毛西化，他的中文卻很老練，少見敗筆。艾青的西化不但在皮毛，更深入了筋骨。前引的句子沒有一句是清純道地的中文，好像作者只讀過翻譯的書，根本沒接觸過古典文學。也許作者要揚棄的，正是封建的文言，所以現成的語彙不用，要大繞圈子說話。例如「日常口語用得較多」要說成「較多地採用現代的日常口語」。「浪拋了自己的才能」要說成「對自己的才能作了無益的消耗」。「淪陷區」（至少可說「敵人的佔領區」）偏要說成「敵人的佔領的區域」。而最令人驚訝的一句，是「他吞嚥著沉哀地過著日子」。這一句的文法極盡糾纏之能事，原來「他過著日子」是句子的骨架，「吞嚥著沉哀地」是副詞，形容「過著」。句句化簡為繁，也是一種特殊的本領。

也許艾青不能充分代表三十年代的作家。那就再引曹禺的一段文章作抽樣檢查。曹禺在《日出》的跋裡說：

《日出》末尾方達生說：「我們要做一點事，要同金八拼一拼！」原是個諷刺，這諷刺藏在裡面，（自然我也許根本沒有把它弄顯明，不過如果這個吉訶德眞地依他所說的老實做下去，聰明的讀者會料到他會碰著怎樣大的釘子。）

台詞寫得好的劇作家，說起話來總更像話些。前引的一段比艾青的文字顯然要好，卻也不夠順暢，更說不上精警。括弧裡的句子有點半生不熟，基調卻是曖昧的西化；「沒有把它弄顯明」七個字，也生硬得可觀。

這就是二、三十年代眾口交譽的散文家、詩人、劇作家所寫的白話文。在抽樣的時候，我不用苦心搜尋，也無意專挑最差的段落來以偏概全，因爲類似的病句敗筆，正如梁錫華先生所說，俯拾皆是，並不限於前引的少數作家。半世紀來，在政治背景和文學風氣等等的影響下，課本、文選、新文學史對白話文作者的取捨揚抑，經常顯示批評眼光的偏失。其結果，是少數未盡成熟的作家被譽爲大師，幾篇瑜不掩瑕的作品被奉作範文，竟而忽略了少人吹噓卻大有可觀甚至更好的一些作家、作品。坊間流行的不少散文選，都收入了郭沫若、茅盾、巴金等人的作品，似乎只要是名家便無所不能。其實這些人絕非當行本色的散文家，入選的作品也都平庸無味。反之，像梁實秋、錢鍾書、王力這些學貫中西，筆融文白的文章行家，卻遭到冷落。另一方面，像陸蠡這樣柔美清雅的抒情小品，也一直無緣得到徐志摩、朱自清久享的禮遇，而聲名也屈居在毛病較多的何其芳之下。看來散文選必須重編，散文史也必須改寫。

三十年代白話文西化之病，近三十年來在中國大陸愈演愈重，恐已積習難返，不是少數清明雅健的作家學者所能挽回。目前的現象是：句長語繁，文法幾已全盤西化，文氣筆勢，扣得刻刻板板，繃得緊緊張張，幾乎不留一點餘地給彈性。下面的一句，摘自一九八〇年出版的《歷代遊記選》，頗能代表這種繁硬文體：

> 優秀的遊記作者，在再現這樣或那樣的自然景象時，往往把自然「擬人化」，以他自己對於現實的認識和態度去豐富這種描寫，去發現並且美學地評價它的典型的、本質的方面，使得這個被包含在社會實踐中的描寫，在社會意義上凝固起來。

我不相信這句話的意思不能用淺白的語言、清暢的音調表達出來。這種文句語法僵硬，語言枯澀，語意糾纏難解，正是民初白話文許多不良傾向長期演變的結果。當時的作家學者對中國傳統文化及其流傳所賴的文言，雖然態度激烈，必欲盡廢而後快，畢竟曾在其中涵泳，語文的表達能力總無問題。不幸到了三十年代，文言早成所謂封建的遺產而遭唾棄，英文呢，眞正讀通而能消化的文人畢竟太少；至於白話文本身的基礎，如果不上溯到紅樓、西遊、水滸，就只能乞援於五四以後的單薄成就，和一些不太可讀的翻譯，何況就這單薄的成就而言，取法的青年也往往蔽於俗見，未必取法乎上。這麼一來，這位青年作者的師承和鍛鍊，也就少得可憐了。

前面引述的這種繁硬文體，在今日的中國大陸固然最為常見，但其堂兄表弟，面目依稀，談吐彷彿，在台灣和香港的白話文裡，也不時露面，尤其是某些自命科學的人文學科和社會科學的學術論文。其實這種繁硬文體，對中文說來已成遠親，對西文說來才是近鄰，眞已駸駸然變為第三種語言了，也難怪讀者無論如何努力，只能跟它發生第三類接觸。

白話文運動推行了六十年的結果，竟然培養出這麼可怕的繁硬文體，可見不但所謂封建的文言會出毛病，即連革命的白話也會毛病百出，而愈是大眾傳播的時代，愈是如此。章學誠列舉古文十弊，但至少那時候還沒有文白夾雜，西化為害，術語成災。我不相信，使用這樣的白話文，能想得暢通，寫得清楚。這個危機目前當然不像政治、經濟、人口等等問題這麼迫切，但是長此以往，對於我們的文化必有嚴重影響。胡適當初期待的「文學的國語」，絕對不是這個樣子。

——一九八三年四月

李清照以後

1

今年是李清照誕生九百週年，台北的學術界在師範大學舉辦了一個專題研討會，來評析中國文學史上這位空前傑出的女詞人。女作家鍾玲也從香港前去開會，並提出論文〈李清照人格的形成〉。這氣氛，對於歐威爾筆下不祥的一九八四年，未嘗不是一種排遣，而令人回溯時光，暫遊於九百年前那一段美麗的哀愁。

李清照在中國詩詞上的成就，以女性的創作而言，不但空前，到目前爲止，恐怕也還是絕後的。一九八一年爾雅出版社所出的、三十年來台灣女詩人選集《剪成碧玉葉層層》裡面所收的二十六位；一九八四年大陸出版的五四以來中國女詩人選集《她們的抒情詩》（註一），裡面所收的一百十六位；都還找不出一位，在一唱三歎的情韻上能直追《漱玉詞》。這一點說明了，九百年

余光中《從徐霞客到梵谷》

來我們只出了一個李清照。就目前台港的文壇說來，女作家最活躍的園地仍是散文與小說，而不是詩。

小說大家吳爾芙夫人在《花崗石與七彩虹》（Virginia Woolf: Granite and Rainbow）裡就說過：「女子一向在客廳的人來人往之間討生活，正可鍛鍊她們的心靈，來觀察並且分析別人的性格。這樣的鍛鍊足以成小說家，而非詩人。」吳爾芙夫人這麼說時，心裡所想的樣品應該是簡・奧絲婷。如果我們把英國浪漫時代的小說一分為二，則戶外的世界由史考特（Sir Walter Scott）馳騁，而戶內，正是奧絲婷的世界。難怪史考特這樣讚她：「這位女士長於描寫芸芸眾生的複雜關係、感情與性格，其精妙為我生平所僅見。大部頭粗線條的東西我寫起來不會輸給任何人，可是那種微妙的筆觸，由於描寫與情感的眞實，竟能使家常瑣事與慣見人物引人入勝，我卻無能為力。」

一九二二年，美國名作家孟肯（H.L.Mencken, 1880—1956）在他的《偏見集：卷三》裡，有一段宏文暢論女作家，十分有趣，值得譯給中文的讀者一閱：

> 小說的讀者仍以女人為主，這件事每個書店的店員都知道：不久之前，小說家侯吉賽默（Joseph Hergesheimer）就曾埋怨，說這件事害苦了他這一行。另有一件事比較少人提起，就是女人自己，這些年來知識大開，已經擠到前面來親手調製自己的食品來

了；看那樣子，遲早她們會搶走男人的生意。抒情詩無須組織思想，只求暢達感情；除此之外，她們在文學上迄無像樣的作品。古往今來，女人沒有寫過稍具分量的史詩；也沒有寫出夠格的劇本，無論喜劇或悲劇；或是形而上思考的著作；或是歷史；或其他思想範圍的任何基本文獻。至於文學批評，無論是批評藝術創作或是其背後的觀念，能超越史黛兒夫人《論德國文學》（Madame de Staël: *De L'Allemagne*）那種狂熱囈語的女作家，實在太少。散文方面呢，最稱職的女作家，比起報上那些饒舌碎嘴之徒或是哈佛教授之流來，也高明不了多少。可是在小說方面，自從簡．奧絲婷以來，女士們甚至可與最傑出的男性平分秋色，而且不限於英美同文之邦，在其他國家亦然——也許俄國是例外。

我的論點是：女人寫小說頗有成就——只要她們能把一向蒙蔽住自己心靈的種種禁忌逐漸解開，其成就當更令人刮目——因爲她們比男人更宜於表現現實——因爲她們所見的生之眞相比男人更眞切，而不像男人這麼一心在作發財大夢。那種病態的心智，一向含糊其詞叫做「想像」的那東西，女人很少具備。我們很少聽見女人會像狗那樣，在夢中爲尋見龐然巨骨而呻吟，或是像男人那樣，要建設井然的天國或完美的政體。女人關心的總是較爲客觀的實體——屋頂啦，三餐啦，房租啦，衣服啦，生兒育女啦之類。

我相信她們大致上要比男人快樂，至少她們對人生的要求不像男人這麼過分，這麼浪漫。男人走過這生之谷，最大的苦惱無非是美夢幻滅；女人最大的苦惱卻是分娩。其間的區別意義重大。前一種苦惱是製造出來的，乃自尋煩惱；後一種呢卻與生俱來，無可逃避。我無須在此詳述這種差別所造成的心理發展史：起因顯然在男人體力較強，不用生育，所以在冒險犯難時更爲機動，較有能耐。男人所以夢見烏托邦，是因爲自覺有建立烏托邦的機會；女人卻必須管家。

女人既然不得不整天面對生命的不快眞相，當然最宜於寫小說，因爲小說若不對付眞相，便一無所有了。在實際寫作上，她們還需要兩個條件。首先，她們需要社會給她們充分的安全感，讓她們記下所見所聞。其次，她們需要培養寫小說的平實技巧，也就是對文字與思想的掌握。我相信，自從三百年前她們學習讀書寫字以來，這第二項條件她們早已具備；女人學寫作比男人快，也比男人寫得自如。第一項條件她們也正迅速取得。在班夫人（Aphra Behn, 1640—1689）與賴德克利芙夫人（Ann Radcliffe, 1764—1823）的時代，女人要把自己的觀感登在刊物上，簡直就像把大腿露出來一樣不名譽；就算到了簡·奧絲婷與夏綠蒂·布朗黛的時代，這件事仍被視爲全然有失淑女身分。但是今日，除了某些限制之外，女人已可隨意發表作品，不久之後，就連那些殘餘的限制也會除去。如果我能活到一九五〇年，我眞希望能見到由女人來寫的小說，用女人的觀點來描寫依基督教規成親的一對普通夫婦，而其寫實之逼眞，不下於辛克萊在《愛之朝聖》裡用男人的觀點來寫的婚姻。

接下來孟肯更詳論當日美國女小說家的功過得失，爲免中文讀者難以領會，我的翻譯到此爲止。孟肯對女人寫小說的潛力，期許很高，推斷也頗正確。他對女人在其他文類上的表現，則幾乎一口氣加以否定，必然引起女讀者的不快。如果她們看到比孟肯早一百年的叔本華（一七八八——一八六〇）對女人從事文藝持有怎樣的見解，一定會罵他「大男人主義之豬」。叔本華是我最愛讀的西方哲學家之一，因爲他文筆簡潔，說理明暢，還特具獨來獨往的氣派。他對女人的偏見是有名的，這當然是時代、家庭、體質各方面所造成。在〈論女人〉一文中，叔本華認爲女人到十八歲便已成熟，男人的成熟期卻要等到二十八歲才來臨，而一樣東西愈慢成熟，則愈趨完美。他更認爲女人最適於照顧並教導兒童，因爲她們本身就是大孩子，富孩子氣。和孟肯一樣，他也說女人比男人散文化，較爲實事求是，不像男人熱情起來，容易誇大其辭，耽於想像。他大做翻案文章說：

> 女人素稱「美麗之性」（the fair sex），其實應稱「不雅之性」（the unaesthetic sex）。無論對音樂、詩歌，或是造形藝術，她們都毫無眞正的感受或悟性：如果她們做出欣賞的樣子，那也只是裝腔作勢，想要討人歡喜而已。這是由於她們無論對什麼東西都不會發生純客觀的興趣；在我看來，其原因如下。不管做什麼事情，男人總是志在

「直接」掌握局勢，其方式不是了解，便是克服。可是女人無時無地不被趕向一邊，只能做到「間接」掌握，其方式就是利用男人，所以說來說去，只有男人是女人必須直接掌握的東西。因此女人天生就把一切事物都當做只是捕捉男人的工具；除此之外她們的興趣都只是裝出來的，無非是迂迴戰術，大不了搔首弄姿、裝腔作勢而已。你只要看看女人在劇場、歌劇院、音樂廳的表現好了；她們往往兒戲一般心不在焉，偏偏挑上偉大傑作演到最美的一段來大談其天。據說古希臘人不准女人進劇場，如果眞是那樣，他們就做對了：至少大家能聽清楚在演什麼。其實我們還能指望女人怎樣呢？想想看，就算是女性之中最傑出的頭腦，到頭來在藝術界也提不出一項十足偉大、純眞而獨創的成績，其實呢，任何有耐久價值的東西都創造不出來：這現象在繪畫方面尤其顯著，因爲她們對畫技的掌握並不下於男人，而實際上也畫得十分勤快，可是就提不出一幅偉大的畫來：原因正在女人毫無客觀頭腦，而這一點正是繪畫最高的要求。綜而觀之，女人素來是徹頭徹尾而又無可救藥的俗物（philistines）：這情況，不因個別與部分的例外而有所改變。

叔本華的偏見有目共睹。他認爲女人欣賞藝術，不過是附庸風雅，其實附庸風雅之輩有很多是男人。我覺得男女在文藝上的成就，尚難有公平的比較，因爲兩性機會並不均等：先天上，女人要忙於做孕婦與母親；後天上呢，女人要管家，時間和經驗都受限制，而且直到近年才能和男人一樣進學校。不過男人要賺錢養家，也並不閒著。爲了出路，「有爲」的男孩多進理工醫商等學科，務實起來，女孩卻去主修文藝，追求想像的世界了。將來兩性機會均等，再過半個世紀或一個世紀，假如還是出不了偉大的女詩人、女畫家、女作曲家等等，那就不能再怪別人。叔本華說女人在繪畫上沒有傑作，百多年後此語仍然不虛。在西方的現代藝術史上，充其量只能找到卡莎（Mary Cassatt）、羅浪珊（Marie Laurencin）、奧基芙（Georgia O'Keeffe）這樣的女畫家。女性的克利或畢卡索能不能出現，還是一大疑問。（註二）

叔本華、孟肯、吳爾芙夫人都認定女人比男人實際，宜寫小說，不宜寫詩。到目前爲止，情形確乎如此。西方的女性裡還沒有出現能與荷馬、但丁相比的詩人，中國的李清照畢竟也還去李白、杜甫很遠。英國十九世紀的詩壇，畢竟仍以丁尼生、白朗寧、安諾德、霍普金斯爲主，白朗寧夫人、羅賽蒂（C.G.Rossetti）、布朗黛（Emily Brontë）等還是次要。到了二十世紀，英國的女詩人雖有席特威爾（Edith Sitwell）、史密斯（Stevie Smith）等，卻不如美國之盛。美國二十世紀女詩人選集《漲潮》（Rising Tides），收羅了史萊茵（Gertrude Stein）以降的作者，多達七十位，可謂洋洋大觀。班譚版的《五十位大詩人》（50 Great Poets, Bantam,1961）只選了兩位女人，狄瑾蓀與莫爾（Marianne Moore），也都是美國人。這當然是美國人的標準，換了法國人來選，未必入選。《企鵝版法國詩選》（The Penguin Book of French Verse,1977）裡只有四位女詩人：其中三位都在文藝復興時代前後，只有一位凱莎玲．鮑熙（Catherine Pozzi）屬於現代。這情形出現在文藝發達社會開放的法國，倒頗出我意外。照理重男輕女的閉塞社會，女人的表現自較落後。例如土耳其，自一九二三年改建共和國以來，婦女即宣告解放，早於其他回教國家，但是《企鵝版土耳其詩選》（The Penguin Book of Turkish Verse,1978）從一三〇〇年到一九七五年，只列了一位女詩人，眞正是萬綠叢中一點紅了。

《企鵝版拉丁美洲詩選》（The Penguin Book of Latin American Verse,1971）的八十三位詩人裡，只有四位女作者；由十四個國家來分，平均三個半國家才得一位女詩人，顯然太少了。不過四人之中卻有一位諾貝爾獎得主，那就是智利的米絲特拉兒（Gabriela Mistral, 1889—1957），這卻是任何女詩人都罕見的殊榮。另一本企鵝版的譯書《戰後俄國詩選》（Post War Russian Poetry），在二十六位詩人裡列了七位女性，所佔分量之重也出我意外。

最值得我們注意的，是日本詩壇的變化。今年五月我去東京參加國際筆會的年會，在地主國日本筆會分發的資料裡，拿到一本英文小冊子，叫做《當代日本文學概況》（A Survey of Japaness Literature Today）。其現代詩一章，說日本的現代詩壇一向沒有什麼傑出的女作者，二次大戰後尤其如此。但是到了六十年代中期，女詩人開始增加，目前人數竟已超過男性。日本銷路最大的非同人詩刊《現代詩手帖》（Gendaishi Techō），去年年底調查的結果，顯示日本全國的詩人，包括已成名的在內，約在四千人左右，其中百分之六十五皆爲女性。這些女詩人作品的素質，據說也比男性的爲高。非但如此，日本的兩大詩社去年的社長也都是女性：日本現代詩人會的主持人是新川和江（Shinkawa Kazue），而日本詩人クラブ則由三井ぷたぽン（Mitsui Futabako）領導。去年日本更創立了一本純女性的詩刊，名爲Ra Meeru，亦即法文La Mer的日文化。在法文裡，mer（海）與mère（母）同音，而且都是陰性。日文的「海」（umi）用漢字，裡面也包含了「母」字。該刊的兩位女編輯，新川和江與吉原幸子（Yoshihara Sachikó），正好也身爲人母。

日本筆會在這本英文小冊子裡這樣解釋：「女作家如此大量出現，原因固然很多，可是一大原故在於出生率之減低與家用電器之普及，所以女人，尤其是家庭主婦，在生兒育女與日常家務上的工作，都擺脫了不少。如果她們不做專任職員，則她們用來寫詩的時間多於勞工階級的日本男性。日本的家庭主婦，在教育和閱讀水準上，一般而言，都高於其他國家的家庭主婦；只要條件充分，她們頗有希望會展示高超的詩才。」日本的近況對叔本華的偏見，可謂有力的反擊。

孟肯說女人寫不好散文，這在西方確是如此。翻遍英美文學史，實在找不到能與倍根、約翰生、蘭姆等大師相比的女性散文家；無論如何，她們在這方面的成就絕對追不上狄瑾蓀、瑪蓮・莫爾等在詩上的貢獻。且以十七世紀的敘事文爲例，一般英國文學史總不免要提到華爾敦（Izaak Walton）和皮普斯（Samuel Pepys），而赫欽森夫人（Lucy Hutchinson）之類的女作者則可有可無。其實女作家不是寫不好散文，而是她們最好的散文往往出現在小說裡。例如「塘鵝版叢書」的英國散文選（The Pelican Book of English Prose,1956）裡，浪漫時代的一冊就摘錄了簡．奧絲婷的小說，而維多利亞的一冊也摘錄了喬治．艾略特。

正如孟肯與吳爾芙夫人所言，女人在寫作上最傑出的表現是在小說。以十九世紀的英國而言，除了布朗黛姊妹、蓋絲珂夫人（Mrs.Elizabeth Gaskell）、賴德克利芙夫人（原文見前註）、艾茲華絲（Maria Edgeworth）、雪萊夫人（Mary Wollstonecraft Shelley，科學寓言小說《法蘭肯斯坦》的作者）等之外，還有一位著作等身的大師喬治．艾略特。二十世紀的吳爾芙夫人不但是意識流手法的健將、現代小說的重鎮，還是一位批評家。他如較早的曼殊菲兒（Katherine Mansfield）、理查生（Dorothy Richardson），與後起的萊辛（Doris Lessing）、墨兒黛克（Iris Murdoch）、史葩克（Muriel Spark），都有卓越的成就。在美國那一方面，以小說馳名的女作家則有華敦夫人（Edith Wharton）、凱瑟（Willa Cather）、波特（Katherine Anne Porter）、韋兒緹（Eudora Welty）、麥蔻萊絲（Carson McCullers）、歐慈（Joyce Carol Oates）等等，名單之長幾乎無限。這些女作家雖然不專攻散文，但是她們在小說裡塑造的文體對散文當然也有影響。例如吳爾芙夫人筆下的文體就非常精鍊；康拉德死時她寫的那篇追悼文字，文采斐然，就被收入了哈拉普版的《現代散文選》（A Book of Modern Prose:Harrap's English Classics,1957.）。

孟肯說女作家「沒有寫出夠格的劇本」，當然失之過火。不過在英語世界，像愛爾蘭的葛瑞歌麗夫人那樣的劇作家，跟她的同鄉王爾德、蕭伯納等還是不能相提並論。除她之外，整部英國文學史裡，沒有一個值得一提的劇作家是女性。放眼西方各國，一流的劇作家也都是男性。女人善演戲卻不善寫戲，正如她們善唱歌卻不善作曲。不知道這能不能說明：在某些藝術裡，女人是詮釋者而非創造者？

總而言之，在西方的文壇，女作家最出色的表現，是小說，其次是詩，至於散文與戲劇，則無足輕重。這次序，卻不適用於近年台灣的文壇。

去年，香港青年作者協會出版文集，我在總序中寫了這麼一段：「另一現象十分有趣，便是女作者在本文集中表現不凡，但是均在散文和小說。文學批評的八位作者均爲男性，詩的三十位作者裡只有一位女性，但是二十四位散文作者，女佔其九；十二位小說作者，女佔其五：均接近半數。台灣的文壇上，年輕一代也有這現象。」

近年各種文學作品的選集大盛於台灣，其中也許可以看出女作家活動的趨勢。先以民國六十一年出版的巨人版八大冊《中國現代文學大系》爲例：入選詩人七十，女性佔八位；散文作者六十八，女性佔三十一位；小說作者九十六，女性佔二十三位。在詩、散文、小說三項之中，女性的比例依次約爲九分之一、二分之一、四分之一。國立編譯館英譯的《中國現代文學選集》出版於民國六十五年，女性在二十二位詩人裡佔二位，二十二位散文家裡佔六位，十七位小說家裡也佔六位。兩本選集合而觀之，女性在散文和小說上比例最高，詩最低。巨人版選集的散文由張曉風主編，該集散文部分女性比例偏高，或許與此有關。

近期的選集可以民國七十一年問世的為例。爾雅版《七十一年詩選》，入選的九十九位詩人裡，女佔十五。九歌版《七十一年散文選》，四十七人裡女佔十一。爾雅版《七十一年短篇小說選》，十人裡女佔其四。女性作家佔的比例，仍以小說最高，散文次之，詩最低。前衛版同年推出的《一九八二年台灣散文選》，四十位散文家裡有十三位女性，佔百分之三十二點五，比起九歌版的百分之二十三點四，高了不少。或許這又與主編的性別有關，因為九歌版由林錫嘉主編，而前衛版的主編是季季。無論如何，女作家在台灣文壇上活躍的程度，仍以小說居先，散文緊隨，至於詩，則仍遙遙落後。大致的趨勢，仍不出吳爾芙夫人與孟肯當日所料。

只有散文一項與西方的傾向不合，這一點，夏志清也曾提過。散文為何盛行於台灣，台灣的散文為何有這許多蛾眉在大揚其眉？實在是十分有趣，值得探討的現象。從早年的張秀亞，到後來的胡品清，以至近年的張曉風、三毛、席慕蓉，更不用說貫串其間的琦君、林海音、羅蘭、林文月等等，三十年來台灣的散文一直不是唐宋八大家鬚眉獨茂的世界。

散文一道，在西方的現代文壇似已日趨沉寂，十八、十九世紀大師輩出的盛況，已經淹沒於大眾傳播的新聞報導和雜文政論了。英美各國報紙的副刊，例皆不登創作，文學刊物則以小說與詩為主，批評也罕及散文。普立茲獎只給詩人、劇作家和小說家，卻不為散文家而設；傳記雖為其中一項，但並不等於散文。諾貝爾文學獎大半頒給詩人、小說家、劇作家；像卡內提那樣憑文集得獎，卻是罕見，但是卡內提的聲名亦有賴小說與戲劇，不純靠散文。散文在我國古典文學裡有悠久而深厚的傳統；在新文學裡它不像詩和小說那麼講究技巧，雖然難工，卻較易入手。詩是自言自語，小說是他言他語，散文卻是作者對讀者直接講話，自然得多，而女人，總比男人口舌伶俐。散文多講日常生活，身邊瑣事，不像詩和小說那樣常常牽連什麼主義和派別。散文，尤其是抒情小品，天生是用來言志的，一旦載起道來，就跟論文分不清了。加以我國的副刊常登創作；各種文體之中，小說雖屬熱門，畢竟太長，詩只是冷盤而已，散文則長度適中，容易入口，不礙消化，最受編者歡迎。近年來教育普及，家務簡化，加以「有爲」的男人不是去讀理工醫科，便是投身企業，剩下的文科，女人便乘虛而入，不但造就許多女作家，更培養了千千萬萬的女讀者。套一句流行的術語，「文藝市場的結構」變了。

女作家愈來愈活躍，因素固然很多，但是和女讀者日益增多必有關係。叔本華和孟肯當日認爲女人先天上的局限，到了今日，未必不能隨有利的環境而起變化，因而把久隱的潛力發揮出來。散文家之中雖多男性，但大致說來，散文得以繁榮，卻大半是女性之功。女性小說家和散文家，無論在銷路、見報率、得獎率上，都逐年上升。在詩壇上，突起的「席慕蓉現象」也令人注目；夏宇的《備忘錄》更令人耳目一新。女作家活躍的範圍也日漸擴大：只要我們回顧一下，就可發現，首先把留學生活寫熱了的，是女作家；首先把大陸生活寫熱了的，是女作家；首先把流浪異國寫成風氣的，也是女作家；甚至爲保護生態而大聲疾呼的生力軍裡，也有一半是女作家。

今日的李清照也許寫不出《漱玉詞》那麼清麗的作品，但是她們行蹤之廣，思路之寬，筆鋒之健，也不是九百年前的那一顆慧心所能想像。

我唯一的杞憂，是在「張愛玲磁場」之中，不少男作家都寫得有點像女人，倒令我渴望男性而充血的陽剛之作了。蘇東坡和辛棄疾啊，你們在那裡？

——一九八四年十月

附註：

一、此書由福建人民出版社印行，所選一百十六位女詩人中，二十六位與爾雅版的《剪成碧玉葉層層》所列者完全相同，顯然是利用爾雅版的資料，連她們的畫像也是逕用席慕蓉的素描，卻無一字聲明資料的來源。

二、班譚版《五十位大畫家》（50 Great Artists, Bantam Books, 1953），及牧神版《五十位名作曲家》（Fifty Famous Composers, Pan Books, 1964），均未列女性。

藝術創作與間接經驗

1

一切藝術的創作，包括文學創作在內，在心智上的活動大致需要三個條件：知識、經驗、想像。且以一篇描寫登山的作品爲例。山有多高，地理與地質如何，生態有何特色，山名從何而來，有何歷史與傳說，諸如此類資料，皆屬知識範圍，最好能夠盡量掌握。這些知識不一定全派得上用場，但是知道了總令人放心，不知道卻易犯錯；同時，知道了，可以印證經驗，更可以引導想像。例如山名龍山或僧帽山，相傳明末有高士隱居，或者清初有志士逃亡，立刻，想像就有所依附，遐想乃找到空間。至於經驗，就是實際去登山，去體會峰迴路轉的山勢，俯仰古木寒泉的風景，爲遊記取得踏實的親身感受。沒有經驗，當然一切都是空的。但是僅有經驗，卻未仔細觀察，深切體會，和事後的回味咀嚼，則仍嫌不足。其結果，也許是一篇平實甚至周詳的報導，也許是地方誌、新聞稿、調查報告，卻未必是藝術作品。因爲若要生動有趣而令人難忘，往往還需要想像。

所謂想像，不是胡思亂想，而是順著人情、事態、物理，對於現實有所取捨，有所強調，終於超越時空，突破常識的限制，重組自然，作更自由而巧妙的安排。法國作家夏沙（Malcolm de Chazal）說得好：「藝術是造化加速，神明放緩。」意思就是，藝術可以下攝自然而上窺天機，乃是超凡入聖的途徑。藝術能夠如此，正有賴於想像。

以柳宗元的〈鈷鉧潭西小丘記〉爲例。他說：「其石之突怒偃蹇，負土而出，爭爲奇狀者，殆不可數。其嶔然相累者，若牛馬之飲於溪；其沖然角列而上者，若熊羆之登於山。」第一句寫石雖然也有相當的擬人化，但是大致上還停留在寫實的層次。第二句經過想像的作用，便完全跳出了現實的秩序，贏得了自由，正是超越了造化而逼近了神明。

同樣，王質的〈遊東林山水記〉有這麼一句：「天無一點雲，星斗張明，錯落水中，如珠走鏡，不可收拾。」前面的大半句只是寫實，到了後面八個字，虛實之門忽然洞開，乃借想像之力而入自由之境。

想像，可以視爲藝術的特權，眞理的捷徑。詩藝之中，諸如明喻、隱喻、換喻、誇張、擬人、象徵等等手法，皆可視爲創造性想像的鍛鍊，因爲綜而觀之，這些手法都使用「同情的摹仿」（sympa thetic imitation），使兩件原不相涉的東西發生關係。前引柳宗元句「其嶔然相累者，若牛馬之飲於溪；其沖然角列而上者，若熊羆之登於山。」正是用明喻把奇石與家畜野獸組合在一起。我寫過一首小詩叫〈山中傳奇〉，起頭四句如下：

落日說黑幡幡的松樹林背後
那一截斷霞是他的簽名
從啖紅到爐紫
有效期間是黃昏

斷霞是落日的返照所形成，正如名是人所簽成，而晚霞如果橫曳半空，也眞有落日揮筆簽名之勢，揮的還是彩筆。但是這半空斷霞不能持久，只絢爛一個黃昏而已，正如簽了名的支票，過期就失效一樣。就這麼，自然的變化用人事來表現，天南地北的晚霞和簽名便發生了關係，而落日和晚霞之間也建立了新的秩序。

雪萊在他宏麗的論文〈詩辯〉裡就指出：「想像所行者乃綜合之道；理性重萬物之異，想像重萬物之同。」想像，正是一股莫之能禦的親和力，能將冷漠的荒原凝結成有情的世界。現實賴它重組，新的秩序賴它建立。

魯克斯（Joseph Roux）說：「我們所知者有限，而所預感者無窮；在這方面詩人遠超過學者。」畢契爾（Henry Ward Beecher）更直截了當，逕說「想像乃文明之天機與神髓，誠爲眞理之不二法眼。」詩人的知識不如學者、專家，而其經驗也不如各行各業的行家、業者，但是詩人善於運用知識，使它充滿感性，而且敏於詮釋經驗，使它富於意義。憑了這種同情的想像力，詩人才能突破物我之異，進入生命之同。

且回到前文所述描寫登山的作品。有了知識，掌握了山的資料，還是不夠，得實地去登山。實地登山，流汗之餘，在峰頂飽覽野景，但若神魂未能完全投入，未能如柳宗元登西山那樣，「心凝形釋，與萬化冥合」，仍然是不夠的。如果登山者徒有登山的經驗，卻無興會淋漓的想像，對萬物缺乏同情，無由交感，則雖然上山，卻未見山，仍不足以成作品。李白說他「相看兩不厭，只有敬亭山。」辛棄疾說他「我見青山多嫵媚，料青山見我應如是。」龐革說他既入龍山，「月出寒陰，微明散布石上，松聲翛然自萬壑來，客皆悚視寂聽，覺境愈清，思愈遠。」這才算是想像起了作用，眞見了山，眞動了心。

2

自從十九世紀以來，批評家往往強調所謂寫實主義，並且主張吸收生活經驗。這當然是一條創作的大道，但並非唯一的出路。一個人的生活經驗畢竟有限，如果作家取材的對象只能限於親身的所經所歷，限於他個人直接介入的時空，那他的創作天地就無法拓廣。前面我指出，創作所賴的三個條件是知識、經驗、想像。一位作家如果拙於運用知識，又不善於發揮想像，凡事只能憑藉自己赤裸裸的經驗，那他的作品就不免近於報告文學。何況有許多題材，作家根本無法直接體驗，只能多加觀察，並佐以知識與想像。例如男作家寫女子，無論如何強調寫實，總不能眞的變成女子去直接體會，最多只能就近觀察，並且設身處地，將心比心，也就是運用同情的想像，以補不足。中國古典文學裡許多入情入理的閨怨詩與宮詞，十分動人，卻是男人所寫，正是此理。

直接經驗的天地雖然比較眞實，卻也比較狹窄。一個人到底不能事必躬親，不少敏捷的作家因此乞援於間接經驗。我所謂的間接經驗，往往得之於他人的直接經驗。例如要將某一歷史事件寫成小說或敘事詩，我們不能躬逢其盛，只能盡量蒐集他人的口述與筆述，包括錄音、訪問、日記、書信，甚至針對同一事而寫的其他作品。這些間接經驗對我們來說只是一堆資料，但是經過我們想像的重組與催化，可以點鐵成金，令死資料活起來。

我所謂的間接經驗，還有另一個來源，具有另一層意義，那就是他人憑藉自己的直接經驗所創造的作品。杜甫、蘇軾等詩人常有題畫之作。蘇軾的七絕：「竹外桃花三兩枝，春江水暖鴨先知。蔞蒿滿地蘆芽短，正是河豚欲上時」，詠的乃是惠崇所繪的春江晚景。此一畫面對惠崇而言，無疑是直接經驗，但是對於觀畫的東坡，畢竟隔了一層，是間接經驗了。當然，此情此景，東坡在自己的生活裡，也就是自己的直接經驗裡，或許也曾見過，但是未曾明確把握，發爲文字，要等惠崇以畫家的眼光手到擒來，焦點對準，境界全出，東坡的詩心才有所依附，而把它

「轉化」爲詩。

各種藝術形式之間的轉化，正是藝術創作的一大取材，其意義，不外乎借他人的眼光來充實並變化自己的主題與手法。東坡化他人之畫爲自己之詩，而他自己的〈赤壁賦〉，自宋以來，也不知有多少畫家懷著仰慕之情以它入畫。同樣，曹操〈觀滄海〉名句：「日月之行，若出其中；星漢燦爛，若出其裡。」也變成了溥儒的畫境。

西洋的繪畫在印象派出現以前，雖也取材於現實生活，例如宮廷畫師爲貴人畫像，一般畫家寫鄉野節慶或市井眾生，但是神話、宗教、歷史等題材，卻佔了大宗。處理這些題材，難以乞援於實際的經驗，只能憑藉一些文獻或傳說，用超凡的想像來發揮。

達芬奇的「摩娜麗莎」畫的是佛羅倫斯的貴婦，眞正含笑坐在他眼前的世間女子；可是「最後的晚餐」要處理的，卻是無法親身經驗、更無所謂寫實的宗教場面。根據新約《馬可福音》第十四章第十三節至第二十節所載，耶穌在踰越節的餐桌上對眾徒說：「你們之中，與我共餐的一人會將我出賣。」此語一出，舉座愕然，十二門徒逐一問耶穌說，「是講我嗎？」耶穌答道：「是十二人中，與我共蘸一盤的那位。」在達芬奇的畫中，「舉座」是一張長桌，耶穌端坐中央，眾徒分坐兩旁，左右各爲六人，一律朝向觀畫的我們。這當然只是達芬奇的布局，因爲當日那一餐師徒十三人究竟是怎麼一個坐法，誰也沒有見過。《馬可福音》裡只說那房間是一間「客房」（guestchamber），寬大而在樓上（a large upper room）。達芬奇這樣的畫法頗有專家不以爲然。例如耶路撒冷聖經研究中心的神學家伏雷明，就指出當時的桌面應該較矮，眾人應該是依羅馬統治者的習俗，坐在地上，同時餐桌也不會排成長條，耶穌與眾徒更不會朝著同一方向並排而坐。

其實，不但後人不以爲然，前人也有相異的想法。比達芬奇早生約四十年的荷蘭畫家包慈（Dierick Bouts,1410—1475）也畫過一幅「最後的晚餐」，布局卻大不相同：餐桌要短許多，耶穌與四位使徒坐裡朝外，左右兩旁各坐二徒；打橫而坐在桌之兩側者各爲三人；餘下的二人則坐外朝裡，背對著觀畫者，面對著耶穌。耶穌舉起右手，講的也是那一句話，但眾徒的反應要淡得多，整個畫面遠不如達芬奇那一幅生動。包慈的「最後的晚餐」高僅七十二公分，寬五十八公分；達芬奇的「最後的晚餐」寬達九百一十公分，高四百二十公分，形態完全不同。兩幅畫有一點卻是相同的，即餐桌都頗高，坐者也都有椅子。達芬奇的名畫也許有違常情，不夠「寫實」，可是人物的表情與姿勢熱烈得多，十二使徒分成四組，每組三人，自成格局，而四組之間又互相呼應，造成律動不絕的氣勢，令人震懾。

用同一題材來創作，而結構與風格迥異，正是作家的想像有別之故。同樣地，根據同一普遍的宗教題材，例如「聖母與聖嬰」或「聖喬治屠龍」，各家畫出來的作品也有很大出入。拉菲爾的「聖母與聖嬰」體態豐滿，艾爾．格瑞科的同題作品則體態清瘦。拉菲爾的「聖喬治屠龍」名作裡，白馬痴肥，妖龍猥小，背景的風光明媚安詳，宜於郊遊；戴拉克魯瓦的同題繪畫裡，則將白馬改爲驃悍的赤駿，猥小的妖物改成龐然的猛獸，背景則放在峭壁之間，風雲變幻，戰況驚險。同一題材，在拉菲爾手下具古典的靜趣，到了戴拉克魯瓦手下，就激起浪漫的動態，正由於想像留下了廣闊的空間，足供藝術家迴旋。

在西洋的古典時代，詩、畫、雕塑、音樂等藝術，往往交感互應，彼此轉化，將他人的直接經驗變成自己的間接經驗，透過同情的想像換胎重生，成新的藝術。正如在現代文苑，小說與戲劇也往往換胎重生，變成了電影。

3

回顧自己寫詩四十年，從前述的間接經驗取材而成的作品，亦復不少。一位作家如果不甘於寫實主義的束縛而有心追求主題的多般性，這樣的取材法該有相當的效益。以下容我就這種多元的取材法略加分析，或可提供同道參考。

歷史不能經驗，卻可以靠知性來認識，靠想像來重現，並加以新的詮釋。我國的古典詩人原就習於詠史，甚至爲歷史翻案。我寫〈刺秦王〉與〈飛將軍〉，靈感來自《史記》的列傳。〈梅花嶺〉一詩，來自清人全祖望述史可法成仁始末的〈梅花嶺記〉；他如〈昭君〉、〈黃河〉、〈秦俑〉等也都取材於我國歷史。

古典文學更是一大寶庫，若能活用，可謂取之不竭。理想的結果，是主題與語言經過蛻變，應有現代感，不能淪爲舊詩的白話翻譯，或是名言警句的集錦。若是徒知死參，古典的遺產就成了一把冥鈔，必須活用，才會變成現款。從李白的詩與生平，我曾經企圖轉化出〈戲李白〉、〈尋李白〉、〈念李白〉、〈與李白同遊高速公路〉等作。杜甫感召了〈湘逝〉與〈不忍開燈的緣故〉。屈原附靈於〈水仙操〉、〈漂給屈原〉與〈召魂〉。其實，早在四十年前，愛讀《楚辭》的我就已在《中央副刊》發表〈淡水河邊弔屈原〉了。在香港教書的時候，曾經耽讀蘇軾作品，並企圖在〈夜讀東坡〉與〈橄欖核舟〉裡重現坡公的風神。和陳子昂抬槓，則抬出了〈詩人〉。前述諸詩大半成於香港，說明了我在中文大學中文系的那十年，耳濡目染，受了古典芬芳多大的啓示。

傳說也提供了〈夸父〉、〈羿射九日〉、〈公無渡河〉等詩的酵母。

繪畫一直令我神往：〈我夢見一個王〉、〈髮神〉、〈飛碟之夜〉諸詩，分別取自王藍、席慕蓉、羅青的畫境。〈寄給畫家〉及〈你仍在島上〉兩首都從席德進的水墨脫胎：前一首寫於他臨終之前，說他將有遠遊，「去看梵谷或者徐悲鴻」，許多朋友擔心他看到會不悅，不料他看了卻很高興。迄今我寫過三首〈向日葵〉，都起意於梵谷的名畫。最近的這一首是梵谷百年祭三篇之一，其他兩篇：〈星光夜〉與〈荷蘭吊橋〉也是以梵谷名畫命名。〈造山運動〉一首，則是觀賞了江明賢、李義弘、陳牧雨、黃才松、蔡友五位畫家當眾聯手揮毫，再造黃山，興起而作。

音樂亦然。我早年的詩集《萬聖節》，幾乎整本都有西洋古典音樂的回音。〈月光曲〉裡有杜布西幽冷的琴韻。〈江湖上〉裡有巴布·狄倫苦澀的鼻音。《白玉苦瓜》一集裡，包括〈民歌〉、〈鄉愁〉、〈鄉愁四韻〉、〈搖搖民謠〉在內，至少有半打作品是倣民謠；〈歌贈湯姆〉則是湯姆·瓊斯的反響。早年我很迷格希文（George Gershwin）憂鬱而瀟灑的古典爵士，有意在〈越洋電話〉一詩中學習切分法，恐怕並未奏功，字裡行間也聽不出來吧。國樂也往往令我有寫入詩中的清興，例如〈炊煙〉一首，便是聆賞了古箏伴奏舞蹈的結果。另外一例，便是在六龜的龍眼樹下「聽容天圻彈古琴」。

電影也令我感發興奮，例如〈海妻〉一詩，便是有感於李察·波頓與瓊·考琳絲合演的影片「SeaWife」，〈史前魚〉則是紀念阿剌伯的勞倫斯。〈甘地之死〉、〈甘地紡紗〉、〈甘地朝海〉三首，則是在香港看了艾登布羅導演的影片「甘地」，感動之餘，一口氣完成的。但願中國人拍的片子也能令我有入詩的衝動。

攝影越來越普遍，水準也越見提高，更是寫詩的上佳觸媒。攝影是靜態的藝術，但可以滿含動感，而且暗示某種意義。在時間之流裡攝影機攫住了奇妙的一瞬，只有詩人能把那一瞬接通其上下文，使靜態解凍爲事件，而流動起來。攝影可以聽其自然，不落言詮，詩卻必須言詮自然，抉出自然無言的含義。我曾前後兩年，爲柯達公司所製的照片月曆配合廿四首小品，後來保留了六首，輯成〈戲爲六絕句〉，收入了《白玉苦瓜》。在《墾丁國家公園詩文攝影集》的巨冊裡，我也爲王慶華的照片寫了十九首短詩，後來輯爲一組，納入《夢與地理》。他所拍攝的「蘭嶼頌」

裡，也有我題詩六首。近年我存攝影有得，《婦女雜誌》曾經按月選刊，免不了又要我配上小詩，就這麼，又寫了一年。攝影家徐清波的攝影集《玻璃．窗的世界》專拍紐約的摩天樓群，也有我的六首詩對照印證。

新聞報導也可以提供題材，尤其是富於感性配有圖片的一類。〈進出〉一首雖有我抗戰的經驗為本，卻是日本政府粉飾侵略的新聞所觸發。〈哀鴿〉是有感於蘇聯軍機擊落民航客機之殘暴。紐約大停電，秩序大亂，卻有古道熱腸的人在廣場分贈白燭，消息見報，入了我的〈大停電〉。〈慰一位落選人〉是寫福特競選失敗。〈紫荊劫〉則是聞香港修訂公安條例，而為香港的言論自由擔憂。全斗煥寂寞而屈辱的下場，令我慨歎權柄之不足恃，而寫了〈百潭寺之囚〉。六四天安門事件前後，我一共寫了七首詩：〈違反交通〉及〈幾條街外〉寫於六四之前，是方勵之赴布希宴受阻的新聞所觸發；〈天安門的鼓手〉、〈媽媽，我餓了〉、〈國殤〉、〈讚香港〉、〈北戴河〉五首則寫於其後，取材的來源除了新聞報導外，更有賴靜態的圖片與動態的電視。後來，戈巴契夫遭遇政變，奧黛麗．赫本死於結腸癌，消息見報，佐以照片，我也各寫一首以記。

電視在當代生活中日見重要，帶來的訊息又快又生動，百聞不如一見，最能動人感性。經國先生逝世，那一連串感性的形象，半旗、黑紗、黃菊、人群、靈車，都逼到家家的螢光幕前，令人過目難忘。所以，等到高雄市的追思大會邀我寫詩，那些鏡頭不禁逼人而來，在視神經上還感到痛楚隱隱，自然就成了詩。冬季奧運會上，東德溜冰選手薇特在冰上踢蹈卡門舞曲，天衣無縫，歎爲觀止，乃成詩二首，一名〈冰上舞者〉，一名〈冰上卡門〉。我不用去奧運現場，僅憑電視轉播的間接經驗——多強烈的視覺經驗啊——亦可得詩。足見寫實主義的框框囚不住藝術創作的想像，至少於詩爲然。

我們已經進入資訊的時代，在地球村裡，實際生活經驗之不足，可由各種媒體來補充，無須事必躬親。要尋找題材，途徑很多，無須效古人「騎驢覓句」。爲免誤會，我得鄭重指出，實際生活當然仍是我們主要的經驗，其理至明，但是各種媒體既已延伸了我們的耳目，各種學問、各種藝術既已啓迪了我們的心靈，只要我們能善用這些間接經驗來開展自己的天地，創作的題材當不至於迅趨枯竭。

——一九九〇年十一月

詩與音樂

1

自從蘇軾說王維詩中有畫、畫中有詩以來，詩畫相通相輔之理，已經深入人心。非但如此，東坡先生還強調：「詩畫本一律，天工與清新。」他自己的詩中更多題畫、論畫之作，例如詩畫一律之句，便出於〈書鄢陵王主簿所畫折枝〉，而「春江水暖鴨先知」之名句也出自題畫詩〈惠崇春江晚景〉。杜甫對繪畫也別具隻眼，詠畫之作，從早年的〈畫鷹〉到晚年的〈丹青引〉，都有可觀。不過題畫的詩，要等宋以後才眞盛行，有時甚至把空白處都題滿了，成了名副其實的「畫中有詩」。這現象，在西洋畫中簡直不可能。

詩可以通畫，但在另一方面，也可以通樂。套蘇軾的句法，我們也可以說：「詩中有樂，樂中有詩。」詩、畫、音樂，皆是藝術。但是詩不同於畫與音樂，乃是一種綜合藝術，因爲它兼通於畫和音樂。詩之爲藝術，是靠文字組成。文字兼有形、聲、義，而以義來統攝形、聲。形可指字形，更可指通篇文字在讀者心中喚起的畫面或情境，所以詩通於畫，同爲空間的藝術。聲可指字音，更可指通篇文字所構成的節奏與聲調，所以詩也通於音樂，同爲時間的藝術。

凡時間藝術，必須遵守順序，不得逆序，也不得從中間開始。例如聽貝多芬的交響曲，必須從第一樂章到末一樂章順序聽下去；同樣，要讀柳宗元的〈江雪〉，也必須順著千山、萬徑、孤舟、獨釣，一路進入那世界，而終於抵達寒江之雪。若是〈江雪〉這首詩由王維繪成一幅水墨畫，則我們觀畫時，很可能一眼就投向「獨釣寒江雪」的焦點，然後目光在千山萬徑之間徘徊，或者逡巡於寒江之上，總之，沒有定向，沒有順序。正如我們觀賞米開蘭吉羅在席思丁教堂的宏偉壁畫，到上帝創造亞當的一景，驚駭的目光不由會投向神人伸手將觸而未觸的刹那，因爲那是戲劇焦點的所在；但是此情此景若寫成詩或譜成曲，大半不會逕從這焦點開始，總要醞釀一番才會引到這高潮。

如此看來，經由意象的組合，意境的營造，詩能在我們心目中喚起畫面或情景，而收繪畫之功。另一方面，把字句安排成節奏，激盪起韻律，詩也能產生音樂的感性，而且像樂曲一樣，能夠循序把我們帶進它的世界。詩既通繪畫，更通音樂，乃兼爲空間與時間之藝術，故稱之爲綜合藝術。詩中有樂，樂中有詩，其間的親密關係，實在不下於詩、畫之間。

2

中國文學傳統常稱詩爲「詩歌」，足見詩與音樂有多深的淵源。從詩經、楚辭到樂府、宋詞、元曲，一整部中國的詩史可謂弦歌之聲不絕於耳。有時候倒過來，會把詩歌叫做「歌詩」；例如李賀的詩集就叫做《李長吉歌詩》，杜牧爲之作序，也稱爲「歌詩」，《舊唐書》稱賀詩爲「歌篇」，《新唐書》則稱之爲「詩歌」。這種詩、歌不分的稱謂，在詩題上尤爲普遍。詩作以歌、行、曲、調、操、引、樂、謠等等爲題者，不可勝數。李白的詩風頗得漢魏六朝樂府民歌的啓迪，二十五卷詩集裡樂府佔了四卷，樂府詩共有一四九首，約爲全部產量的六分之一。李賀更是如此，無論新舊唐書，都說他有樂府數十篇，雲韶諸工皆合之弦管。

詩歌一體，自古已然。毛詩大序：「情動於中而形於言，言之不足，故嗟歎之；嗟歎之不足，故詠歌之；詠歌之不足，不知手之舞之，足之蹈之也。」這抒情言志的過程，始於訴說而終於唱歌，更繼以舞蹈，簡直把詩、歌、舞溯於一源、合爲一體了。古人如何由詩而歌、由歌而舞，我們無緣目睹，但是當代的搖滾樂，從貝瑞（Chuck Berry）到貓王普瑞斯利到邁可・傑克森，倒眞是如此。強烈的情感發爲強烈的節奏，而把詩、歌、舞三者貫串起來，原是人類從心理到生理的自然現象，想必古今皆然。

沈德潛編選的《古詩源》，開卷第一首就是〈擊壤歌〉，而〈古逸〉篇中以歌、謠、謳、操爲題名者有四十五首，幾近其半。楚漢相爭，到了尾聲，卻揚起兩首激昂慷慨的歌：項羽的〈垓下歌〉是在被圍之際，聽到四面楚歌，夜飲帳中而唱出來的；劉邦的〈大風歌〉也是在酒酣之餘，擊筑而歌。〈垓下歌〉是因夜聞漢軍唱楚歌而起，而〈大風歌〉更有敲擊樂器伴奏。今日僅讀其詩，已經令人感動，若是再聞其歌，更不知有多慷慨。這兩位作者原來皆非詩人，卻都是擔當歷史的當事人，在歷史沉痛的壓力下，乃迸發出震撼千古的歌聲。若是沒有了這些「詩歌」，歷史，就不免太寂寞了。

宋詞之盛，最能說明詩與音樂如何相得益彰。時人有善歌者，蘇軾問他，自己的詞比柳永的如何。那人說：「柳中郎詞只合十七八女郎，執紅牙板，歌『楊柳岸，曉風殘月』。學士詞須關西大漢，銅琵琶，鐵綽板，唱『大江東去』。」這雖然是作品風格的比較，卻也要用歌唱方式與樂器來對照。至於詩、樂兼精的姜夔，如何將詩藝、聲樂、器樂合為一體，但看他的七絕〈過垂虹〉，就知道了：「自作新詞韻最嬌，小紅低唱我吹簫。曲終過盡松陵路，回首煙波十四橋。」

其實中國的古典詩詞，即使沒有歌者來唱，樂師來奏，單由讀者感發興起，朗誦長吟，就已有音樂的意味，即使是低迴吟歎，也是十分動人的。其實古人讀書，連散文也要吟誦，更不論詩了。中國文人吟誦詩文，多出之以鄉音，曼聲諷詠，反覆感歎，抑揚頓挫，隨情轉腔，其調在「讀」與「唱」之間。進入中國古詩意境，這是最自然最深切的感性之途。我以往在美國教中國文學，去年在英國各地誦詩，每每如此吟詠古詩。有時我戲稱之為「學者之歌」（scholarly singing），英美人士則稱之為chanting。

其實英美詩人自誦作品，只是讀而已，甚至不是朗誦。佛洛斯特、魏爾伯（Richard Wilbur）、貝吉曼（John Betjeman）等人讀詩，我曾在現場聽過。葉慈、艾略特、康明思、奧登、狄倫・湯默斯等人讀詩，我也在每張五美元的唱片上聽過，覺得大半都只是單調平穩，不夠動人。艾略特的讀腔尤其令我失望；葉慈讀〈湖心的茵島〉，曼聲高詠，有古詩風味，卻因錄音不佳，頗多雜聲，很可惜。唯一的例外是威爾斯的狄倫・湯默斯：他的慢腔徐誦，高則清越，低則沉洪，音量富厚，音色圓融，兼以變化多端，情韻十足，在英語詩壇可稱獨步。不過他的方式仍然只是朗讀，不似中國的吟詠。中國文人吟詩的腔調，在西方文化裡實在罕見其儔，稍可相比的，我只能想到「格瑞哥里式吟唱」（Gregorian chant）。這種唱腔起於中世紀的彌撒儀式，天主教會沿用至今，常為單人獨唱，節奏自由，起伏不大，且無器樂伴奏，所以也稱「清歌」（plainsong or plainchant）。不過這種清歌畢竟是宗教的穆肅頌歌，聽起來有點單調，不像中國文人吟詩那麼抒情忘我。

《晉書》有這麼一段：「王敦酒後，輒詠魏武帝樂府歌曰：『老驥伏櫪，志在千里。烈士暮年，壯心不已。』以如意打唾壺為節，壺邊盡缺。」後世遂以「擊碎唾壺」來喻激賞詩文，可見國人吟詩，節奏感有多強調。杜甫寫詩，自謂「新詩改罷自長吟」，正是推敲聲律節奏。《晉書》又有一段，說袁宏「曾為詠史詩。謝尚鎮牛渚，秋夜乘月泛江，會宏在舫中諷詠，遺問焉。答云：是袁臨汝兒朗誦詩。尙即迎升舟，談論申旦，自此名譽日茂。」可見高詠能邀知音，且成佳話，也難怪李白夜泊牛渚，要歎「余亦能高詠，斯人不可聞。」更可體會，爲什麼朱熹寫〈醉下祝融峰〉，會說自己「濁酒三杯豪氣發，朗吟飛下祝融峰。」

英國詩人浩司曼說，他在修臉時不敢想詩，否則心中忽湧詩句，面肌便會緊張，只怕剃刀會失手；又說他生理對詩的敏感，集中在胃。中國人的這種敏感，更形之於成語。龔自珍《己亥雜詩》裡便有這麼一首：「迴腸盪氣感精靈，座客蒼涼酒半醒。自別吳郎高詠減，珊瑚擊碎有誰聽？」又自注道『曩在虹生座上，酒半，詠宋人詞，嗚嗚然。虹生賞之，以爲善於頓挫也。近日中酒，即不能高詠矣。』可見定庵詠起詩來，一唱三歎，不知有多麼慷慨激楚，所以始則迴腸盪氣，終則擊碎珊瑚。

3

在西方的傳統裡，詩與音樂也同樣難分難解。首先，日神亞波羅兼爲詩與音樂之神。九繆思之中，情詩女神愛若多（Erato）抱的是豎琴（lyre），而主司抒情詩與音樂的女神尤透琵（Euterpe）則握的是笛。英文lyric一字，兼爲形容詞「抒情的」與名詞「抒情詩」，正是源出豎琴，而從希臘文（lurikos）、拉丁文（lyricus）、古法文（lyrique）一路轉來，亦可見詩與音樂的傳統，千絲萬縷，曾經如此綢繆。

古典時代如此，中世紀亦然。例如minstrel一字，兼有「詩人」與「歌手」之義，特指中世紀雲遊江湖的行吟詩人，其尤傑出者更入宮廷獻藝。法國的jongleur亦屬同行，不過地位較低，近於變戲法的賣藝人了。中世紀後期在法國東南部普羅汪斯一帶活躍的行吟詩人，受宮廷眷顧而擅唱英雄美人故事者，稱爲troubadour，在法國北部的同行，則稱trouvére；在英國，又稱gleeman。

西洋的格律詩，每一行都有定量的音節，其組合的單位包含兩個或較多的音節，稱爲「步」(foot)，依此形成的韻律稱爲「格」(meter)。例如每行五步，每步兩個音節，前輕後重，這種安排，就稱爲「抑揚五步格」(iambic pentameter)。頗普的名句「淺學誠險事」(A little learning is a dangerous thing)，即爲此格。可是meter更有計量儀器之義，例如溫度計(thermometer)、速度計(speedometer)。作曲家在樂譜上要計拍分節、支配時間，同樣得控制數量，如此定量的格律，也是meter。所以英文「數量」一詞的多數numbers，就有雙重的引申義，可以指詩，也可以指音樂的節拍。頗普在《論批評》的長詩裡，說明「聲之於義，當如回音。」並舉例說：「當西風輕吹，聲調應低柔，／平川也應該更平靜地流。」原文是：

Soft is the strain when Zephyr gently blows,
And the smooth stream in smoother numbers flows.

其中strain和mumbers兩字，都可以既指詩的聲調，也指樂曲。頗普幼有夙慧，自謂「出口喃喃，自合詩律。」（I lisp'd in numbers for the numbers came）西方詩、樂之理既如此相通，也就難怪詩人常以樂曲爲詩題了。諸如歌（song）、頌（ode）、謠（ballad）、序曲（prelude）、輓歌（dirge）、賦格（fugue）、夜曲（nocturne）、小夜曲（serenade）、結婚曲（epithalamion）、變奏曲（variations）、迴旋曲（rondeau）、狂想曲（rhapsody）、安魂曲（requiem）等等，就屢經詩人採用。其實，流行甚廣的十四行詩（sonnet），原意也就是小歌。

4

詩與音樂的關係如此密切，眞說得上「詩中有樂，樂中有詩」了，但兩者間最直接的關係，應該是以詩入樂。詩入了樂，便成歌。有時候是先有詩，後譜曲。例如王維的一首七絕，本來題爲〈送元二使安西〉，後來譜入樂府，用來送別，並將末句「西出陽關無故人」反覆吟唱，稱爲〈陽關三疊〉，遂成〈渭城曲〉了。至於李白的〈清平調〉三首，則是先已有曲，就曲賦詩。據〈太眞外傳〉所記，玄宗與貴妃賞牡丹盛開，李龜年手捧檀板，方欲唱曲。玄宗嫌歌詞太舊，乃召「翰林學士李白立進清平樂詞三章……命梨園子弟略約詞調，撫絲竹，遂促龜年以歌之。」

蘇格蘭詩人彭斯以一首驪歌〈惜往日〉（Auld Lang Syne）名聞天下，其實此詩並非純出他一人之手。彭斯當日，這老歌已流傳多年，一說是沈皮爾（Francis Sempill，一六八二年卒）所作，但可能更古。彭斯在致湯姆森（George Thomson）信中說：「這首老歌年湮代遠，從未刊印……我是聽一位老叟唱它而記下來的。」這恐怕是世界上最有名的歌了，離情別緒本已盪人愁腸，再經哀豔的〈魂斷藍橋〉用燭光一烘托，更是愁殺天下的離人。彭斯在世的最後十二年間，收集、編輯、訂正、並重寫蘇格蘭民謠，不遺餘力，於保存《蘇格蘭樂府》（The Scots Musical Museum）貢獻至鉅。

以詩入樂，還有一種間接的方式，那便是作曲家把詩的意境融入音樂，有些標題音樂便是如此。貝遼士的靈感常來自文學名著，莎士比亞的詩劇《李耳王》、《羅密歐與茱麗葉》、《無事自擾》，歌德的詩劇《浮士德》，都是他取材的對象。拜倫的長詩《海羅德公子遊記》，也激發他譜成交響曲《海羅德遊意大利》。蕭邦的鋼琴曲抒情意味最濃，給人的感覺像是無字之歌，只由黑白鍵齒唱出，乃贏得「鋼琴詩人」之稱。另一位音樂大師與詩結緣更深，其詩意也更飄逸婉轉，便是象徵派宗師杜步西。他的鋼琴小品無不微妙入神，令人淪肌浹髓，而且時見東方風味，奇豔有如混血佳人。〈寶塔〉一曲，風鈴疏落，疑爲夢中所敲；那種迷離蠱惑之美，雖比之李商隱的「一春夢雨常飄瓦，盡日靈風不滿旗」，也不遜色。杜步西的曲名，例如〈水中倒影〉、〈雨中花園〉往往就像詩題。有一首序曲叫作〈聲籟和香氣在晚風裡旋轉〉，簡直是向波特萊爾挑戰了。杜步西曾將波特萊爾、魏爾崙、羅賽蒂的名詩譜成歌曲，卻把馬拉美的〈牧神的午後〉轉化爲一首無字而有境的交響詩。

5

詩與音樂還可以結另一種緣，便是描寫音樂的演奏。詩藝有賴文字，在音響上的掌握當然難比樂器的獨奏或交響，但文字富有意義和聯想，還可以經營比喻和意象，卻爲樂器所不及。例如摹狀音樂最有名的〈琵琶行〉，有這樣的一段：「輕攏慢撚抹復挑，初爲霓裳後六幺。大弦嘈嘈如急雨，小弦切切如私語；嘈嘈切切錯雜彈，大珠小珠落玉盤。」我們一路讀下去，前兩句會慢些，後四句就快了起來，因爲「攏、撚、抹、挑」是許多不同的動作，必須費時體會，但後四句的「嘈、切、大、小、珠」各字重疊，有的還多至四次，當然比較順口。「嘈嘈切切錯雜彈」七字都是摩擦的齒音，紛至沓來，自然有急弦快撥之感。急雨、私語、珠落玉盤等比喻，兼有視覺與聽覺之功，乃使感性更爲立體。「輕攏慢撚」那一句，四個動作都從手部，也顯得彈者手勢的生動多姿。由此可見，詩乃綜合的藝術，雖然造形不如繪畫，而擬聲難比音樂，卻合意象與聲調成爲立體的感性，更因文意貫串其間而有了深度，仍有繪畫與音樂難竟之功。

中國詩摹狀音樂的佳作頗多，從李白的「爲我一揮手，如聽萬壑松。客心洗流水，餘響入霜鐘。」到韓愈的「躋攀分寸不可上，失勢一落千丈強。」從李頎的「長飆風中自來往，枯桑老柏寒颼颼。」到李賀的「崑山玉碎鳳凰叫，石破天驚逗秋雨。」不一而足。不過分析之餘可以發現，這些詩句運用的都是比喻與暗示，絕少正面來寫音樂，正由於音樂不落言詮，所以不便詮解。例如李白〈聽蜀僧濬彈琴〉的四句，揮手只見姿勢，萬壑松風也只是比喻，詩藝眞正見功，還在後兩句。流水固然仍是比喻，但是能滌客心，就虛實相生，幻而若眞，曲折而成趣了。至於餘響未隨松風散去，竟入了霜鐘，究竟是因爲琴聲升入鐘裡而微覺共震嗎，還是彈罷天晚，餘音不絕，竟似與晚鐘之聲合爲一體了呢，則只能猜想。所以描寫音樂的詩，往往要表現聽者的反應或者現場的效果，而不能從正面著力。朱艾敦爲天主教音樂節所寫的長頌，〈亞歷山大之宴〉，便是將描寫的主力用在聽者的感應上。

6

詩和音樂結緣，還有一種方式，便是以樂理入詩。艾略特晚年的傑作《四個四重奏》（Four Quarters），擺明了是用四重奏，也就是奏鳴曲的結構，來做詩的布局與發展，因此評論家常用貝多芬後期的四重奏，來分析此詩的五個樂章。除了長的樂章合於典型的快板、慢板之外，第四樂章總是短而輕快，近於貝多芬引入的諧謔調。

我聽爵士樂和現代音樂，往往驚喜於飄忽不羈的切分音，豔羨其瀟灑不可名狀，而有心將它引進詩裡。所謂切分法，乃是違反節奏的常態，不顧強拍上安放重音的規律，而讓始於弱拍或不在強拍開端之音，因時值延伸而成重音。我寫〈越洋電話〉，就是要試用切分法，賦詩句以尖新倜儻的節奏。開頭的四行是這樣的：「要考就考托福的考試／要迷就迷很迷你的裙子／我說，Susie／要簽就簽上領事的名字。」這樣的句法，本身是否成功，還很難說，恐怕要靠朗誦的技巧來強調，才能突出吧。

早年我曾在〈大度山〉和〈森林之死〉一類的詩裡，實驗用兩種聲音來交錯敘說，以營造節奏的立體感。後來在〈公無渡河〉裡，我把古樂府〈箜篌引〉變爲今調，而今古並列成爲雙重的變奏曲加二重奏：

公無渡河，一道鐵絲網在伸手
公竟渡河，一架望遠鏡在凝眸
墮河而死，一排子彈嘯過去
當奈公何，一叢蘆葦在搖頭

一道探照燈警告說，公無渡海
一艘巡邏艇咆哮說，公竟渡海
一群沙魚撲過去，墮海而死
一片血水湧上來，歌亦無奈

西方音樂技巧有所謂「卡旦薩」(Cadenza)一詞，是指安排在協奏曲某一個樂章的尾部，可以自由發揮的過渡樂段，其目的是在樂隊合奏的高潮之餘，讓獨奏者有機會展示他入神的技巧，那即興的風格通常是酣暢而淋漓。我把這觀念引進自己早年探險期的散文裡，在意氣風發的段落，忽然掙脫文法，跳出常識，一任想像在超速的節奏裡奮飛而去，其結果，是「秋夜的星座在人家的屋頂上電視的天線上在光年外排列百年前千年前第一個萬聖節前就是那樣的陣圖。」或是「擋風玻璃是一望無饜的窗子，光景不息，視域無限，油門大開時，直線的超級大道變成一條巨長的拉鍊，拉開前面的遠景蜃樓摩天絕壁拔地倏忽都削面而逝成爲車尾的背景被拉鍊又拉攏。」

7

詩中有畫，詩中亦有樂，究竟，那一樣的成分比較高呢？詩不能沒有意象，也不能沒有音調，兩者融爲詩的感性，主題或內容正賴此以傳。缺乏意象則詩盲，不成音調則詩啞；詩盲且啞，就不成其爲詩了。不過詩欠音調的問題還不僅在啞，更在呼吸不順。我們可以閉目不看，但是無法閉氣不吸；即使睡眠，也無法閉住呼吸，卻可以一夜合眼。詩的節奏正如人的呼吸，不能稍停。反過來說，呼吸正是人體最基本的節奏。一首詩的節奏不妥，讀的人立刻會感到呼吸不暢，反感即生。

且以古詩十九首爲例：「生年不滿百，長懷千歲憂。晝短苦夜長，何不秉燭遊？爲樂當及時，何能待來茲。愚者愛惜費，但爲後世嗤。仙人王子喬，難可與等期。」除了三、四兩句意象生動之外，其餘並無多少可看，所以感性的維持，就要偏勞音調了。

一首詩不能句句有意象，卻不可一句無音調。音調之道，在於能整齊而知變化，也就是能夠守常求變。再以賀知章的〈回鄉偶書〉爲例：「少小離家老大回，鄉音無改鬢毛衰。兒童相見不相識，笑問客從何處來。」如果每句刪去第六個字，文意完全無損，卻變得不像詩了。原因正在文意未變，節奏卻變了，變單調了，也就是說，太整齊了。「少小離家老回」的節奏，是「少小——離家——老回」，全是偶數組成，有整齊而無變化。「少小——離家——老大回」便有奇數來變化，乃免於單調。

大凡藝術的安排，是先使欣賞者認識一個模式，心中乃有期待，等到模式重現，期待乃得滿足，這便是整齊之功。但是如果期待回回得到滿足，又會感到單調，於是需要變化來打破單調。變化使期待落空，產生懸宕，然後峰迴路轉，再予以滿足，於是完成。賀知章這首七絕正是如此：第二句應了首句起的韻，是滿足；第三句不押韻，使期待落空，到末句才予以延遲的滿足，於是完成。其實，每句七字，固然是整齊，但是平仄的模式每句都在變化，也是一種藝術。

音調之道，在整齊與變化。整齊是基本的要求，連整齊都辦不到，其他就免談了。若徒知整齊而不知變化，則單調。若變化太多而欠整齊，也就是說，只放不收，無力恢復秩序，則混亂。說得更單純些，其中的關係就是常與變。若是常態還未能建立，則一切變化也無由成立，只能算混亂了。所謂變，是在常的背景上發生的。無常，則變也不著邊際，毫無意義。

七十年來，新詩一直未能解決音調的困境。開始是聞一多提倡格律詩，每詩分段，每段四行，每行十字，雙行押韻，以整齊爲務。雖然聞氏也有二字尺、三字尺等的變化設計，但格律詩之功仍在整齊而欠變化，把一切都包紮得停停當當，結果是太緊的地方透不過氣來，而太鬆處又要塡詞湊字。後來是紀弦鼓吹自由詩，強調用散文做寫詩的工具。對於少數傑出詩人，這主張確曾起了解除格律束縛的功效：但對於多數作者，本來就不知詩律之深淺，卻要盡拋格律去追求空洞的自由，其效果往往是負面的。對於淺嘗躁進的作者，自由詩成了逃避鍛鍊、免除苦修的遁詞。

所謂自由，如果只是消極地逃避形式的要求，秩序的挑戰，那只能帶來混亂。其實自由的眞義，是你有自由不遵守他人建立的秩序，卻沒有自由不建立並遵守自己的秩序。藝術上的自由，是克服困難而修鍊成功的「得心應手」，並非「人人生而自由」。聖人所言「從心所欲，不踰矩」，畢竟還有規矩在握，不僅是從心所欲而已。

至於用散文來寫詩，原意只是要避免韻文化，避免韻文的機械化，避免陳腐的句法和油滑的押韻，而不是要以錯代錯，落入散文化的陷阱。艾略特就曾痛切指陳：「許多壞散文都是假自由詩之名寫出來的……只有壞詩人才會歡迎自由詩，把它當成形式的解放。自由詩反叛的是僵化的形式，卻爲建立新形式或翻新舊形式鋪路；它堅求凡詩皆必具的內在統一，而堅拒定型的外在貌合。」

目前許多詩人所寫的自由詩，在避過格律詩的韻文化之餘，往往墮入了散文化，淪爲現代詩的一大病態。就單純的形式來說，散文化有以下的幾個現象。

首先是詩行長短無度，忽短忽長，到了完全不顧上下文呼應的地步，而令讀者呼吸的節奏莫知所從，只覺得亂。詩行忽長忽短，不但唐突了讀者的聽覺，抑且攪擾了讀者的視覺，令人不悅。如果每一行都各自爲政，就失去常態，變而不化，難稱變化，只成雜亂。

其次是迴行，迴行對於自給自足的煞尾句，也是一個變化。在煞尾句的常態之中，爲了懸宕或頓挫，偶插一兩個待續句，也就是迴行，原可收變化之效，調劑之功。但如不假思索地一路迴行下去，就會予人欲說還休，吞吐成習之感。有時我細讀報刊上的詩作，發現迴行屢屢，大半沒有必要，因此也無效果，徒增遲疑、閃爍之態而已。李白的〈靜夜思〉到了迴行癖的筆下，說不定會囁嚅如下：

我床前明月的
光啊，疑惑是地上的
霜呢。我抬頭望望
那明月，又低頭思思

再次是分段。一般的現象是任意分段，意盡則段止，興起就再起一段；每段行數多欠常態，所以隨便分下去，都是變化，因此凌亂。若是長詩，每段行多，則雖不規則尚不很顯眼。若是詩短而偏偏段亂，則更不堪。若是段多而行少，總是三三兩兩成段，就顯得頭緒太多而思考不足。

也許有人要問：這也嫌亂，那也嫌亂，難道要我們回頭去寫格律詩嗎？答曰，那倒不必，自由詩寫不好的人，未必就寫得好格律詩。只是目前氾濫成災的散文化，自由詩要負一大責任。

——一九九三年十一月

余光中作品集 02

從徐霞客到梵谷

From Hsü Hsia-ke to Van Gogh

作者　余光中
責任編輯　薛至宜
發行人　蔡文甫
出版發行　九歌出版社有限公司
臺北市八德路3段12巷57弄40號
電話／02-25776564・傳真／02-25789205
郵政劃撥／0112295-1
九歌文學網　www.chiuko.com.tw
印刷　晨捷印製股份有限公司
法律顧問　龍躍天律師・蕭雄淋律師・董安丹律師
初版　1994年2月20日
重排初版4印　2018年1月
定價　290元

書號　0110202
ISBN　978-444-292-6
（缺頁、破損或裝訂錯誤，請寄回本公司更換）

國家圖書館出版品預行編目資料

從徐霞客到梵谷／余光中著. -- 重排初版.
--臺北市：九歌， 民95
面； 公分. --（余光中作品集；02）
ISBN 957-444-292-6（平裝）

1.中國文學－評論

820.7 94025887